Janette Oke

Niemals hört die Liebe auf

Janette Oke

Niemals hört die Liebe auf

Erzählung

Verlag Schulte + Gerth Asslar

Die amerikanische Originalausgabe erschien im Verlag
Bethany House Publishers Minneapolis, MN unter dem Titel
„Love's Unending Legacy“

Aus dem Amerikanischen übersetzt von Beate Peter

Best.-Nr. 15 368
ISBN 3-87739-368-3
Umschlaggestaltung: Bethany House/Gisela Scheer
1. Auflage 1987
Satz: Typostudio Rücker + Schmidt
Druck und Verarbeitung: Mohndruck Gütersloh
Printed in Germany

Heimkehr

Mit einer unsicheren Handbewegung strich Marty sich eine vorwitzige Haarsträhne aus dem glühenden Gesicht. Warum zitterte sie nur so am ganzen Leib? War es das unablässige Rütteln und Schütteln der ach so langsam vorankommenden Postkutsche, dem sie nun schon seit Stunden ausgesetzt waren, oder hatte die Aufregung darüber, ihre Heimat nun endlich wiederzusehen, sie gänzlich aus der Fassung gebracht? Mühsam zwang sie sich, ruhig zu bleiben. Clark führte gerade ein Gespräch mit seinem Sitznachbarn über das ungewöhnlich trockene Wetter. Nun nahm er ihre Hand in seine und drückte sie zuversichtlich, als habe er ihr angemerkt, wie sehr sie von Erschöpfung und Ungeduld geplagt war. Sie erwiderte seinen Händedruck zum Zeichen, daß sie sich in ihr Schicksal gefügt hatte, wenn sie sich auch nichts sehnlicher wünschte, als endlich am Ziel ihrer langen Reise zu sein. Clark warf ihr ein flüchtiges Lächeln zu, bevor er sich wieder seinem Sitznachbarn zuwandte. Wohl zum hundertsten Mal beugte Marty sich vor, um aus der auf- und abwogenden Postkutsche zu spähen.

Die Landschaft draußen wurde ihr immer vertrauter. Mit jedem Bach und jedem Hügel, den sie kannte, fiel ihr das Stillsitzen schwerer. Ach, wäre sie doch endlich daheim bei ihren Kindern! Die Monate der Trennung von ihnen war ihr wie eine halbe Ewigkeit erschienen. Trotz ihrer Müdigkeit saß sie kerzengerade auf der Kante ihres Sitzes. Jeder Nerv, jeder Muskel war schier zum Zerreißen angespannt. Es ging heimwärts! Ach, könnte sie doch fliegen!

Als hätte er ihre Gedanken gelesen, wandte sich Clark

von dem Herrn in dem schwarzen Anzug ab, um sie nochmals mit einem Lächeln aufzumuntern. „Nicht mehr lange, und wir sind da!“, versicherte er ihr. „Da drüben liegt schon der Anderson-Hof.“

Clark hatte natürlich recht. Dennoch wußte sie, daß ihr diese letzten Meilen bis zur Kutschstation am Ort eine wahre Qual werden würden. Wie sollte sie ihre maßlose Ungeduld nur bezähmen? Nun, vielleicht half es, wenn sie ihre Gedanken dem Ziel entgegeneilen ließ. Wer mochte Clark und sie an der Station wohl abholen? Ob Luke die Familienkutsche angespannt hatte? Und würde er seine Kate mitbringen? Oder hatten sie Arnie wohl mit der Kutsche losgeschickt? In diesem Fall war Larry gewiß mit von der Partie.

Und dann das Haus ... Würde sie sich überhaupt auf Anhieb dort wieder heimisch fühlen können? Am Ende würde sie alles womöglich regelrecht fremd anmuten. Nicht auszudenken! – Wie sie ihre Ellie kannte, hatte diese das warme Abendessen längst gerichtet und wartete voller Spannung auf die Heimkehr der Eltern. Woher sollte sie auch wissen, daß die Postkutsche eine ganze Stunde Verspätung hatte? Sie würde das Essen halt auf dem großen gußeisernen Küchenherd warm halten müssen und hoffen, daß es weder anbrannte noch verkochte.

Bei dem Gedanken an den Hof, den Garten, den Hühnerhof mit seinen munteren Bewohnern, dem Brunnen und den Birken unten am Bach kribbelte ihr die Ungeduld geradezu unter den Nägeln. „Ist doch unerhört, so was!“ schalt sie sich im stillen, und ein Lächeln huschte über ihr Gesicht. „Daß ich mich als erwachsene Frau gerade so benehme wie der kleine Larry vor einem Gelege voller Bruteier, die jeden Moment ausschlüpfen wollen!“

Sie streckte ihre müden Beine ein wenig. Durch die lange Fahrt war sie ganz steif geworden. Ihr Blick fiel auf Clarks gestiefelten Fuß am Boden. Er hatte ja nur noch ein Bein und litt dadurch ohne Zweifel noch ärger unter der Platznot als sie, zumal ihre Beine doch ein gutes Stück kürzer waren als sein gesundes. Das andere Hosenbein ihres Mannes war in Falten hochgeschlagen und mit einer Sicherheitsnadel befestigt. „Dieses Bein findet auch in der engsten Postkutsche Platz!“ dachte sie halb erleichtert, halb amüsiert. Von Clark hatte sie gelernt, seiner Behinderung mit einer gesunden Prise Humor zu begegnen. „Aber von dem stundenlangen Stillsitzen bekommt er gewiß auch Muskelkrämpfe“, überlegte sie dann. Clark mußte die Besorgnis in ihrem Blick aufgefangen haben. Er rückte sich auch auf seinem Sitz zurecht und beantwortete ihre unausgesprochene Frage.

„Dem Bein geht's gut, Liebling. Ich will aber trotzdem froh sein, wenn wir diese Berg- und Talfahrt hinter uns haben. Am Ende schlagen wir noch Wurzeln in dieser Kutsche!“

Marty nickte und zwang sich zu einem Lächeln. O diese Hitze, diese staubige, stickige Postkutsche! Selbst das ausgediente, offene Familiengefährt zu Hause wäre der reinste Luxus dagegen!

Ein erneuter Blick aus dem Fenster bestätigte ihr, daß sie ihrem Ziel ein gutes Stück näher gekommen waren. Noch eine Wegbiegung, und ihre Heimatstadt würde vor ihren Augen liegen! Marty schluckte vor Aufregung. Sie hatte nicht geahnt, wie sehr ihr ihr Zuhause und die Kinder gefehlt hatten, bis sie diese entsetzlich lange Heimfahrt angetreten hatten!

Für einen Moment wanderten ihre Gedanken zu Missie und Willie und deren Kindern zurück. Marty war von Herzen dankbar für das Wiedersehen mit ihnen. Dazu war ihr der Westen samt Willies Viehzuchtbetrieb und allen, die dort arbeiteten, ans Herz gewachsen. Wie es Smutje in seinem jungen Glaubensleben wohl ergehen mochte? Und wie nett von Wong, ihnen frisches Gebäck aus seiner Küche für die lange Fahrt zuzustecken! Und dann war da noch Scottie, der besonnene und hilfsbereite Aufseher auf der Ranch, der ernsthaft über Gottes Willen in seinem Leben nachdenken sollte. Ach, und hoffentlich hatte sie sich nicht getäuscht, wenn sie zu bemerken glaubte, daß der verbitterte Smith ein wenig zugänglicher geworden war! Vielleicht würde er sich eines Tages sogar in den Gottesdienst wagen. Sonntag für Sonntag fanden sich die Gläubigen in dem nagelneuen Kirchengebäude ein. Unter ihnen war manch einer, den Clark und Marty über die Monate hinweg zu achten und lieben gelernt hatten. Henry war nun der Leiter der kleinen Gemeinde. Wie er wohl mit seiner neuen Aufgabe zurechtkommen mochte? Und die Crofts – ach, Marty hoffte inständig, daß sie endlich den Frieden gefunden hatten, nach dem Frau Croft sich so verzweifelt gesehnt hatte. Und ob Juan und Maria ... Aber da brachte der Kutscher das Gespann schon zum Stehen, daß der Staub nur so aufwirbelte.

Vor Aufregung wurde Marty fast schwindlig. Clark half ihr auf die Beine. „Wer wird uns da draußen nur erwarten? Und wann bekommen wir den Rest der Familie endlich zu sehen? Was aber, wenn sie unsere Anmeldung gar nicht bekommen haben und niemand gekommen ist, um uns abzuholen? Welche Qual, wenn sie jetzt noch stundenlang auf das Wiedersehen warten müßten!" Tausend Ängste stiegen plötzlich in ihr auf. Hilflos schloß sie die Augen und flüsterte ein Stoßgebet. An Clarks kräftigem Arm fand sie Halt, und mit einem tiefen Atemzug setzte sie sich wieder auf ihren Platz, um die anderen Passagiere vor ihnen aussteigen zu lassen. Als die Kutsche sich geleert hatte, ging Clark voraus und bot ihr den Arm. Noch immer schien sich das Gefährt unter ihren Füßen zu heben und zu senken. So gefaßt und behende, wie sie nur irgend konnte, stieg sie die Stufen hinab.

Im nächsten Augenblick brach das große Hallo auch schon los. Wie ein Wirbelsturm waren ihre Kinder auf sie losgestürzt, und Marty flog von einem Paar ausgestreckter Arme in die nächsten. Alle waren gekommen: Luke und seine Kate, Arnie, Ellie und Larry sowie Josh und Nandry mit ihren Kindern. Nur Joe und Cathy fehlten in der Runde; sie und ihre kleine Esther Sue lebten inzwischen an der Ostküste, wo Joe das Predigerseminar besuchte.

Lachend und weinend zugleich umarmte Marty einen jeden aufs neue. Endlich trocknete sie sich die Augen, um voller Staunen festzustellen, wie groß ihre Enkelkinder während ihrer Abwesenheit geworden waren, wie hübsch und erwachsen Ellie ausschaute, welch ein stattlicher junger Mann aus ihrem Larry geworden war und wie hochgewachsen und breitschulterig ihre ältesten beiden Söhne waren. Ja, sie hatten sich verändert, ihre Kinder. Gerade schüttelte Josh Clark die Hand und sagte ihm, wie sehr er ihn vermißt habe. Marty sah manchen unbehaglichen Blick zu Clarks leerem, hochgesteckten Hosenbein wandern. Welch ein peinlicher Moment war dies für die ganze Familie! Clark verstand es jedoch, die angstvolle Spannung gelassen zu überspielen, indem er mit geübtem Griff seinen Krückstock anlegte und ein paar von den Gepäckstücken vom Boden aufhob.

„Wißt ihr noch, wie's bei unserer Abreise hier aussah? Einen Riesenberg von Kisten und Taschen hatten wir; es war ein reines Wunder, daß die Pferde die Kutsche überhaupt vom Fleck bekommen haben. Wie ihr seht, haben wir nicht mal halb soviel Gepäck wieder mitgebracht." Er lachte und deutete auf sein kurzes Bein. „Sogar mich haben sie für die Rückreise leichter gemacht!"

Seine Söhne stimmten zögernd in sein herzhaftes Lachen ein, und das Eis war gebrochen. Die Männer machten sich daran, das Gepäck in die wartende Familienkutsche zu verladen, und mit vereinten Kräften war die Arbeit im Nu getan.

Marty wandte sich um zu den Mädchen.

„Ihr ahnt ja nicht, wie schön es ist, wieder daheim zu sein! Ich hab' euch so viel zu erzälen, daß ich gar nicht weiß, wo ich anfangen soll!" Zu Ellie bemerkte sie: „Du hast gewiß schon die größten Ängste ausgestanden, daß dir wegen unserer Verspätung noch das Essen anbrennt, nicht wahr, Kind?"

„Keine Sorge, Mama!“ beruhigte sie Ellie. „Wir haben nämlich beschlossen, heute mal eine große Ausnahme zu machen. Wir wußten doch, daß ihr müde sein würdet und sicher nichts gegen eine Pause einzuwenden hättet, bevor die Reise weitergeht. Außerdem war uns allen nach einem gemütlichen Plausch zumute, und deshalb haben wir beschlossen, hier im Hotel zum Essen einzukehren.“

Marty war überrascht, gab aber gern ihre Zustimmung. Ja, eine kleine Verschnaufpause und eine Mahlzeit im Familienkreis waren tatsächlich nun genau das Richtige für sie. Zugleich zog es sie aber mit Macht nach Hause, damit sie sich mit eigenen Augen davon überzeugen konnte, daß alles dort in Ordnung war.

Marty blickte sich nach Nandry um. Von der soeben geführten Unterhaltung schien sie nichts mitbekommen zu haben. In sich gekehrt stand sie da und starrte in die Richtung der Männer, die gerade auf das Gespann zugingen. Die erwachsenen Burschen drängten sich scherzend und lachend um ihren Vater. Es war offensichtlich, wie sehr sie sich alle über die Rückkehr der Eltern freuten. Josh mit der kleinen Jane auf dem Arm hatte sich ihnen angeschlossen, und auch Andrew war mit von der Partie. Martys kostbare Hutschachtel balancierte er hoch über seinem Kopf. Nandrys Blick schien jedoch starr auf Clark gerichtet zu sein, und Marty bemerkte einen schmerzlichen Zug um ihren Mund. Oh, wie gern hätte sie ihren Arm um Nandry gelegt und ihr gesagt, daß es keinen Grund zur Sorge gab; daß Clark längst keine Schmerzen mehr litt, daß er in seiner Bewegungsfreiheit kaum eingeschränkt war, daß er den Verlust erstaunlich gut verkraftet hatte, ja, daß sie beide sogar gelernt hatten, Gott für dieses schwere Unglück zu danken und daß schon manches Gute daraus hervorgegangen war. Bevor Marty jedoch ihre Pflegetochter, die sie wie ihr eigenes Kind liebte, erreichen konnte, hatte Nandry sich schon abgewandt. Ihr Gesicht trug die Spuren unausgeprochener, tiefer Betroffenheit.

„Nun, das Ganze ist halt trotz unserer Briefe ein großer Schreck für sie", dachte Marty bei sich. „Sie wird schon lernen, sich an den Anblick zu gewöhnen. Schließlich hab' ich's zuerst auch nicht wahrhaben wollen."

„Du, Mama", sprach Ellie sie an, „sag mal, wie geht's Pa denn nun wirklich? Er kommt mir so ... so ganz wie eh und je vor. Wie schafft er's denn ... nun, ich mein' ..."

„Deinem Pa geht's glänzend", sagte Marty bestimmt. Sie hoffte, daß sie mit ihren Worten auch Nandry erreichte, die der Gruppe den Rücken zugewandt hatte. „Zugegeben, am Anfang war's schwer für uns alle. Euch wird's da nicht anders ergehen, das weiß ich; besonders in den ersten Tagen. Aber sieh mal, Ellie, dein Pa ist ein ganzer Mann. Was der sich vornimmt, das schafft er auch. Daß ihm das eine Bein fehlt, das wirft ihn nicht aus der Bahn. Du wirst schon selbst sehen ..." Aber da hatte Ellie zu weinen begonnen. Ein stilles Schluchzen schüttelte ihre schmalen Schultern, und große Tränen rollten über ihre Wangen.

Marty nahm sie in ihre Arme und drückte sie tröstend an sich, bis sie sich wieder gefaßt hatte. Ellie tupfte sich die Augen mit ihrem Taschentuch trocken.

„Ach, Mama", stammelte sie eine Entschuldigung, „dabei habe ich doch gedacht, ich wäre mit der Heulerei fertig! Ich habe mir so sehr vorgenommen ... aber als ich ihn dann gesehen habe ... weißt du, auf einmal war alles so grausam und wirklich ... da konnte ich nicht mehr ..."

Marty schloß sie erneut in die Arme.

„Mach dir nur keine Vorwürfe, Liebes!" tröstete sie sie. „Du kannst dir ja kaum vorstellen, wie oft Missie und mir die Tränen gekommen sind!"

Ellie putzte sich geräuschvoll die Nase, und auch Kate zückte ihr Taschentuch. Erst jetzt bemerkte Marty, daß auch Lukes junge Frau still weinte. Sie ging auf ihre Schwiegertochter zu und umarmte sie lange. Kate erwiderte ihre Umarmung und die liebevolle Annahme, die darin ausgedrückt war.

Endlich löste Marty sich von Kate, um auch Nandry in die Arme zu schließen. Nandrys Umarmung war sonderbar kühl und kurz. Es war, als hielte Nandry ihre Gefühle tief in ihrem Herzen verschlossen. „Wein dich doch nur aus, Kind!" wollte Marty ihr zurufen. „Laß deinen Tränen freien Lauf, dann sieht die Welt schon gleich viel besser aus. Wir haben doch alle Verständnis!" Doch Nandry ging schweigend und starren Blickes davon.

Die Männer kehrten von der Kutsche zurück. Ellie und Kate trockneten sich die letzten Tränen ab, um sich dann der Familie wieder zuzuwenden.

Wenig später marschierte eine muntere, scherzende und lärmende Großfamilie Davis zum Hotel. Marty mußte plötzlich an den Tag vor einem Jahr denken, als sie sich alle morgens früh hier zum Abschied von den Eltern eingefunden hatten. Clark hatte sich mit erhobener Hand Gehör verschaffen müssen, um Ordnung herzustellen. Kaum hatte Marty sich an den Anblick erinnert, als Clark auch schon wie damals die Hand hob.

„Alles herhören!" übertönte seine Stimme das Lachen und Schwatzen. „Wie wär's, wenn wir ein bißchen Ruhe und Ordnung in das Ganze brächten?"

Tina, inzwischen um mehrere Zentimeter in die Höhe geschossen, setzte zu der gleichen Antwort an wie im Vorjahr: „Ach, Opa, wie stellst du dir denn das ..."

„Ich weiß, ich weiß. ‚Wie stellst du dir das vor, Ordnung in einen Riesen-Familienklatsch zu bringen?'" vollendete Clark ihren Satz. Schelmisch grinsend zog er sie am Zopf, und beide brachen in ein fröhliches Gelächter aus.

Auch Marty lachte, doch es war ein leises Lachen, das ihr die Kehle zuschnüren wollte. „Seht ihr", hätte sie der ganzen Familie am liebsten zugerufen, „es hat sich überhaupt nichts geändert – jedenfalls nichts von Bedeutung!" Doch vielleicht waren ihre Worte überflüssig. Marty spürte den Gesichtern um sie herum einen neuen Ausdruck ab: nach dem Entsetzen die Annahme, und nun endlich die Erleichterung.

Pa war derselbe geblieben. Dieser Hüne von einem Mann, den sie alle so sehr liebten und verehrten, hatte sich nicht verändert. Der Unfall hatte ihm nichts von seinem Wesen geraubt. Er hatte sich völlig in der Hand. Zugegeben, er konnte das Geschehene nicht ungeschehen machen, doch war er so selbstsicher und zuversichtlich, wie sie ihn in Erinnerung hatten. Der Verlust seines Beines hatte seiner starken Persönlichkeit nichts anhaben können. Er hatte die Zügel in der Hand behalten. Aber ach nein, so war es nicht. Clark hatte sich nie nach den Zügeln seines Lebens ausgestreckt. Darin lag das ganze Geheimnis. Der Mann, der hier vor ihnen stand, den sie voller Stolz ihren Pa nannten, dem sie von frühester Kindheit an Liebe, Achtung und Gehorsam gezollt hatten – von ihm hatten sie gelernt, daß der Schlüssel zu einem wahrhaft erfüllten Leben nicht darin liegt, nach eigenem Gutdünken sein Geschick zu lenken. Echte Freude und wahrer Frieden kehren nur dort ein, wo der Vater im Himmel regiert. Und daß Clark Davis seinem Gott nach wie vor die völlige Herrschaft über sein Leben einräumte, daran hegte niemand im Familienkreis die geringsten Zweifel.

Allein Nandry stand ein wenig abseits, den Anblick von Clarks leerem Hosenbein ängstlich vermeidend. Ihre Gefühle verwirrten sie, doch sie weigerte sich, sie zu ergründen. Am liebsten wäre sie auf der Stelle vor der grausamen Wirklichkeit davongelaufen. Nun, vielleicht konnte sie später ein wenig Ordnung in ihren wirren Kopf bringen. Nur jetzt nicht daran denken!

Erster Austausch

Am Hotel angekommen, waren Clark und Marty plötzlich von einer lärmenden Kinderschar umringt, die sich um die Plätze neben den Großeltern stritten. Nur die kleine Jane, die bei Clarks und Martys Abreise erst wenige Monate alt gewesen war, konnte sich nicht an sie erinnern. Ein wenig befangen klammerte sie sich an ihren Vater und verfolgte jede Bewegung der beiden Fremden mit ihren großen blauen Augen. Marty hätte die Kleine von Herzen gern auf ihren Schoß gehoben, wußte jedoch, daß das Kind Zeit brauchen würde, um auf seine Weise mit den Großeltern Freundschaft zu schließen. Aber schließlich würde ihr für großmütterliche Liebkosungen noch mancher Tag bleiben, tröstete sie sich.

Tina, die älteste der Enkelschar, berichtete stolz von ihren Fortschritten in der Schule. Andrew fiel ihr ins Wort und verkündete gewichtig, daß auch er nun ein richtiger Schuljunge sei. Zum Beweis bestand er darauf, unverzüglich bis zehn zu zählen. Mary rückte ein wenig dichter an Marty heran und flüsterte ihr ernsthaft zu, daß sie noch eine Weile daheim gebraucht würde, um ihrer Mama zu helfen, die kleine Jane zu versorgen. Marty legte ihren Arm um das Mädchen und drückte es an sich.

„Sagt mal", meldete Arnie sich zu Wort, „ist der Westen nun tatsächlich das Paradies, von dem alle reden?"

Marty lächelte nur.

„Ehrlich gesagt", begann Clark, „ist mir meine Heimat hier lieber, aber der Westen ist schon reizvoll, soviel steht fest. Willie hält mit Recht große Stücke auf seine Ranch. Dazu sind die Leute dort draußen freundlich und hilfsbereit, und das Land ist so weit und offen, daß man dort frei atmen kann."

„Gibt's denn noch viel an käuflichem Boden im Westen?" erkundigte sich Luke.

„Nein, kaum noch. Als die Eisenbahnlinie gebaut wurde, verkauften sich die Grundstücke wie warme Semmeln. Für eine Rinderzucht braucht man erheblich mehr Grund und Boden als für unseren Ackerbau hier. Deshalb liegen die Gutshäuser auch viel weiter voneinander entfernt. In Willies Gegend ist das Land weitgehend ausverkauft. Nicht, daß es dort plötzlich von Nachbarn wimmeln würde, aber eine Einöde kann man den Landstrich längst nicht mehr nennen. Man ist halt ein bißchen länger unterwegs, wenn man einen von den Nachbarn besuchen will. Die Stadt ist enorm schnell gewachsen. Eine richtige Kirche gibt es neuerdings, und im Herbst fängt die Schule an. Melinda unterrichtet die Kinder drei Tage in der Woche. Und an einem Doktor fehlt es ihnen ja jetzt endlich auch nicht mehr."

Ellie schloß die Augen.

„Dr. De la Rosa ..." murmelte sie den fremdländisch klingenden Namen. „Wir haben ihm eine Menge zu verdanken, nicht wahr?"

Clark nickte ernst.

„Ja", sagte er, „das haben wir. Auf ihn ist Verlaß. Nur noch ein paar Monate, und Willie kann ihn wieder holen lassen – zu Missies Entbindung."

„Ach, richtig!" rief Kate. „Wie fühlt sich Missie denn?"

„Ihr geht's prima. Nur schade, daß wir abreisen mußten, ohne den Sprößling gesehen zu haben."

„Wißt ihr", warf Luke ein und nahm seine junge Frau bei der Hand. „Da können wir euch vielleicht aushelfen – mit dem Sprößling, meine ich. Wir haben nämlich gedacht ... also, wir ..."

„Nun? Was habt ihr euch gedacht?"

„Oh, Luke, bitte nicht!" Kates Wangen röteten sich heftig.

Luke ließ sich jedoch nicht beirren.

„Nur keine Aufregung!" beschwichtigte er die Familie,

deren Blicke nun gespannt auf ihn gerichtet waren. „Wir meinen halt bloß: schön wär's! Weiter nichts. Ihr wißt doch, daß ich mir schon immer einen kleinen Stammhalter gewünscht habe."

Marty lehnte sich mit einem Seufzer der Enttäuschung zurück. Es wäre aber auch zu schön gewesen, ein Enkelkind in unmittelbarer Nähe zu haben! Insgeheim wünschte sie sich, daß Luke allen Ernstes ... Aber nein, so durfte sie nicht denken. Es gab wirklich keinen Grund zur Ungeduld. Sie lächelte die noch immer heißwangige Kate an und freute sich ungeheuer, ihre Schwiegertochter nun endlich persönlich kennenlernen zu können.

„Mach dir nur nichts aus Lukes Scherzen!" tröstete Marty die junge Frau. „Er war schon immer der größte Witzbold weit und breit. Wir kennen ihn alle gut genug, um seine Späße auf die leichte Schulter zu nehmen."

Kate schien ein wenig erleichtert, und Marty beschloß, ihr Augenmerk auf ein anderes Familienmitglied zu richten.

„Und du, Arnie? Was ist mit dir?" fragte sie mit einem wissenden Lächeln auf den Lippen. Der Angesprochene tat so, als wisse er nicht im geringsten, worum es ging.

„Was soll schon mit mir sein?" gab Arnie scheinbar ahnungslos zurück, doch die leichte Röte, die in sein Gesicht stieg, verriet Marty, daß er sehr wohl verstanden hatte, auf was sie hinauswollte.

Ellie kicherte ihr mädchenhaftes Lachen.

„Nun mal los, Arnie! Sag's ihnen!" forderte sie ihn heraus.

Arnies gesamte Aufmerksamkeit schien plötzlich dem Muster in der Tischdecke zu gelten.

„Sie ist ein nettes Mädchen", kam Larry seinem Bruder zu Hilfe. „Ich kann's ihm wirklich nicht verübeln."

„Ich auch nicht!" warf Ellie lachend ein.

Arnie wand sich verlegen auf seinem Stuhl hin und her. Marty fand, daß dies kaum der geeignete Zeitpunkt für das fragliche Thema war.

„Du mußt mir unbedingt von ihr erzählen, Arnie", sagte sie, „sobald wir ein paar ruhige Minuten für uns haben. Mir scheint, wir sollten zuallererst einmal unser Essen bestellen, meint ihr nicht auch?"

Zu Larry sagte sie: „Und du, mein Sohn, mußt mir bei Gelegenheit dringend berichten, wie's um deine Berufspläne steht. Ich bin ja so neugierig, wie dein praktisches Jahr bei Dr. Watkins verlaufen ist!"

„Einfach prima!" Mehr sagte Larry nicht, doch seine Stimme verriet große Begeisterung. Marty ahnte, daß er entschlossener denn je war, Arzt zu werden.

Clark wandte sich an Nandry.

„Was hörst du denn so von Cathy?" erkundigte er sich. Nandry strich ein paar unsichtbare Krumen von Marys Kleid.

„Nichts Besonderes", sagte sie, ohne Clarks Blick zu erwidern.

„Ist alles in Ordnung?"

„Scheint so. Joe ist fast fertig mit seiner Ausbildung."

„Wir haben den letzten Brief von ihr kurz vor unserer Abreise bekommen", erzählte Marty. „Ich habe mich ja so gefreut, daß sie endlich den kleinen Jungen haben, von dem sie allesamt geträumt haben. Und dazu ist er pünktlich vor dem Umzug angekommen. Cathy schrieb, daß Joe wohl eine Stelle an der Küste annehmen wird. Schade! Ich hätte sie alle so gern wieder hier bei uns gehabt. Auf der anderen Seite kann ich Joe natürlich auch verstehen. Dort drüben hat er nämlich die Möglichkeit, sich fortzubilden."

Nandry nickte nur.

Das weißbeschürzte Serviermädchen erschien, um die Bestellungen aufzunehmen. Bis ein jeder sein Essen ausgesucht hatte und das verwirrte Serviermädchen stirnrunzelnd in der Küche verschwunden war, hatte sich das Tischgespräch längst anderen Themen zugewandt.

Bei einem Blick aus dem Fenster stellte Marty fest, daß die Sonne schon weit nach Westen vorgerückt war. Die langen Schatten zeigten an, daß der Einbruch der Dunkelheit nun nicht mehr fern war. So sehr sie sich darauf gefreut hatte, ihr geliebtes Heim noch bei Tageslicht wiederzusehen, so war es inzwischen längst unmöglich geworden, die Farm noch rechtzeitig zu erreichen. Bis sie daheim waren, würde der Mond schon am Himmel stehen, und die Männer erwartete doch noch die abendliche Stallarbeit, die sie dann beim Schein der Öllampen verrichten müßten. Die Jungen hatten einen großen Teil der Arbeit schon am Vormittag erledigt. Marty hoffte im stillen, daß die Mahlzeit die Familie nicht allzulange aufhalten würde. Leise seufzend bemühte sie sich, der Unterhaltung am Tisch wieder zu folgen. Die Männer sprachen gerade über die ausstehende Ernte, die außergewöhnliche Trockenheit und die Ernteaussichten. Marty zog Mary an sich und lächelte Tina und Andrew über den Tisch hinweg zu. Die beiden Kinder saßen still und glücklich neben ihrem Großvater. Dann ließ sie ihren Blick über die Runde wandern und dankte ihrem Gott dabei aus tiefstem Herzen, daß er die ganze Familie gesund wieder zusammengeführt hatte.

Nachdenklich betrachtete sie Clark, der ihr gegenüber saß. Seine Hand ruhte auf Andrews schmalen Schultern. Jawohl, vor ihren Augen saß derselbe Mann, mit dem sie im Jahr zuvor die lange Reise angetreten hatte. Unverändert war seine innere Festigkeit, seine Charakterstärke, seine Autorität, das lustige Augenzwinkern, seine Liebe zu seiner Familie. Das allein waren schließlich die Werte, auf die es ankam – nicht der kümmerliche Beinstumpf unter dem Tisch dort. Marty konnte nur hoffen, daß der Rest der Familie auch recht bald zu dieser Einsicht gelangen würde.

Endlich daheim

Wie Marty vermutet hatte, war die Dunkelheit längst hereingebrochen, als sie die heimatliche Farm erreichten. Ein wenig betrübt beschloß sie, den Erkundungsgang durch ihr Gut auf morgen früh zu verschieben. Obwohl der Vollmond an dem sternenklaren Nachthimmel leuchtete, wußte Marty, wie unvernünftig es wäre, im Halbdunkel durch den Garten und die Felder zu stolpern. Von ihrem Platz in der Kutsche aus versuchte sie, die Farmgebäude in der Dunkelheit auszumachen. Ja, dort war die Scheune. Dahinter der Hühnerstall und dort die kleine Holzhütte, die Clark und ihr einst als erstes gemeinsames Heim gedient hatte und nun von Luke und Kate bewohnt wurde. Sie holte tief Luft und ließ sich von Clark aus der Kutsche helfen, um ihm ins Haus zu folgen – doch nicht ohne geschwind in die Richtung ihres Küchengartens zu spähen. Sie war neugierig, was Ellie und Kate für dieses Jahr angepflanzt hatten. Doch in der Dunkelheit behielten die Beete ihr Geheimnis vorerst für sich.

Ellie hatte schon die große Lampe angezündet und beobachtete nun, wie ihre Mutter sich in ihrer Küche umschaute. Ihr geliebter gußeiserner Herd stand an seinem gewohnten Platz; da waren die ordentlich eingeräumten Regale und der große Eichentisch, an dem die Familie schon seit vielen Jahren ihre Mahlzeiten einnahm. Auch an den Vorhängen und den Bildern an der Wand hatte sich nicht das geringste geändert. Selbst die Geschirrtücher hingen wie eh und je jedes an seinem Haken, und die Topflappen über dem Herd begrüßten die Hausherrin wie alte Bekannte. Einzig der Kalender an der Wand zeigte ein neues Gesicht. Seit Martys Abreise von daheim war beinahe ein ganzes Jahr ins Land gezogen.

Sie seufzte auf und wagte ein Lächeln. Welche Erleichterung, alles so vorzufinden, wie sie es hinterlassen hatte! Ein warmes Gefühl der Zufriedenheit überkam sie. Sie stellte ihre Taschen ab und begann, jedem Zimmer im Erdgeschoß einen kurzen Besuch abzustatten. Ja, Ellie hatte tatsächlich dafür gesorgt, daß alles in schönster Ordnung war. „Trautes Heim – Glück allein!" kam es Marty unwillkürlich in den Sinn.

Bei ihrem Rundgang stellte sie fest, daß mehrere Arbeiten gleich in den nächsten Wochen fällig waren. Das Wohnzimmer konnte eine neue Tapete vertragen, und die Küchenschränke schrien geradezu nach Pinsel und Farbe. Marty seufzte vor Wohlbehagen. Ihr Zuhause brauchte sie, und das machte sie glücklich. Am besten kümmerte sie sich gleich um ... aber nicht doch! Nicht mehr heute abend. Plötzlich sehnte sie sich nur noch nach ihrem Bett. Wie todmüde sie war! Bei der großen Wiedersehensfreude hatte sie nicht einmal bemerkt, wie erschöpft sie war. Doch jetzt wurde sie von ihrer Müdigkeit übermannt. Im stillen fragte sie sich, woher sie die Kraft nehmen sollte, um die Treppenstufen zum oberen Stockwerk zu erklimmen.

Clark mußte ihre Gedanken gelesen haben. Unausgesprochen stand die Frage, wie sie sich fühlte, in seinem Blick, als seine Augen die ihren suchten.

„Laß nur, mir geht's gut", versicherte ihm Marty. „Ich bin nur mit einem Schlag furchtbar müde. Ich glaube, ich lege mich gleich schlafen. Morgen ist immerhin auch noch ein Tag, und das große Erzählen kann bis dahin warten."

Clark nickte, hob ihre Taschen vom Boden auf und trug sie erstaunlich behende die Treppe hinauf. Marty folgte ihm schleppenden Schrittes.

An der Schlafzimmertür blieb sie stehen. Wieviele Monate doch seit ihrer letzten Nacht in diesem Zimmer ins Land gezogen waren! Liebevoll ließ sie den Blick über jeden Winkel des Raumes schweifen: die zartgeblümte rosenholzfarbene Tapete, der seidige Glanz des polierten Fußbodens, die dicken, handgewebten Bettvorleger, die weißen, duftigen Gardinen vor dem Fenster, das einladende Bett mit dem gesteppten Überwurf. Ja, Marty liebte ihr Schlafzimmer. Um nichts in der Welt würde sie es hergeben, nicht einmal für das elegante Hotelzimmer, in dem sie und Clark auf dem Weg nach Westen übernachtet hatten.

Oh, sie hatte den Mädchen überhaupt noch mit keiner Silbe von diesem Traum von einem Hotelzimmer berichtet! Und die Episode mit Clarks vermeintlich gestohlener Uhr hatte sie auch noch nicht erwähnt. Und dann die Sache mit den Wanzen ... und die waschechten Indianer, die sie dabei beobachtet hatten, wie sie ihre Ausbeute an Tierfellen zum Verkauf in den Gemischtwarenladen trugen ... Sie hatte ja so viel zu erzählen – aber das alles würde bis morgen früh warten müssen.

Clark hatte indessen die Taschen in einer Ecke abgestellt und war wieder nach unten zum Rest der Familie gegangen.

Ein leises Geräusch riß Marty aus ihren Gedanken. An der Tür stand Larry mit der tragbaren Badewanne.

„Nach der langen Reise hättest du doch sicher nichts gegen ein warmes Bad, Ma", sagte er nur und stellte die Wanne auf eine Fußmatte in der Mitte des Zimmers. „Ich hol' dir geschwind ein paar Eimer Wasser."

Marty sah ihm überwältigt nach. Ja, so war ihr Larry eben: immer auf das Wohl anderer bedacht!

Wenig später kehrte er mit den schweren Wassereimern zurück und leerte sie in die Wanne aus. Marty dankte ihm von Herzen.

„Laß die Wanne nur einfach stehen, wenn du fertig bist", sagte Larry. „Ich trag' sie morgen früh dann nach unten."

Marty nickte, und Larry wandte sich zum Gehen. An der Tür machte er noch einmal halt.

„Schön, daß ihr wieder daheim seid, Ma!" sagte er

leise. „Ohne euch war's manchmal mächtig still hier. Hab' euch so vermißt!"

„Und ich habe dich auch vermißt, mein Junge!" Die ganze Wärme ihrer Mutterliebe lag in ihrer Stimme. „Ich habe ja solche Angst ausgestanden, daß du in die Großstadt ziehst, bevor wir wieder daheim wären. Ich war richtig froh darüber, daß du doch noch ein Jahr damit gewartet hast. Deine Entscheidung wird deiner Ausbildung doch keinen Abbruch tun, oder?"

„Ganz im Gegenteil!" lächelte Larry. „Ich habe nämlich eine Menge von Doktor Watkins gelernt. Du ahnst ja gar nicht, wieviel er mir in dem einen Jahr beigebracht hat! Obendrein hat mir die Zeit bei ihm noch etwas ganz Wichtiges eingebracht, Ma. Jetzt weiß ich nämlich felsenfest, daß die Medizin das richtige für mich ist. Mancher junge Bursche ist sich da anfangs gar nicht so sicher, meint Doktor Watkins, und dadurch wird viel Geld und kostbare Zeit verschwendet."

„Und du hast keine Zweifel mehr?"

„Nicht die Bohne!"

„Dann wollen Pa und ich dir unseren Segen zu deinem Vorhaben geben – wenn's mir auch nicht so recht paßt, daß du gleich so weit von uns wegziehst."

„Dank' dir, Ma", antwortete Larry. „Weißt du, jetzt bin ich alt genug dafür. Voriges Jahr wäre der Umzug vielleicht zu früh für mich gekommen."

Damit ging er wieder nach unten, und Marty schenkte der Badewanne ihre gesamte Aufmerksamkeit.

„Einfach himmlisch!" dachte sie, während sie sich wohlig in das warme Wasser sinken ließ. Mit dem Staub von der langen Reise wusch sie auch die Erschöpfung von ihren schmerzenden Gliedern. Ein sauberes, warmes Nachthemd, ein paar Bürstenstriche durch ihr Haar, und sie stieg zufrieden in ihr Bett.

Kaum war sie unter die Decke geschlüpft, als sie ein zaghaftes Klopfen von der Tür her vernahm. Auf Martys „Herein!" kam Ellie an ihr Bett.

„Ich mußte dir einfach noch schnell eine gute Nacht und Willkommen daheim sagen“, flüsterte sie und drückte ihrer Mutter einen Kuß auf die Wange. „Ich bin ja so froh, daß ihr endlich wieder hier seid, Ma. Ich habe euch nämlich mächtig vermißt!“

„Und ich dich erst, mein Kind! Du hast mir alle Ehre gemacht. Ich bin stolz auf dich. Der Haushalt ist so tipptopp in Ordnung, daß mir geradezu angst und bange wird.“

„Aber warum denn angst und bange?“

„Ich geb's nicht gerne zu, Ellie, aber weißt du, an dir wird mal jemand eine prima Frau haben. Wenn ich daran denke, daß es eines Tages soweit sein wird und du das Haus verläßt, läuft's mir kalt über den Rücken.“

Ellie lachte leise.

„Meine Mutter, die Überängstliche!“ sagte sie liebevoll und strich ihr eine lose Haarsträhne aus der Stirn. „Mach dir um mich deswegen noch kein Kopfzerbrechen! Ich hab's nämlich alles andere als eilig, unter die Haube zu kommen.“

„Dann liegt dir also nicht so sehr an einem eigenen Haushalt und ...“

„Das habe ich nicht gesagt. Klar möchte ich später einmal ein eigenes Haus und eine Familie haben. Mir ist halt nur noch nicht der Richtige über den Weg gelaufen, weiter nichts.“ Sie beugte sich vor und gab Marty noch einen Kuß auf die Stirn. „So, Mama, und jetzt schläfst du süß und selig und stehst mir nicht eher auf, bis du rundherum ausgeschlafen bist. Das Frühstück richte ich dann schon.“

Marty hatte gerade behaglich die Augen geschlossen, als die Tür aufs neue knarrte und Arnie auf Zehenspitzen ins Zimmer kam. Marty schlug mühsam die Augen wieder auf.

„Oh, wie dumm von mir! Ich hätte aufbleiben sollen, bis ...“

„Du hast einen langen Tag hinter dir!“ unterbrach Arnie sie. „Pa sagt, du könntest die Augen kaum noch offenhalten. Er würde mir gehörig eins überziehen, wenn er wüßte, daß ich hier bin."

Marty lächelte.

„So, jetzt wird's aber höchste Zeit", meinte Arnie und gab seiner Mutter einen Kuß auf das wirre Haar. Dann flüsterte er leise: „Du, Mama, sie ist wirklich 'ne Wucht. Du wirst sie auf Anhieb mögen. Morgen erzähl' ich dir mehr über sie." Damit verließ auch Arnie das Schlafzimmer seiner Eltern so leise, wie er gekommen war.

Vor Erschöpfung konnte Marty dem Schlaf keine einzige Minute länger Widerstand bieten. Ihr letzter Gedanke galt Clark. Wo er nur bleiben mochte? Gewiß war er nicht weniger müde als sie. Er gehörte ebenfalls in sein Bett. Doch weiter konnte sie nicht denken und sank sofort in einen tiefen, ruhigen Schlaf.

Auf Erkundung

Clarks Kopfkissen war noch warm, als Marty am nächsten Morgen die Augen aufschlug. Sie hatte nicht länger als gewöhnlich geschlafen, doch nach der Nachtruhe in ihrem eigenen Bett fühlte sie sich wie neugeboren. Plötzlich konnte sie es kaum erwarten, Haus und Hof bei Tageslicht zu erkunden. Sobald sie sich an Ellies herzhaftem Bauernfrühstück gelabt hatte und das Geschirr wieder sauber im Schrank stand, machte sie sich auf den Weg zu ihrem Küchengarten. Ellie und Kate hatten tatsächlich ganze Arbeit geleistet. Mit einem zufriedenen Lächeln auf den Lippen betrachtete Marty die reiche Vielfalt an jungen Pflanzen. Die Mädchen hatten eine gute Auswahl getroffen, und den Überschuß an Gemüse würden sie schon an die Nachbarn verteilen können. Alles schien prächtig zu gedeihen, und Marty freute sich schon jetzt auf eine ertragreiche Ernte. Hier und da richtete sie ein welkes Pflänzchen vom Boden auf, häufte eine Handvoll Erde um ein sprießendes Blatt oder lobte einen besonders stattlichen Kopfsalat wegen seines erstaunlichen Umfangs.

Von dem Gemüsebeet ging sie zu den Blumen. Die frühen Sorten wippten mit ihren taubesprengten Köpfchen in der frischen Morgenluft. Marty sog tief den süßen Blumenduft ein. Emsige Honigbienen flogen summend von Kelch zu Kelch.

Als nächstes stattete Marty den Obstbäumen einen Besuch ab. Das Frühjahr hatte einen reichen Blütensegen hervorgebracht, und sie konnte den Bäumen eine vielversprechende Ernte ansehen, wenn nur der dringend notwendige Regen nicht mehr allzulange auf sich warten ließ. Sie schickte eine Bitte um Regen zum Himmel und ging weiter an den Bach.

Der kleine Wald war schattig und kühl. Der würzige Tannenduft und die wilden Blumen ließen Martys Herz vor Wiedersehensfreude schneller schlagen. Erst jetzt wußte sie, wie sehr ihr das Grün und der erquickende Duft ihres Wäldchens am Bach gefehlt hatte. In Missies neuer Heimat gab es keine hohen, rauschenden Wälder. Marty blieb stehen, um einem Rotkehlchen beim Füttern seiner Jungen zuzuschauen. Kaum hatte es mit seinem fetten Wurm im Schnabel das Nest erreicht, als winzige, hungrige Schnäbelchen sich ihm weit geöffnet entgegenreckten. Marty schmunzelte. Die Mutterpflichten des geschäftigen Rotkehlchens waren ihr selbst ja nur allzu vertraut!

Sie folgte dem Pfad durch den Wald, bis sie das sanfte Gurgeln des Baches hören konnte. Wegen der für diese Jahreszeit ungewöhnlichen Trockenheit floß er nur als kleines Rinnsal dahin, doch das Wasser war klar und glitzerte wie tausend Edelsteine in der Morgensonne. Leise murmelnd schlängelte sich der Bach in seinem Kieselbett durch die Wiesen. Welch ein malerisches Bild!

An der Quelle hockte sich Marty nieder und tauchte ihre Hand in das Wasser. Es war so eiskalt, daß ihre Finger sich krümmten. Sie konnte nie genug über dieses Wunder der Natur staunen. Wie konnte eine unscheinbare Quelle im Wald nur mitten im Sommer so eisiges Wasser hervorbringen? Plötzlich spürte sie den feinen Geschmack von frischer Sahne und Butter förmlich auf der Zunge. Selbst im Hochsommer hielt der Bach die hausgemachten Milcherzeugnisse kühl und tischfertig.

Marty wärmte sich die Hand in den Falten ihrer Schürze und schaute dem munter plätschernden Bächlein zu. In der Nähe hämmerte ein Specht. Vor ihren Füßen regte sich etwas im Gras, und eine erschrockene Feldmaus jagte blitzschnell davon. Eine sonnenbeglänzte Libelle kreiste über dem Bachwasser. Der Wald war voller Leben. Marty konnte sich nie genug daran erfreuen. Der Wald war ihr ein wahrer Ort der Erholung. Und sie brauchte ein wenig Ruhe und Erholung. Alle Knochen taten ihr noch weh von der langen, beschwerlichen Reise, und der Abschied von Missie und das frohe Wiedersehen mit ihren Lieben hier hatte sie viel von ihren inneren Kräften gekostet. Das Jahr, das hinter ihr lag, hatte manche Veränderung mit sich gebracht. Marty wußte zwar, daß das Leben voller Überraschungen und Enttäuschungen steckte; für sie glich eigentlich kein Tag dem anderen. Doch tief in ihrem Herzen dankte sie ihrem Gott für die Dinge, auf die sie heute und auch morgen noch felsenfest zählen konnte, selbst wenn es etwas so Alltägliches wie ein kleiner Bach oder eine klare Quelle war.

Und Clark. Sie lächelte und winkte seiner vertrauten Gestalt drüben am Hügel zu. Sie konnte ihm seine Besorgnis um sie ansehen, als er nun näher kam und in ihrem Gesicht noch die Spuren der Erschöpfung vom Vorabend entdeckte.

„Morgen, Schatz!“ begrüßte er sie und ließ sich, auf seine Krücke gestützt, neben ihr im Gras nieder. „Hast ja gar nicht lange geschlafen. Wie fühlst du dich denn?“

„Ausgeruht – und sooo froh, wieder daheim zu sein!“ Marty legte ihren Arm in seine Armbeuge. „In ein paar Tagen bin ich wieder so gut wie neu, sollst mal sehen. Besonders, wenn ich mich hier am Bach ein Weilchen ausruhen kann!“

„Aha! Dir schwebt also das süße Nichtstun vor!“ neckte er sie, doch der sanfte Druck seiner Hand nahm seinen Worten alle Schärfe. „Bleib nur ruhig hier, solange du magst!“ sagte er dann ernster. „Ellie sorgt schon für Haus und Küche, und die Arbeit macht ihr Freude.“

„Dank’ dir, Schatz!“ sagte sie und küßte ihn zum Abschied, bevor er aufstand.

„So, jetzt wird’s aber höchste Zeit für mich, im Stall nach dem Rechten zu sehen“, sagte er und strich ihr zärtlich über die Wange. „Du kannst gern bis zum Abendessen hier sitzen bleiben, Liebling!“

„Ohne diesen Mann könnte ich mir das Leben nicht

mehr vorstellen“, dachte Marty, während sie ihm nachschaute, bis er ihrem Blick entschwunden war. „Ja, er ist eins von diesen Dingen, die alle Tage gleich sind. Ich brauche ihn so sehr! Dank' dir, Herr Jesus, für meinen Clark!“

Endlich erhob sich auch Marty aus dem grünen Gras und machte sich auf den Rückweg zum Haus. Nachdenklich betrachtete sie dabei das Land um sie herum. Die Leute hatten recht: die Erde brauchte dringend Regen. Die Felder waren ausgetrocknet, und die Bäche flossen spärlich. Das Gras dort auf der Weide war kurz und braun verfärbt. Zugegeben, verglichen mit dem kargen Pflanzenwuchs im Westen waren diese trockenen Weiden geradezu ein tropischer Regenwald, doch Marty wußte aus vergangenen Jahren, daß die Landschaft hier mitten im Juni eigentlich viel grüner und saftiger ausschauen müßte. Sie sah auf. Von einem wolkenlosen Himmel brannte die Sonne sengend auf die Erde herab. Martys Augen suchten den Horizont über den Bergen vergeblich nach Wolken ab. Es gab keinerlei Anzeichen für einen baldigen Regenguß.

Marty lenkte ihre Schritte auf den Stall zu und langte unterwegs über einen Weidenzaun, um dem großen Fuchs den Hals zu streicheln. Auch das andere Pferd auf der Koppel ließ nicht lange auf sich warten. Entrüstet darüber, daß Martys ausgestreckte Hand ihm keine Leckerbissen entgegenhielt, trollte es sich bald wieder, um im Schatten eines Baumes Schutz vor der stechenden Sonne zu suchen.

In dem Hühnergehege drängte sich eine lärmende, flatternde Hühnerschar um den Wassertrog. Ein stattlicher Hahn marschierte erhobenen Hauptes durch sein eingezäuntes Königreich und verwies die übrigen männlichen Untertanen des Hühnervolks mit einem gebieterischen Krähen in ihre Grenzen. Mehrere Gluckhennen führten ihre Jungen zu Erkundungsgängen durch das Gehege. Ellie hatte das Geflügel während Martys Abwesenheit wirklich auf das beste versorgt. Den ganzen Winter über würden sie der Familie manches schmackhafte Hühnergericht auftischen können.

In der Nähe des alten Holzhäuschens, das sie und Clark lange Jahre ihr Heim genannt hatten, verlangsamte sie ihre Schritte. Bei dem Anblick der duftigen weißen Vorhänge an dem offenen Küchenfenster wurde ihr warm ums Herz. Kate war gerade damit beschäftigt, hinter dem Haus ihre Wäsche zum Trocknen aufzuhängen. Marty rief ihr einen Gruß zu, und die junge Frau winkte zurück.

„Ich bin gleich fertig. Hast du Zeit für eine Tasse Kaffee?“

Nur zu gern willigte Marty ein. Sie war ja so neugierig, wie Luke und Kate sich das kleine Blockhäuschen eingerichtet hatten! So folgte sie ihrer Schwiegertochter durch den Eingang in die saubere Küche. Marty bemerkte einige Veränderungen, die die junge Frau vorgenommen hatte, aber die, wie sie selbst gestehen mußte, alles weitaus praktischer gestalteten. Alles in allem hatte die kleine Küche jedoch nichts von ihrer alten Gemütlichkeit eingebüßt.

Kate füllte den Kessel mit Wasser und maß das Kaffeepulver ab.

„Ich habe mich so sehr auf deinen ersten Besuch gefreut!“ sagte sie dabei. „Wie gefällt dir denn unser neues Zuhause? Bildhübsch, nicht wahr?“

Marty stimmte ihr lächelnd zu. Auch sie hatte sich damals sehr wohl hier gefühlt.

Nachdem Kate den Kessel auf die Herdplatte gestellt hatte, schlug sie einen Rundgang durch das Haus vor, worauf Marty schon insgeheim gehofft hatte. Im Wohnzimmer schweifte ihr Blick von dem Kamin über das Bücherregal – beides vertraute Gegenstände von früher – zu dem Sofa, den beiden Lehnsesseln, dem kleinen Tisch und der Standuhr, die allesamt neu angeschafft worden waren. Auch die Teppiche und Gardinen waren neu.

Nebenan war Martys einstiges Schlafzimmer, das sie anfangs mit Missie, dann mit dem Säugling Luke und endlich mit ihrem Mann Clark geteilt hatte. Marty dachte beinahe wehmütig an ihr erstes Jahr als Clarks Ehefrau zurück. Wie wunderbar geduldig und sanftmütig er ihr doch begegnet war, bis er die Wände der Bitterkeit um ihr bekümmertes Herz endlich durchbrochen hatte!

Auf Kates Bett lag eine weiche Daunendecke. Die Kommode an der Wand war geräumiger als die, die Marty damals zur Verfügung gehabt hatte. Vor dem Fenster stand ein bequemer Stuhl, den ein mit Schmetterlingen besticktes Kissen zierte. Eine Wäschetruhe aus Zedernholz in der Zimmerecke machte die Einrichtung komplett. Kate freute sich sichtlich über Martys Lob.

Als nächstes führte ihr Rundgang die beiden Frauen in ein einfach ausgestattetes Gästezimmer. Es enthielt lediglich ein Bett, einen Stuhl und einen kleinen Tisch mit einer Lampe darauf, doch der Raum wirkte sauber und luftig, und Marty war sicher, daß jeder Gast sich hier wohlfühlen würde.

Mit einem Hauch von Rot auf den Wangen öffnete Kate nun die Tür zu dem nächsten Zimmer. Um einen Schreinerbock lagen Werkzeuge am Boden verstreut, und in einer Ecke wartete ein Stapel Holzbretter darauf, verarbeitet zu werden.

„Hat Luke etwas Bestimmtes mit dem Holz vor?“ erkundigte Marty sich, und Kates Wangen röteten sich ein wenig tiefer.

„Eine Wiege“, gestand sie. „Wir wissen zwar noch nicht genau, ob wir sie überhaupt brauchen werden, aber wir wünschen's uns so sehr. Ich habe mit Luke geschimpft, weil er gestern abend die Katze aus dem Sack gelassen hat, bevor wir selbst genau Bescheid wissen, aber er ist vor Aufregung ja schon ganz aus dem Häuschen, und wenn's wirklich wahr ist und wir ... also, wir wollten es unseren beiden Mamas zuerst sagen. Luke hat versprochen, daß ich heute nachmittag mit der Kutsche zu meiner Ma fahren darf.“

Marty umarmte die Schwiegertochter.

„Ich freue mich ja so für euch beide! Hoffentlich habt ihr recht mit euren Vermutungen!"

„Das hoffe ich auch", seufzte Kate. „Luke wäre der glücklichste Mensch der Welt. Das lange Warten ist ihm schon furchtbar schwergefallen."

„Aber ihr seid ja kaum ein Jahr verheiratet!" warf Marty ein.

„Ein Jahr ist eine Ewigkeit, wenn man sich etwas so sehnlich wünscht", sagte Kate. Schließlich mußte sie über sich selbst lachen, und Marty stimmte ein.

„Zugegeben, ein Jahr ist wirklich nicht sehr lange; es ist Luke und mir bloß so entsetzlich lange vorgekommen."

Sie gingen in die Küche zurück, um sich bei einer Tasse Kaffee in aller Ruhe über den neuen Erdenbürger zu unterhalten – falls tatsächlich einer unterwegs sein sollte. Auf dem Rückweg zu ihrem Haus betete Marty, daß Kates und Lukes Traum doch in Erfüllung gehen möchte.

Ellie schaute von einer Schüssel mit Brotteig auf, als Marty die Küche betrat. Vorwürfe regten sich in Marty.

„Ellie, Kind!" sagte sie schuldbewußt. „Das hätte ich längst selbst machen sollen, anstatt wie ein verträumtes Schulmädchen durch die Gegend zu schlendern!"

„Laß nur, Mama, das Brotkneten geht mir inzwischen wie von selbst von der Hand."

„Das sehe ich. Deshalb hast du dir ja auch eine Pause verdient. Jetzt bin ich wieder daheim, und trotzdem lasse ich dich seelenruhig weiter meine Arbeit tun!"

Ellie lächelte.

„Weißt du, die Arbeit tut mir ganz gut. Fühlst du dich besser, nachdem du dich überzeugt hast, daß Haus und Garten noch stehen?"

„Ich denke schon. Nicht, daß ich's anders erwartet hätte, bewahre! Ich glaube, ich mußte mich einfach überzeugen, daß ich wirklich wieder in meinem kleinen Paradies bin. Aus der Ferne ist mir alles oft wie ein Traumschloß erschienen."

„Und jetzt?"

„Es ist genau so, wie ich's in Erinnerung hatte. Kein Traumschloß, sondern ein echtes Paradies!"

„Freut mich zu hören", sagte Ellie und widmete sich wieder ihrem Brotteig.

„Hab' eine Tasse Kaffee von Kate serviert bekommen", fuhr Marty fort.

„Ich habe dich zu ihr hineingehen sehen."

„Sie hat alles sehr nett eingerichtet. Man spürt geradezu, wie glücklich die beiden miteinander sind."

„Sie ist tatsächlich die richtige Frau für Luke. Wenn sie mal nicht einer Meinung mit ihm ist, sagt sie mir gegenüber keinen Ton davon. Sie ist einfach prima!"

Marty lächelte.

„Du ahnst ja gar nicht, wie froh das ein Mutterherz macht, wenn ihre Kinder glücklich verheiratet sind!"

Ellie nickte.

„Arnies Mädchen wird dir auch gefallen", meinte sie, während ihre geübten Hände den Brotteig kneteten. „Der Junge ist ein Glückspilz!"

„Gestern abend war er noch kurz bei mir und hat versprochen, mir ausführlich von ihr zu erzählen, sobald wir in Ruhe miteinander reden können."

„Nun, dann will ich dir noch nichts über sie verraten", lachte Ellie und legte den runden Teigballen zu den anderen in die gebutterte Schüssel. Dann breitete sie ein blütenweißes Geschirrtuch über das Ganze und stellte die Schüssel auf einen Ständer neben den Ofen.

„So, jetzt geh' ich aber nach oben und packe unsere Koffer aus", erklärte Marty entschlossen. „Gestern abend war ich einfach zu müde dazu."

„Du schaust mir immer noch reichlich angegriffen aus", stellte Ellie fest. „Mir scheint, die ganze Reise war doch anstrengender, als du zugeben willst, nicht wahr?"

„Keine Sorge, mir geht's großartig", behauptete Marty. „In ein paar Tagen bin ich wieder munter wie ein Fisch im Wasser, sollst nur sehen."

Ellie warf einen Blick aus dem Fenster in den sonnendurchglühten Nachmittag hinein.

„Übrigens, wo du gerade vom Wasser sprichst – davon könnten wir einen kräftigen Guß gebrauchen. Ich habe den Garten schon seit Wochen begießen müssen, aber eigentlich haben wir viel zuviel angepflanzt, um das Wasser dafür eimerweise heranzuschleppen."

„Ihr habt eure Sache prima gemacht", lobte Marty. „Die Pflanzen sehen prächtig aus. Aber recht hast du: sie brauchen Regen."

Ellie mußte Martys Gedanken hinter dem besorgten Blick zur Wanduhr erraten haben.

„Pack du nur deinen Koffer aus!" sagte sie. „Um das Abendessen kümmere ich mich."

Marty dankte ihr erleichtert und stieg die Treppe hinauf. Liebe Güte, wie müde sie war! Vielleicht würde sie sich nach dem Essen sogar ein Weilchen hinlegen, was sonst ganz und gar nicht zu ihren Gewohnheiten zählte. Im stillen bewunderte sie Clark. Er war gewiß genauso abgekämpft wie sie, doch er ließ sich keine Spur davon anmerken. Nun, in ein paar Tagen würde auch sie sich wieder kräftiger fühlen. Ganz gewiß!

Alte und neue Bekanntschaften

Marty und ihr Sohn Arnie sollten schon bald die Gelegenheit zu einem ausführlichen Gespräch unter vier Augen finden. Auch am nächsten Tag noch war Marty ein wenig matt zumute, so daß Ellie sie dazu überredete, es sich mit ihrem Handarbeitskorb auf der Veranda bequem zu machen, während Ellie selbst den Haushalt versorgte. Arnie setzte sich zu seiner Mutter und begann, ihr von seiner Anne zu berichten.

Anne hatte drei Brüder. Ihr Vater war Pastor Norville, der die kleine Gemeinde im Nachbarort betreute. Als Elfjährige hatte Anne ihre Mutter verloren, und schon früh waren ihr als dem einzigen Mädchen in der Familie die Lasten von Haushalt und Küche zugefallen. Arnie sprach mit einer solchen Hochachtung von ihr, daß Marty es nun kaum erwarten konnte, das Mädchen selbst kennenzulernen.

„Würde sie wohl am Sonntag mit uns zu Mittag essen, wenn du sie einlädst?“ fragte sie.

„Das wäre prima! Ich habe mich für morgen abend mit ihr verabredet, dann frage ich sie gleich.“

„Hast du sie der Familie schon vorgestellt?“

„Allen außer Pa und dir.“

Ein kurzes Schweigen folgte.

„Hast du denn schon Zukunftspläne?“

Arnies Gesicht färbte sich rötlich.

„Klar, die hab’ ich allerdings – hab’ nur noch nichts davon verlauten lassen. Ich wollte, daß ihr beide sie erst kennenlernt.“

„Ach so!“ lächelte Marty. „Das werden wir ja am Sonntag dann besorgen können.“

Ein Lied vor sich hin pfeifend, machte Arnie sich bald darauf auf den Weg zur Scheune. Marty sah ihm stolz und zugleich ein wenig bekümmert nach. Nicht mehr lange, und ihre Kinder würden samt und sonders ausgeflogen sein. Wie sollte sie es nur ertragen, wenn alles plötzlich so leer und still war?

Am Abend kam Charles LaHaye zu Besuch, um sich nach seinem Sohn Willie zu erkundigen. Marty und Clark öffneten ihm erfreut die Tür, und während Marty das Kaffeewasser aufsetzte, ließen Clark und Charles sich am Küchentisch zu einem ausführlichen Austausch nieder.

Mit anerkennenden Worten erzählte Clark von Willies Rinderzucht draußen im Westen. Er schilderte seinem Gegenschwieger das Rancherleben in allen Einzelheiten: die Viehherden, die Schuppen und Ställe, die Cowboys, die Nachbarn und die schnell wachsende Kleinstadt und nicht zuletzt Willies beachtlichen Profit, den er sich durch seine harte Arbeit erwirtschaftet hatte. Unter Schmunzeln und Gelächter berichteten sie Charles von den Possen der gemeinsamen Enkelsöhne. Charles stimmte in das Lachen ein, doch je länger er zuhörte, desto sehnsüchtiger wurde sein Blick.

„Ich glaube, es wird höchste Zeit, daß ich mir auch eine Fahrkarte in den Westen kaufe", sagte er schließlich.

„Das ist eine gute Idee", bestätigte Clark. „Willie und Missie würden sich freuen. Willie hat uns zum Abschied nämlich ausdrücklich gesagt, wir sollen dich auf dem schnellsten Weg in Richtung Westen losschicken."

Charles schluckte mühsam.

„Ich gehe gleich morgen früh zur Bahnstation", sagte er und nickte bedächtig. „Hab' schon viel zu lange damit gewartet."

Voller Ungeduld sah Marty dem kommenden Sonntag entgegen. Morgens in der Kirche würde sie alle ihre Freundinnen und Bekannten nach so langer Zeit endlich wiedersehen. Marty freute sich besonders auf Ma und Ben Graham und auf Wanda und Cameron Marshall.

Wenn Ellie ihr auch längst die Neuigkeiten aus der Nachbarschaft berichtet hatte, so gab es doch nichts Schöneres, als alle Bekannten persönlich zu begrüßen.

Nach dem Gottesdienst würde sich die ganze Familie dann um die Sonntagstafel einfinden. Seit dem Tag ihrer Ankunft hatten sie Nandry und Josh mit ihren Kindern nicht mehr gesehen, und Marty brannte darauf, ein paar vergnügliche Stunden mit ihren Enkeln zu verbringen.

Dazu war sie auf Arnies Freundin gespannt. Eigentlich hatte sie sich immer auf Arnies sicheres Urteil verlassen können, doch hatte ihn die Liebe am Ende gar blind gemacht? Nun, immerhin hatten auch Ellie und Luke nur Gutes über Anne zu berichten gehabt. Marty wagte zu hoffen, daß sie sich tatsächlich als das nette Mädchen erweisen würde, für das jedermann sie zu halten schien, und daß Gott in seiner großen Weisheit die beiden jungen Menschen füreinander bestimmt hatte. Oh, wenn Marty ihren Segen doch nur recht bald zu dieser Verbindung geben könnte!

Hell und warm brach der Sonntag an. Ellie hatte mit den Vorbereitungen für das große Festmahl alle Hände voll zu tun gehabt. Marty hatte sich redlich bemüht, ihr dabei zu helfen, doch vor Müdigkeit hatte sie sich kaum auf den Beinen halten können. Gewiß hatte die Heimreise sie nicht derartig erschöpft, daß sie noch Tage später daran litt! Vielleicht war die Umstellung auf ein anderes Klima schuld an ihrer Mattigkeit, wenn das Wetter auch Clark nicht das geringste auszumachen schien. Von früh bis spät ging er seiner gewohnten Arbeit nach, ohne hinter seinen kräftigen Söhnen zurückzustehen.

Marty spürte oft Clarks besorgten Blick auf sich ruhen, doch er erwähnte vorerst noch nichts von seinen Bedenken. Hin und wieder schlug er ihr vor, sich eine Weile auszuruhen und die Beine hochzulegen. Alles in Marty sträubte sich gegen eine solche Zeitverschwendung, sie wagte aber nicht, Widerworte zu äußern. Wenn sie ganz ehrlich sein wollte, so mußte sie sich eingestehen, daß ihr selbst die Kraft für eine solche Meinungsverschiedenheit fehlte. Im Grunde hätte sie nichts lieber getan, als ihren Haushalt wieder mit dem alten Schwung zu führen; statt dessen war es Ellie, die nahezu alle Arbeiten verrichtete, wenn sie sich auch mit keinem Wort darüber beklagte. Oft fragte sie ihre Mutter sogar um Rat, wohl, um ihr das Gefühl zu geben, daß sie nun wieder das Sagen in ihrer Küche hatte: „Was sollen wir bloß morgen kochen?“ – „Wie richten wir denn den Braten am besten?“ – „Was meinst du – ob wir den Waschtag diese Woche auf Donnerstag legen?“

Nun hatten Ellies geübte Hände also das große Sonntagessen für die gesamte Familie zubereitet. Marty überlegte ein wenig schuldbewußt, ob ihr heute mehr an ihren Bekannten und Nachbarn lag, die sie im Gottesdienst wiedersehen würde, oder an der Predigt. Nun, so dachte sie dann, ihr himmlischer Vater hatte gewiß Verständnis für ihre Wiedersehensfreude und würde es ausnahmsweise dulden, wenn sie der Predigt vor Aufregung heute nicht so recht folgen konnte. Es war tatsächlich eine freudige Begrüßung, als die Gemeindemitglieder Clark und Marty dann auf das herzlichste willkommen hießen.

Wanda lief auf Marty zu und fiel ihr in die Arme. Beiden Frauen kamen die Tränen.

„Oh, ich habe dich ja so sehr vermißt!“ flüsterte Wanda ein ums andere Mal. „Wann kommst du mich mal besuchen und erzählst mir von eurer Reise?“

Marty versprach einen baldigen Besuch.

Auch Ma Graham hielt Marty lange umarmt. Mit Tränen in den Augen berichtete sie, mit welcher Erschütterung sie die Nachricht von Clarks Unfall aufgenommen hatten. Während seiner schweren Krankheit hatte seine Heimatgemeinde dreimal eine besondere Gebetsversammlung für ihn einberufen. Marty dankte Ma von Herzen für diese Teilnahme und versicherte ihr, daß Gott die Gebete auf wunderbare Weise erhört hatte. Ma sah zu Clark hinüber, der den Männern gerade reihum die Hand schüttelte.

„Ja, das sieht man", bestätigte Ma, „keine Spur von Verbitterung ist in seinem Gesicht zu sehen."

Die Kirchenglocken läuteten zum Gottesdienst, und Clark und Marty nahmen ihre gewohnten Plätze bei der Familie ein. Es mutete zunächst merkwürdig an, anstelle von Pastor Joe einen anderen Pfarrer auf der Kanzel zu sehen, doch der neue junge Prediger machte seine Sache ausgezeichnet. Martys Blick streifte Josh und seine Familie. Nandrys Platz war heute leer geblieben. Marty legte die Stirn besorgt in Falten. Vielleicht hatte Nandry anderweitig zu tun, überlegte sie, doch als sie sich nach dem Gottesdienst bei Josh nach ihr erkundigte, erfuhr sie, daß Nandry sich nicht recht wohl gefühlt hatte.

„Es wird doch nichts Ernstes sein?" fragte sie. Josh beruhigte sie; Nandry sei nicht krank, sie fühle sich halt nur ein wenig unpässlich, weiter nichts. Marty versprach, in ein paar Tagen sicherheitshalber nach ihr zu sehen. Für heute würden sie das große Familientreffen ohne sie begehen müssen, obwohl Marty sich auf eine vollzählige Tischrunde gefreut hatte.

Anne war tatsächlich das Juwel, von dem Arnie geschwärmt hatte. Marty und Clark schlossen sie auf der Stelle ins Herz. Sie war ein zurückhaltendes und ernstes Mädchen, strahlte jedoch eine warme Freundlichkeit aus. Wenn sie lächelte, leuchteten ihre Augen, so daß man unwillkürlich zurücklächeln mußte. Sie hatte Arnie aufrichtig lieb; das konnte Marty ihrem Gesicht ablesen und in ihrer Stimme hören. Als Arnie vom Tisch aufstand, um Anne nach Hause zu begleiten, beantwortete Marty die unausgesprochene Frage in seinem Blick mit einem blitzschnellen Lächeln und einem fast unmerklichen Kopfnikken. Arnie hatte verstanden und grinste erleichtert. Marty vermutete insgeheim, daß er große Neuigkeiten für die Familie haben würde, wenn er heimkam. Das hatte er dann auch, wenn er auch das ganze Haus damit lautstark aus dem Schlaf riß.

Marty stattete Wanda bald den versprochenen Besuch

ab. Die beiden Frauen genossen es so recht, einander all die Ereignisse zu berichten, die sich während des letzten Jahres zugetragen hatten. Marty konnte keinerlei Veränderung an Rett feststellen. Obwohl er jetzt äußerlich ein erwachsener junger Mann war, hatte seine geistige Entwicklung auf der Stufe eines kleinen Jungen haltgemacht. Wie eh und je verstand er sich auf eine sonderbare Weise auf Tiere, und im Lauf der Jahre hatte er eine beträchtliche Anzahl von gefiederten und vierbeinigen Gefährten angesammelt. Marty staunte, wie bereitwillig Wanda, das einstige Stadtmädchen aus feinstem Hause, ihr Heim mit all diesen Kreaturen teilte. „Das ist wahre Mutterliebe!" dachte sie lächelnd.

Ma Graham kam auf einen Nachmittag zu Besuch. Sie war allein, denn ihre Kinder hatten inzwischen allesamt geheiratet und das Elternhaus verlassen. Einzig Lou und seine Frau bewohnten eine kleine Hütte auf dem Grahamschen Grundstück. Lou und sein Vater bewirtschafteten die Äcker nun gemeinsam. Marty und Ma tauschten die Erlebnisse des vergangenen Jahres aus.

Marty schilderte ihrer besten Freundin die näheren Umstände von Clarks Unfall und die schweren Tage, die darauf gefolgt waren. Ma war der einzige Mensch, dem sie alles anvertrauen konnte. Noch im Gespräch, als die Tränen rannen, kam Marty der Verdacht, daß Ellie vielleicht nicht unrecht haben mochte. Vielleicht hatten die Vorkommnisse der letzten Monate sie doch mehr mitgenommen, als sie sich selbst eingestehen wollte. Nun ja, so hoffte sie, jetzt, wo sie sich alle ausgestandenen Ängste von der Seele geredet hatte, würde sie sich gewiß bald erholt haben.

Der Juli zog ins Land. Noch immer hielt die trockene Hitze an, und das Land schrie förmlich nach Regen. Die vereinzelten Schauer, die hin und wieder vom Himmel fielen, verflüchtigten sich wie der sprichwörtliche Tropfen auf dem heißen Stein. Tag für Tag versammelte sich die Familie, um für den so dringend erforderlichen Regen zu beten. Ellie verbrachte manche Stunde damit, randvolle Wassereimer für die durstenden Gartenpflanzen herbeizuschleppen. Ihre Brüder beteiligten sich an dieser mühsamen Arbeit, um sie zu entlasten. Auch die Kornfelder litten sichtbar unter der Trockenheit, doch allein der Herr über Wind und Wolken konnte ihnen das segensreiche Naß spenden.

Ein Telegramm von Missie verursachte ein aufgeregtes Stimmengewirr. Es lautete: „Pa LaHaye gut angekommen stop Ebenfalls Melissa Joy, sechseinhalb Pfund Lebendgewicht stop Danken Gott für beide stop Alle wohlauf stop."

Die ganze Familie brach in ein wahres Freudengeheul aus, doch Lukes Augen leuchteten am hellsten von allen.

„Hast du's ihnen schon gesagt?" fragte er Kate und verpaßte ihr einen zärtlichen Rippenstoß.

Sie schüttelte den Kopf. Ihre Wangen glühten vor Freude.

„Doktor Watkins hat uns gestern gesagt, daß wir auch ein Kind erwarten."

So hatten sie noch einen weiteren Grund zur Freude. Jedermann gratulierte den werdenden Eltern auf das herzlichste. Luke strahlte und nahm seine rotwangige Kate in die Arme. Marty sah das Mädchen mit seinen blauvioletten Augen von der Seite an und dachte bei sich, daß Kate noch nie so hübsch ausgeschaut hatte wie heute.

Eingeständnisse

Mit schweren, dunklen Wolken und kräftigen Windböen zog das Unwetter von Westen her auf. Marty befürchtete zuerst, daß der Wind die Wolken vorüberjagen würde, bevor sich ihre nasse Last über dem verdorrten Land ergießen konnte. Vom Fenster aus beobachtete sie aber dann, wie die Böen nachließen und die Wolken schwer und tief über dem Land hingen. Und endlich strömte der langersehnte Regen vom Himmel, drei Tage und drei Nächte lang. Als die Sonne dann wieder ihr strahlendes Gesicht zeigte, hoben die Gewächse der Erde ihre Köpfe erquickt himmelwärts. Marty hätte am liebsten den ganzen Tag lang Loblieder gesungen, und die ganze Familie kam zu einem Dankgebet zusammen.

Wegen ihrer Schwangerschaft litt Kate nun an morgendlicher Übelkeit. Marty wollte sie trösten, doch die junge Frau lächelte nur. „Laß nur, Mama!“ winkte sie gutgelaunt ab. „Es geht ja bald vorüber, und so ein bißchen Übelkeit ist ein kleiner Preis für etwas so Kostbares wie unser Kind.“ Luke dagegen war um ihr Wohlergehen besorgt und bestand darauf, daß sie sich um des kleinen Stammhalters willen schonte. Die beiden werdenden Eltern waren schon jetzt vollauf mit der Ausstattung für den neuen Erdenbürger beschäftigt, obwohl mit dessen Ankunft erst in etwa sieben Monaten gerechnet werden konnte. Auch Marty freute sich mit den jungen Leuten auf das große Ereignis.

Noch immer fühlte Marty sich abgeschlagen und matt. Sie bemühte sich verzweifelt, ihre Müdigkeit zu verbergen, doch je mehr sie sich anstrengte, mit Ellie bei der Arbeit Schritt zu halten, desto offensichtlicher war es, daß ihr die

Kräfte dazu fehlten. Clark schlug einen Besuch bei Doktor Watkins vor, worauf Marty nur den Kopf schüttelte. Insgeheim hegte sie den unangenehmen Verdacht, daß sie von den gewissen Jahren im Leben einer Frau ereilt worden war, wenn sie sich auch mit allen Fasern ihres Herzens dagegen sträubte. Immerhin war sie reichlich jung für eine solche Umstellung! Ihre Befürchtungen behielt sie jedoch vorerst für sich und beteuerte der Familie, deren liebevoll besorgte Blicke sie auf sich spürte, ein ums andere Mal: „Mir geht's gut. Wirklich!" Sie nahm alle verfügbare Energie zusammen, um ein wenig beschwingter zu gehen, die Schultern ein wenig aufrechter zu strecken und ein wenig fröhlicher zu wirtschaften, doch vergebens. Sie fühlte sich schon erschöpft, wenn der Tag kaum begonnen hatte.

Eines Morgens wurde ihr plötzlich regelrecht elend zumute. „Kleine Magengrippe, weiter nichts!" erklärte sie den übrigen Familienmitgliedern. Zwei Stunden später war alles vorüber, doch am nächsten Tag kehrte die Übelkeit zurück. Wieder verschwanden die Anzeichen der Krankheit innerhalb von wenigen Stunden. Als ihr am dritten Morgen jedoch erneut übel wurde, war selbst Marty ein wenig beunruhigt, wenn sie es auch nicht zugeben wollte.

„Du, ich bin ja gerade so schlecht daran wie Kate!" bemerkte sie im Scherz zu Ellie und erzwang ein Lächeln.

„Mama, du gefällst mir ganz und gar nicht", entgegnete Ellie ernst. „Immerhin hat Kate eine einleuchtende Erklärung, weißt du."

Ein furchtbarer Verdacht durchfuhr Marty, den sie nicht einmal auszusprechen wagte. „Was, wenn …? – Nein, unmöglich. Das kann nicht sein. Das darf einfach nicht wahr sein!" Doch den ganzen Tag über konnte sie den Gedanken nicht abschütteln.

Jedesmal, wenn sie der Verdacht von neuem quälte, versuchte Marty, ihn davonzujagen. „Unsinn! Immerhin bin ich schon dreiundvierzig", wollte sie sich einreden, doch im Grunde wußte sie nur zu gut, daß das kaum als Freispruch ausreichte.

„Wenn es nur nicht so entsetzlich albern wäre, so ... so schlichtweg lächerlich!" sagte sie sich. „Ich bin schließlich schon lange Großmutter, mehrfach sogar. Ich glaube, ich würde mich in Grund und Boden schämen!" Der bloße Gedanke an die mögliche Ursache ihres mangelnden Wohlbefindens trieb ihr die Röte ins Gesicht.

Regelmäßig kehrte die Übelkeit nun wieder. Marty bemühte sich verzweifelt, sich nur keine Spur davon anmerken zu lassen und ihre Küchenarbeiten so munter wie möglich zu verrichten. Tief in ihrem Herzen spürte sie jedoch, daß ihre Familie sie zu gut kannte, um sich von ihren kleinen Täuschungsmanövern hinters Licht führen zu lassen.

„Ach, es muß wohl wahr sein", gestand sie sich schließlich ein und zog sich auf ihr Zimmer zurück, um sich gründlich auszuweinen.

„Was wird Clark nur von mir denken? Eine Frau in meinem Alter – und dann so etwas!"

Dann dachte sie an die übrigen Mitglieder der Familie. „Was soll Ellie denn nur von mir halten? Und Missie? Und Kate? Kate erwartet ihr erstes Kind, und da kommt ihre Schwiegermutter daher und ... ach, es ist eine Schande! Und Arnie erst! Der würde bestimmt am liebsten im Boden versinken, wenn seine Mutter zu seiner Hochzeit in anderen Umständen auftaucht!"

Marty konnte sich nicht dazu überwinden, den Rest der Familie in ihr Geheimnis einzuweihen. Zum ersten Mal in all den Jahren ihrer Ehe enthielt sie sogar Clark ihre Ängste und Nöte vor. „Vielleicht hab' ich mich am Ende doch geirrt", versuchte sie sich zu beruhigen. „Vielleicht sehe ich ja nur Gespenster. Oder wenn's doch stimmt, dann verliere ich's vielleicht noch. Das kommt bei Frauen in meinem Alter immerhin öfters vor."

Trotz allen Leugnens wußte Marty jedoch recht gut, daß ihre Vermutungen zutrafen und daß sie über kurz oder lang alles beichten muß. Vor diesem Tag graute ihr. „Er wird wissen wollen, wie eine Frau in meinem Alter nur so entsetzlich dumm sein kann", kochte es in ihr. – Aber nein, Clark wäre der letzte, der ihr Vorwürfe machen würde. Er würde sie eher bemitleiden, sanftmütig, wie er war. Auch daran mochte Marty nicht denken. „Wenn er mir so treu in die Augen sieht, als wollte er sagen: ‚Ach, du Ärmste!' dann ... dann geh' ich in die Luft! Und genau das wird er tun, so, wie ich ihn kenne. Genau das. Besonders, wo ich mich in letzter Zeit so abgeschlagen gefühlt hab'."

Marty beschloß, Clark vorerst nichts zu sagen. Sie würde warten, bis sie sich ganz sicher war und es nicht die geringsten Zweifel mehr geben konnte.

Mit jedem Tag fühlte Kate sich nun ein wenig besser. Luke und sie schienen von nichts anderem als dem kommenden Baby zu sprechen. Marty hatte noch nie ein junges Paar erlebt, das der Ankunft seines ersten Sprößlings so freudevoll entgegengesehen hatte. Sie beneidete die beiden heimlich. „Muß schön sein, wenn man sich so freuen kann", dachte Marty, doch halt! Hatte sie sich nicht genauso sehr auf die Geburt jedes ihrer Kinder gefreut? Jawohl, jedes von ihnen hatte sie voller Freude begrüßt, nur eben nicht dieses. Oh, wie ungerecht von ihr! Schließlich traf dieses ungeborene Kind keine Schuld!

Was Luke und Kate wohl denken mochten, wenn sie ihnen aus heiterem Himmel ankündigen würde: „Wißt ihr was, ihr beiden? Ich erwarte auch ein Kind, und das Tollste ist, daß es um die gleiche Zeit wie eures ankommen wird!"

Liebe Güte, würden die aber große Augen machen!

Doch Marty verriet niemanden auch nur ein einziges Wort darüber.

Josh und Nandry hatten sich der sonntäglichen Tischrunde wieder angeschlossen. Marty war erleichtert darüber, doch sie sorgte sich noch immer um Nandry. Irgend etwas schien nicht mit ihr zu stimmen. Bei Tisch verhielt sie sich wortkarg und vermied es, Clark direkt anzusehen. Saß er ihr gegenüber, so schien sie an ihm vorbeizusehen. Was mochte nur in ihr vorgehen? Oder bildete sich Marty am Ende alles nur ein? War es vielleicht der Anblick von Clarks verkürztem Bein, der ihr zu schaffen machte? Nun, am besten ließ sie die Sache zunächst einmal auf sich beruhen, beschloß Marty. Immerhin war Nandry mit ihrer Familie jetzt hier, und dafür war sie dankbar. Vielleicht würde sich mit der Zeit alles von selbst geben.

„Du, ich habe einen Besuch bei Doktor Watkins vereinbart." Beinahe beiläufig hatte Clarks Bemerkung geklungen. Es war Abend, und sie schickten sich gerade an, zu Bett zu gehen. Martys Kopf fuhr in die Höhe.

„Du bist doch nicht etwa krank? Hast du denn Beschwerden am Bein, oder ..."

„Ist gar nicht für mich", unterbrach Clark sie. „Du sollst zum Arzt gehen."

„Was? Ich? Aber wieso denn in aller Welt?"

„Ich mach' mir halt Sorgen um dich, deshalb. Zuerst hab' ich gedacht, du brauchst eben ein paar Tage, bis du dich von der Reise erholt hast, aber das hast du nicht, meine Liebe. Du kannst dich manchmal kaum noch auf den Beinen halten, und ..."

Ungehalten fiel Marty ihm ins Wort.

„Die Mühe hättest du dir sparen können. Ich bin nicht krank. Ist doch Unsinn, den Doktor wegen einer Sache zu bemühen, die gar nicht ... Jedenfalls fehlt mir nichts, und überhaupt hättest du mich wenigstens vorher fragen können, daß du's nur weißt!"

Clark zog sie an sich. Es war nicht Martys Art, im Zorn zu sprechen, und ihre hitzigen Worte bekräftigten Clarks Verdacht, daß tatsächlich etwas nicht in Ordnung war.

Er hielt sie lange in seinen Armen. Ohne ein Wort zu sagen, strich er ihr geduldig über das lange, offene Haar.

Allmählich löste sich die starre Anspannung in ihr. Er hielt sie noch immer fest umarmt und küßte sie auf die

Stirn. Zu seiner Überraschung vergrub sie plötzlich das Gesicht an seiner Schulter und brach in Tränen aus.

Kalte Angst griff nach Clarks Herzen. Was war nur mit seiner Frau los? Litt sie vielleicht an einer unheilbaren Krankheit und versuchte mit allen Mitteln, es vor ihm zu verbergen? Er wiegte sie sanft in seinen Armen.

„Bitte, mein Gott, nur das nicht!" flüsterte er kaum hörbar.

Marty weinte nicht lange. Als sie ruhiger geworden war, flüsterte Clark zärtlich: „Es stimmt also doch was nicht mit dir; hab' ich recht?"

Marty nickte nur.

„Bist du schon beim Doktor gewesen?"

Marty schüttelte den Kopf.

„Dann bist du dir nicht sicher, was es ist?"

„D-d-doch", stotterte Marty.

Ein langes Schweigen folgte. Clark betete um Kraft, um das zu tragen, was nun folgen mußte.

„Und was meinst du nun, was dahinter stecken ..." Die Stimme versagte ihm.

Marty kämpfte erneut mit den Tränen.

„Ein ... ein ... ein Baby", brach es dann aus ihr hervor.

Völlig entgeistert schob Clark sie einen Schritt zurück.

„Ein ... Was???"

„Ein Baby!" rief sie, die Züge vor Scham und Schmerz verzerrt.

„Ein Baby?"

Sie nickte und wünschte sich nichts sehnlicher, als sich wieder in seinem Hemd vergraben zu dürfen, damit sie seinem forschenden Blick nicht zu begegnen brauchte.

„Ein Baby also", sagte Clark schließlich ernüchtert.

Marty schloß die Augen und ließ ihre Tränen ungehindert über ihre Wangen rollen. Weder Vorwürfe noch Mitleid konnte sie nun ertragen. Stumm und reglos stand sie da.

„Ach, Marty, du bist mir vielleicht eine!" Sanft nahm er sie bei den Schultern.

Sie schlug die Augen auf und sah die Augen ihres Mannes auf sich gerichtet. Keine Vorwürfe lagen darin, auch nicht eine Spur von Mitleid. Liebe – nichts als reine Liebe stand darin geschrieben. Und dann flog Marty auch schon in seine Arme und weinte vor Erleichterung.

Clark hielt sie lange so umarmt. Schließlich schob er sie von sich, um ihr wieder ins Gesicht zu sehen. Jetzt tanzte ein leises Lächeln auf seinen Lippen.

„Das grenzt ja tatsächlich an ein Wunder, meinst du nicht auch?"

„Ein Wunder?" wiederholte Marty verständnislos.

„Ja, ein Wunder. Ich hab' mir nämlich schon Gedanken gemacht, wie wir's ohne Kinder im Haus überhaupt hätten aushalten sollen. Sieh mal, Arnie heiratet doch bald und zieht in die Stadt; Larry fängt mit dem Studium an, und wir wissen beide sehr wohl, daß unsere Ellie langsam auch flügge wird. Und gerade jetzt, wo wir unser letztes Kind hergeben sollen, schickt Gott uns noch eins."

An Gott als Urheber der Geschehnisse hatte Marty in den letzten Wochen wenig gedacht. Auch jetzt war sie sich ihrer Sache noch nicht recht sicher. Immerhin war sie nicht mehr die Jüngste, und was in aller Welt sollten ihre erwachsenen Kinder und all die Nachbarn von ihr halten?

„Weißt du, ich möchte trotzdem gern, daß du zu Doktor Watkins gehst", hörte sie Clark gerade sagen. „Wir wollen schließlich sichergehen, daß alles in bester Ordnung ist."

„Also schön, wenn du darauf bestehst", willigte Marty ein, obwohl sie sich selbst vor dem liebenswürdigen Doktor ihres Umstands wegen schämte. Am liebsten hätte sie ihr Geheimnis für immer und ewig für sich behalten.

„Die Kinder werden aufatmen", fuhr Clark fort. „Wir haben uns nämlich alle schon den Kopf darüber zerbrochen, was nur mit dir los sein könnte. Sie werden froh sein, daß..."

„Peinlich wird's ihnen sein!" widersprach Marty. „Entsetzlich peinlich!"

„Wie kommst du denn auf die Idee? Du bist halt von Kopf bis Fuß eine Frau, so wie der Herrgott dich geschaffen hat, weiter nichts. Kinderkriegen ist das Natürlichste von der Welt und kein Grund zum Schämen."

Marty gab sich geschlagen. Sie wußte, wie sinnlos jegliche Widerworte sein würden. Obendrein spürte sie, daß sie sehr, sehr müde war. Ohne zu protestieren, ließ sie sich auf Clarks Vorschlag hin auf ihr Bett sinken.

Die Familie wird eingeweiht

Früh am nächsten Tag brachte Clark das Gespann vor der Haustür zum Stehen und half Marty in den Kutschwagen. Er lenkte die Pferde heute mit besonderer Umsicht. Marty wußte, daß das aus Sorge um sie geschah – und um ihr ungeborenes Kind. Die Wangen brannten ihr heiß, wenn sie sich ausmalte, was Clark nur zu ihrem heimlichen Wunsch der vergangenen Wochen sagen würde. Wie oft hatte sie sich nämlich im stillen gewünscht, die ganze Schwangerschaft zu verlieren! Bestimmt lag Clark nichts ferner als eine solche Wendung der Dinge!

Es war ein strahlender Sommermorgen. Ein sanfter Regenschauer hatte den Boden noch vor Sonnenaufgang benetzt, und der würzige Duft von fruchtbarer Erde und sprießendem Grün erfüllte die Luft. Marty schob sich die Haube aus der Stirn, um die vertraute Landschaft um sie her eingehend zu betrachten. Ihr letzter Ausflug in die Stadt schien geradezu Ewigkeiten zurückzuliegen!

Sie fuhren an dem Gut der Familie Graham vorüber. Marty winkte Ma zu, die mit dem Rechen in der Hand auf ihrem Gemüsebeet stand. Beschämt stellte Marty fest, wie wenig Gartenarbeit sie selbst in diesem Jahr getan hatte. Die arme Ellie! Sie hatte eigenhändig Haus und Hof versorgen müssen.

Vor der Praxis des Doktors hielt Clark das Gespann an und half Marty aus der Kutsche.

„Geh du nur schon vor!" sagte er. „Ich komme nach, sobald ich die Pferde angebunden habe."

Marty nickte und betrat ein wenig widerstrebend die kleine Arztpraxis. Im Wartezimmer saßen schon drei Patienten. Marty war dankbar für den Aufschub, den sie ihr spendeten.

Bald war Clark bei ihr. Viel zu schnell verflog die Zeit, und bevor sie wußte, wie ihr geschah, wurde Marty auch schon in das Sprechzimmer gebeten. Doktor Watkins begann mit einigen allgemeinen Fragen über ihre Gesundheit. Marty war auf ein erstauntes Stirnrunzeln seitens des Doktors gefaßt, doch dieser schien nicht im geringsten überrascht zu sein, eine dreiundvierzigjährige Frau, dazu die Großmutter einer zahlreichen Enkelschar, vor sich zu haben, die ihm nun zaghaft ihren Verdacht gestand, erneut Mutterfreuden entgegenzusehen.

Nach der Untersuchung bestätigte der Arzt Marty in aller Seelenruhe, daß sie sich tatsächlich nicht getäuscht hatte und daß alles seine Ordnung zu haben schien. Er erteilte ihr ein paar Ratschläge, die zu dem gesunden Gedeihen des Kindes und der Schonung ihrer eigenen Kräfte beitragen sollten. Marty versprach, auf eine nahrhafte Kost zu achten und sich viel Ruhe zu gönnen.

Anschließend bat der Doktor auch Clark in das Sprechzimmer, um dem werdenden Vater seine Glückwünsche auszusprechen. Beide Männer schienen sich geradezu königlich über die Neuigkeit zu freuen. Einen Augenblick lang wollte sich eine Spur von Bitterkeit in Martys Herz einschleichen, doch gleich darauf schämte sie sich schon dessen. Die Männer hatten selbstverständlich recht. Der Ankunft eines neuen Erdenbürgers gebührte schließlich eine freudige Begrüßung. Es war allerhöchste Zeit, daß sie dieser Freude freie Bahn einräumte, ermahnte sie sich.

Nach dem Arztbesuch erledigten sie ihre Einkäufe. Diesmal waren es nur ein paar Kleinigkeiten, die Ellie auf die Liste geschrieben hatte.

Als sie aus dem Gemischtwarenladen wieder auf die Straße traten, weigerte sich Clark, Marty auch nur das kleinste Bündel tragen zu lassen. Statt dessen bestand er darauf, alles selbst zu dem wartenden Gespann zu tragen, wenn er den Weg dorthin auch mehrmals zurücklegen mußte. Marty sah ihm vom Schatten eines Baumes aus ungeduldig zu, bis die Einkäufe endlich in der Kutsche verstaut waren.

„Hättest du Lust auf eine Tasse Tee?“ schlug Clark vor, und Marty nahm die Einladung gerne an. Vielleicht würde der Tee sie ein wenig aufmuntern.

Gemächlich schlenderten sie auf das Hotel zu.

„Weißt du, ich habe mir Gedanken gemacht“, meinte Clark unterwegs. „Nun sind wir schon einmal gemeinsam in der Stadt. Magst du da nicht gleich noch ein paar Dinge für den neuen Sprößling besorgen? Von unseren anderen Kindern dürften wir nämlich kaum noch genug Babyhemdchen und was man sonst noch so braucht übrig haben, stimmt's?“

Entsetzt sah Marty zu ihm auf. An das langwierige Nähen einer kompletten Säuglingsausstattung hatte sie noch mit keinem einzigen Gedanken gedacht. Kate steckte schon lange mitten in der Arbeit, und dabei sollten die beiden Kinder um die gleiche Zeit ankommen, und Marty hatte noch keinen Finger gerührt, und ... Doch halt! Es gab keinen Grund zur Überstürzung. Sie war einfach innerlich noch nicht zu solcherlei Vorbereitungen fähig.

„Laß nur, damit hat's noch jede Menge Zeit!“, antwortete sie nur.

Clark nickte und öffnete ihr die Tür des Hotels.

Auf dem Heimweg schwirrte Marty der Kopf. Die ganze Familie wußte, daß sie heute den Doktor aufgesucht hatte. Sie alle waren sehr um ihre Gesundheit besorgt, und sie würden ihr unweigerlich ängstliche Fragen stellen. Sie durfte einfach nicht zulassen, daß sie sich weiterhin sorgten. Schließlich war sie ja gar nicht „krank“. Es war einfach nicht fair, ihnen die Wahrheit vorzuenthalten. Marty überlegte, ob sie sich unter einer Ausflucht in ihr Schlafzimmer zurückziehen und Clark die unangenehme Aufgabe überlassen sollte, den Kindern die Sachlage in ihrer ganzen Lächerlichkeit mitzuteilen. Nein, so würde es nicht gehen. Das wäre ja die reinste Drückebergerei! Oh, wie ihr vor dieser Eröffnung graute! Was sollte sie nur sagen? Wie bringt man seinen erwachsenen Kindern bei, daß sich ein weiteres Kind angemeldet hat? Früher war es immer so einfach gewesen. Man versammelte die Kinderschar um den Schaukelstuhl und kündigte ihnen freudig an: „Wißt ihr was, Kinder? Ihr bekommt ein winzig kleines Geschwisterchen. Nur Gott weiß, ob's ein Junge oder ein Mädchen wird." Darauf brach stets ein wahres Jubelgeschrei los, und ein jedes Kind ergriff auf der Stelle Partei für ein Brüderchen oder ein Schwesterchen. Dann, am Tag der Ankunft, gab es natürlich immer Sieger und Verlierer, doch all das ging schnell in der Begeisterung über den frischgebackenen Erdenbürger unter. Nachdem das Neugeborene seinen älteren Geschwistern vorgestellt worden war, zweifelte niemand mehr daran, daß Gott ihnen haargenau das richtige Kind geschickt hatte, das eine nämlich, das sie sich allesamt gewünscht hatten.

„Bloß diesmal", dachte Marty, „diesmal haben wir uns alles andere als noch ein Kind gewünscht. Vielleicht wird sich keiner von uns so recht freuen können. Oh, Clark wird es schon nicht verstoßen, das steht fest. Aber freut er sich wirklich auf das Kind? Und der Rest der Familie? Wer von ihnen möchte schon einen Säugling im Haus haben? Also, ich jedenfalls nicht. Nicht besonders."

So sehr Marty sich ihrer Gedanken schämte, so brachte sie doch keine andere Einstellung zuwege. Sie hatte dieses Kind nicht gewollt. Die Schwangerschaft war völlig unbeabsichtigt. Marty wäre wohler ums Herz, wenn ihr diese Niederkunft erspart bleiben würde.

Über ihr zogen Wolken auf. Marty schaute zum Himmel empor, um sie prüfend zu betrachten. Die Wolken mochten Vorboten eines Regenschauers sein. Nun, Regen konnten sie eigentlich jederzeit gebrauchen. Der ausgedörrte Boden konnte sich allzu selten an einem kräftigen Regenguß sättigen.

Wieder fuhren sie an dem Grahamschen Gut vorüber. Marty stellte erleichtert fest, daß Ma ihre Gartenarbeit beendet hatte und wieder in ihr Haus gegangen war. Sie hegte nämlich die unbestimmte Befürchtung, daß Ma ihr das unselige Geheimnis schon von ferne ansehen würde. Was würde Ma nur von ihr denken? Erst jetzt erinnerte sich Marty, daß Ma Graham ihr letztes Kind geboren hatte, als sie etwa in ihrem Alter gewesen war.

„Aber das war etwas ganz anderes", protestierte sie im stillen. „Ihr Kind war kein Nachzügler wie meins, und obendrein hatte sie noch keine Horde von Enkelkindern."

„Stimmt zwar", entgegnete eine innere Stimme, „aber deine leiblichen Kinder haben dir auch noch keine Enkel beschert. Nandry und Cathy sind Tinas Töchter gewesen, falls du das vergessen haben solltest, und Missie ist Ellies Kind. Mit deinem ältesten Sohn liegst du allerdings hart im Rennen, soviel steht fest."

Beinahe gegen ihren Willen mußte Marty schmunzeln. Eigentlich war es ein urkomisches Zusammentreffen: Kate und sie zur selben Zeit im Wochenbett! Man stelle sich das einmal vor. Die beiden Kinder würden gewiß später einmal zur Zielscheibe mancher Scherze gemacht werden.

Viel zu bald hatte Clark das Gespann im Hof angehalten und sprang vom Kutschbock, um Marty aus dem Wagen zu helfen. Marty sehnte sich plötzlich auf einen anderen Erdteil. Würden die Kinder sie auf der Stelle mit Fragen überschütten, sobald sie die Küche betreten hatte? Sie schickte sich an, allein zum Haus zu gehen, doch Clark eilte ihr zur Seite.

Ellie öffnete ihnen die Tür. Ihr fragender Blick suchte die Augen ihres Vaters.

„Ma fehlt nichts", antwortete er fest, und die Furcht wich aus Ellies Zügen, wenn das Fragen auch bestehen blieb.

Marty war überrascht, daß Clark es bei der einen Bemerkung bewenden ließ. Sie stieg die Treppe hinauf zu ihrem Zimmer, um in ein schlichteres Hauskleid zu schlüpfen. Das Abendessen war schon gekocht.

Erst bei der Familienandacht am nächsten Morgen brachte Clark die Sprache auf das große Geheimnis. Er hatte einen Abschnitt aus der Bibel vorgelesen, der die wunderbaren Verheißungen Gottes und das Lob, das ihm gebührt, behandelt. Reihum wurden alle in der Tischrunde aufgefordert, etwas zu nennen, wofür sie Gott besonders dankbar waren. Clark selbst bekannte, wie sehr er Gott für jedes einzelne Mitglied seiner Familie dankte. Dann sprach er das Abschlußgebet. Nach dem Gebet bedeutete er allen, noch einen Moment sitzen zu bleiben.

„Als ihr klein wart und wir euch etwas besonders Wichtiges zu sagen hatten “, begann er, „haben wir euch um uns versammelt und euch in das große Geheimnis eingeweiht. Larry hier ist der einzige, der so etwas noch nie erlebt hat, und das soll sich heute ändern. Larry, mein Junge“, nannte er ihn liebevoll, „deine Ma und ich haben dir was ganz Wichtiges zu sagen. Euch anderen gilt das natürlich auch.“ Und sein Blick ging durch die Runde. „Wir sind zwar nicht vollständig beisammen, aber ihr sollt wissen, daß eure Ma und ich ein Geschwisterchen für euch bestellt haben. Ob's nun aber ein Junge oder ein Mädchen wird, das wissen wir noch lange nicht, aber ...“

Drei große Augenpaare richteten sich überrascht auf Marty, die sich unbehaglich unter ihren Blicken wand. Arnie fand als erster die Sprache wieder. Mit einem lautstarken „Juchuuu!“ sprang er von seinem Stuhl auf. „Na endlich!“ rief nun auch Larry. „Endlich bin ich auch einmal an der Reihe!“

Marty wagte kaum ihren Ohren zu trauen. Von ihren erwachsenen Söhnen wandte sie sich dann zu Ellie um, doch diese war leise in Tränen ausgebrochen. Hatte die Neuigkeit sie zu hart getroffen? Marty streckte ihr besorgt die Arme entgegen, und Ellie flog auf sie zu.

„Ach, Mama!“ schluchzte sie. „Ich hab' ja solche Angst um dich gehabt. Solche riesengroße Angst!“ Dann mußte sie trotz ihrer Tränen lachen. „Und dabei ist es bloß ein Baby. Ich kann's noch gar nicht fassen. Ein Baby!“

Entschlossen sah sie ihre Brüder an.

„Also, ich hoffe jedenfalls, daß es ein Mädchen wird, daß ihr's nur wißt!"

„Ein Junge!" kam die einstimmige Antwort.

„Nein, ein Mädchen", beharrte Ellie. „Wir haben nämlich schon mehr Jungs als Mädchen.

„Das hat gar nichts zu sagen", empörte Larry sich. „Ich hab' schließlich noch keinen einzigen kleinen Bruder."

„Nun mal langsam!" gebot Clark mit erhobener Hand. „Nur ruhig Blut! Ob's nun ein Junge oder ein Mädchen wird, das ist schon längst entschieden, und kein Geschrei der Welt ändert was daran. Ich schlag' euch vor, daß wir's einfach abwarten und uns überraschen lassen."

Marty sah sich überwältigt in der Runde um. Diese Familie war aber auch unglaublich! Keins von ihnen schien auch nur die geringsten Vorbehalte zu haben. Zugegeben, Arnie war immer schon in Kleinkinder vernarrt, und Ellie spielte furchtbar gern das Mütterchen. Larry hatte sich schon oft darüber beklagt, als Nesthäkchen der Familie nie in den Genuß von jüngeren Geschwistern gekommen zu sein.

Marty schüttelte den Kopf. Eigentlich hätte sie sich überhaupt nicht zu scheuen brauchen, die weichen, zarten Stoffe für die Säuglingsausstattung schon heute anzuschaffen. Bei einer Familie wie ihrer würde erst wieder Ruhe einkehren, wenn alle Vorbereitungen für diesen winzigen Erdenbürger, der sich da angekündigt hatte, erledigt waren.

Allerhand Vorbereitungen

Kate hatte Marty und Ellie zu einem Nachmittagskaffe eingeladen. Marty war froh, daß Kate ihre Übelkeit nun soweit überwunden hatte, um überhaupt an Kaffee denken zu können. Sie selbst fühlte sich dagegen morgens noch zu elend für deftige Mahlzeiten. Bei Tisch bat sie nur um eine halbe Tasse Kaffee, die sie mit Sahne auffüllte, um dem starken Gebräu seinen bitteren Geschmack zu nehmen. Dennoch war ihr, nachdem sie einige Male daran genippt hatte, nicht mehr nach Kaffee zumute. Auch der Rosinenstuten konnte sie nicht locken, und sie war dankbar, daß die Mädchen sie nicht zum Essen nötigten.

Kate sprudelte geradezu über vor Freude über ihr kommendes Kind. Sie schien überzeugt zu sein, daß Marty dem ihren nicht minder begeistert entgegensah. Marty bemühte sich um ein paar fröhliche Worte, die, wie sie hoffte, aufrichtig klangen. Erst als Kate dann voller Stolz ihre selbstgenähte Säuglingsausstattung hervorholte und sie Stück für Stück vorführte, gelang Marty ein herzliches Lachen.

„Luke behauptet felsenfest, daß wir einen Jungen bekommen“, erzählte Kate. „Ich habe zwar versucht, ihm zu erklären, daß es geradesogut ein Mädchen sein könnte, aber er hört mir nicht einmal zu.“

„O diese Männer!“ schimpfte Ellie verächtlich. „Mit ihrer ewigen Besserwisserei können die einen glatt ins Bockshorn jagen. Wenn das Kind dann endlich da ist, geben sie klein bei und freuen sich, auch wenn sie nicht recht behalten haben.“

Marty fragte sich insgeheim, woher Ellie ihre tiefen Erkenntnisse auf diesem Gebiet bezog. Nun ja, immerhin war sie in einer Ortschaft und in einer Familie aufgewachsen, wo Säuglinge keine Seltenheit waren.

Kate führte ihre Gäste in das hellgrün tapezierte Kinderzimmer. Die duftigen Vorhänge an den Fenstern waren schneeweiß, und auch die Fensterrahmen waren weiß gestrichen. Unter Lukes fachmännischen Händen hatte die Wiege schnell Gestalt angenommen und näherte sich nun dem Tag ihrer Fertigstellung. Kate arbeitete gerade an einer Steppdecke aus zartgrün bedrucktem Stoff.

„Luke wollte unbedingt, daß ich eine blaue Decke nähe", lachte Kate, „aber ich hab' gesagt: ‚Sicher ist sicher!'"

An der Wand stand eine kleine Kommode. Als Kate die Schubladen öffnete, kamen zahllose handgenähte Kindersachen zum Vorschein.

„Liebe Güte", dachte Marty bei sich, „der Ausstattung nach könnte das Kind ruhig schon morgen ankommen. Dabei hat's damit noch so viel Zeit! Was wird sie nur mit all den Wochen und Monaten bis zur Niederkunft anfangen?"

Kate schien ihre Gedanken erraten zu haben.

„Ich weiß, ich weiß, wir haben's mächtig eilig mit den Vorbereitungen gehabt, aber Luke hat gemeint, wenn wir das Notwendigste erst beisammen haben, dann kann ich in Ruhe ein paar ganz besondere Dinge für das Kleine nähen. Ich möchte auch gern ein paar Jäckchen stricken, und im Stricken bin ich nun mal entsetzlich langsam."

„Mama", sagte Ellie auf dem Heimweg, „wie wär's mit einem Ausflug in die Stadt?"

„Nun, meinetwegen. Warum?"

„Ich denk' mir halt, 's wird höchste Zeit, daß wir auch ein paar Besorgungen für unser Baby machen. Schließlich wollen wir nicht ohne eine Ausstattung dastehen, wenn's ankommt."

„‚Unser' Baby?" Marty wiederholte die Worte leise flüsternd. Ja, Ellie hatte in gewissem Sinne schon recht. Das Kind würde der ganzen Familie gehören.

„Dafür haben wir noch jede Menge Zeit", wollte Marty widersprechen, doch Ellie kam ihr zuvor.

„Klar, bis dahin ist noch viel Zeit, aber wir brauchen Berge von neuen Sachen für die Kleine. Sie soll die hübschesten Kleidchen haben, die man sich nur ..."

„Nun halt aber mal die Luft an!" erhob Marty lachend Einspruch. „Sie wird schon nicht in Lumpen leben, keine Sorge! Bei solchen Dingen braucht man's nicht gleich so zu übertreiben, weißt du. Überhaupt kann ich mir beim besten Willen keinen Säugling vorstellen, der eine fürstlichere Ausstattung sein eigen nennt als Lukes und Kates Nachwuchs."

„Die beiden sind wirklich ganz aus dem Häuschen vor Freude, nicht wahr? Kate ist ja als Einzelkind aufgewachsen. Sie hat sich immer schon eigene Kinder gewünscht. Aus ihr wird eine prima Mutter werden, das weiß ich genau."

Marty stimmte ihr zu. Kate schien zur Mutter wie geschaffen zu sein. Sie freute sich jedesmal unbändig, wenn sie von der Ankunft eines neuen Erdenbürgers hörte. Selbst die Nachricht von Martys Schwangerschaft hatte sie mit großem Jubel aufgenommen, worüber Marty unendlich erleichtert war. Um keinen Preis hätte sie gewollt, daß das Kind, das sie selbst erwartete, Kate um ihre Freude beraubt hätte. Doch so war es nicht gewesen. Kates Jubel schien unerschöpflich zu sein.

„Also, was ist?" drängte Ellie. „Wann fahren wir einkaufen?"

Marty mochte sich nicht recht festlegen. Der Gedanke daran, vor aller Augen in der Gemischtwarenhandlung Dinge für einen Säugling auszusuchen, war ihr außerordentlich peinlich. Jedermann in der ganzen Stadt würde es im Handumdrehen erfahren, und das Gerede der Leute ... Nein, lieber wollte sie diesen Einkauf auf die letzte Minute verschieben.

„Ich kauf' die Sachen gern für dich ein, wenn dir das lieber ist."

„Du???“ Marty war entsetzt. „Was werden die Leute bloß denken, wenn ausgerechnet du aus heiterem Himmel auftauchst und Windelstoffe kaufst?“

„Unsinn!“ gab Ellie zurück. „Die Sachen könnten schließlich genausogut für Kate sein. Oder für Missie oder Cathy. Wer weiß, vielleicht ist sogar Nandry wieder in Umständen.“

„Sag mal, Ellie, weißt du eigentlich, was in letzter Zeit mit Nandry los ist?“ fragte Marty in der Hoffnung, endlich Klarheit über Nandrys rätselhaftes Verhalten zu gewinnen. Vielleicht gab es für ihr bedrücktes Schweigen die einfache Erklärung, daß sie ein Baby erwartete, obwohl ihre bisherigen Schwangerschaften ihr nicht die geringsten Beschwerden verursacht hatten.

„Ich hab' keinen blassen Schimmer“, gestand Ellie, „aber irgendetwas stimmt nicht mit ihr, das steht fest.“

„Allerdings!“ seufzte Marty. „Mir ist's auch aufgefallen. Hab' halbwegs gehofft, daß ich's mir bloß einbilde.“

„Nein, das bildest du dir nicht ein“, bestätigte Ellie. „Ich bin noch nicht dahintergekommen, was es ist. Wenn's ein Baby wäre, also, wer weiß ...“ Sie führte den Gedanken nicht zu Ende.

Als sie das Haus erreicht hatten, machte Ellie sich gleich auf den Weg zum Hinterhof, um nach der Wäsche auf der Leine zu sehen. Marty holte sich eine trockene Brotkruste aus der Küche, von der sie sich eine Linderung ihrer fortwährenden Übelkeit erhoffte. Der gewünschte Erfolg blieb jedoch aus, so daß sie die Treppe hinauf zu ihrem Schlafzimmer stieg, um sich eine Weile auf ihr Bett zu legen. Oh, wie dankbar sie sein würde, wenn sie diese leidige Übelkeit endlich überwunden hätte! Warum sie dieses Mal nur so sehr an Übelkeit litt? So elend hatte sie sich noch nie gefühlt, wenn sie in anderen Umständen war. Nun, Kate ging es inzwischen besser. Es dauerte gewiß nicht mehr lange, bis auch sie sich wieder normal fühlte.

Abschied

Der Herbst brachte sowohl Gutes als auch Kummer mit sich. Marty fühlte sich endlich wohler und verspürte zum ersten Mal seit langer Zeit wieder einen gesunden Appetit. Ihre Kräfte kehrten zurück, so daß sie sich an der Arbeit in Haus und Garten beteiligen konnte, ohne in Erschöpfungszustände zu verfallen. Nun war es Ellie, die darauf bestand, daß sie sich in ihrem Eifer nicht allzuviel aufbürdete.

Mit dem Herbst nahte auch der Tag, an dem Larry sein Elternhaus verlassen würde. Marty mochte kaum daran denken, so traurig stimmte sie der bevorstehende Abschied.

Immer wieder mußte sie sich ermahnen, daß Larry kein kleines Kind mehr war. Er war zu einem jungen Mann herangewachsen, der voll und ganz imstande war, für sich selbst zu sorgen. Es fiel ihr schwer, sich an diesen Gedanken zu gewöhnen, und während sie ihm für sein Junggesellendasein eine neue Garnitur Hemden nähte und Strümpfe strickte, fiel manche Träne auf ihre Handarbeit.

Larry jedoch sah dem Abenteuer freudig entgegen. Er schien weitaus mehr Stunden bei Doktor Watkins über dessen medizinischen Fachbüchern als daheim bei seiner Familie zu verbringen. Der gute Doktor war fest davon überzeugt, daß Larry das Zeug zu dem erstklassigsten Studenten hatte, den seine zukünftigen Professoren je zu Gesicht bekommen hatten, und er scheute sich nicht, seine Kollegen im Osten davon in Kenntnis zu setzen. Ein älterer Arzt hatte sich bereit erklärt, sich Larrys im besonderen anzunehmen. So dankbar, wie Marty auch über all diese Verbindungen war, so fiel es ihr doch unendlich schwer, ihren Jüngsten ziehen zu lassen.

Oft suchte sie Trost in dem Wissen, daß der Junge schon in den Weihnachtsferien zu Besuch heimkehren würde. In diesem Jahr sollte nicht nur das traditionelle Familientreffen über die Feiertage stattfinden, sondern auch Arnies Hochzeit. Larry sollte der Trauzeuge sein, und Clark hatte sich erboten, ihm die Fahrkarte für die Heimreise zu schicken. Marty war erleichtert. So würde sie sich wenigstens mit eigenen Augen davon überzeugen können, ob Larry den rigorosen Anforderungen seines Studiums gewachsen war, und sollte er drohen, unter der Last zusammenzubrechen, so würde sich gewiß ein Weg finden, ihn daheim zu behalten.

All diese Gedanken gingen ihr durch den Kopf, während sie gerade an der Ferse eines neuen Strumpfes strickte. Nun waren es nur noch wenige Tage, bis Larry seinen Koffer packen und mit der Postkutsche zur nächsten Bahnstation reisen würde, um den Zug in Richtung Osten zu besteigen.

Zu Martys großer Erleichterung würde Larry an seinem Studienort von Joe und Cathy in Empfang genommen werden. Zwar würde Larry nicht bei seinen Verwandten wohnen können, doch war er ihnen jederzeit als Gast willkommen, wenn er einmal vom Heimweh gepackt werden sollte, tröstete sich Marty. Larry selbst schien ihre Sorgen nicht im geringsten zu teilen, und auch Clark sprach keine derartigen Befürchtungen aus. Er schien Martys Gefühle jedoch zu ahnen und begegnete ihr verständnisvoll und zuversichtlich. Oft erinnerte er sie daran, wie schnell die Wochen bis Weihnachten dahinfliegen würden.

Arnie schien nur noch Augen für seine Anne und die Farm zu haben, die ihr gemeinsames Heim nach der Hochzeit werden sollte. Das Wohnhaus war reparaturbedürftig, so daß Arnie jede freie Minute dort mit seinem Werkzeug zubrachte. Clark half ihm tatkräftig, sobald seine Pflichten es ihm erlaubten. Selbst Luke konnte hin und wieder ein paar Stunden erübrigen, um mit Hand anzulegen. Allmählich wurde das Haus wohnlicher, und mit jedem Tag schien Arnies Ungeduld zu wachsen.

Zur Erntezeit mußten Hammer und Säge beiseite gelegt werden. Große Mengen an Getreide wollten eingefahren werden, und Larrys Tage daheim auf der Farm waren gezählt. Clark verrichtete einen beachtlichen Teil der Erntearbeit eigenhändig. Er hatte sich mehrere Vorrichtungen gebastelt, mit deren Hilfe er nahezu seine gesamte Gerätschaft für den Ackerbau handhaben konnte. Seine Söhne beobachteten ihn voller Anerkennung. Er konnte es jederzeit mit einem von ihnen aufnehmen.

Viel zu früh dämmerte der Tag von Larrys Abreise. Die ganze Familie begleitete ihn in die Stadt. An der Kutschstation wartete schon Doktor Watkins mit seiner Frau, um seinen jungen Schützling zu verabschieden. Larry, der von Reisefieber und Abenteuerlust geradezu übersprudelte, mußte sich manchen gutgemeinten Scherz von seinen älteren Brüdern gefallen lassen. Der gute Doktor ließ es sich nicht nehmen, ihm zahllose letzte Ratschläge mit auf den Weg zu geben. Marty befürchtete insgeheim schon, daß sie in dem Trubel keine Gelegenheit mehr finden würde, ihrem Sohn Lebewohl zu sagen, doch in letzter Minute kam Larry entschlossen auf sie zu und umarmte sie. Marty mußte zu ihrem Jüngsten aufsehen, der sie inzwischen um eine Handbreit überragte.

„Und gib gut auf dich acht!“ flüsterte Larry ihr zu. „Ich möchte nämlich nicht, daß meinem kleinen Bruder etwas zustößt.“

Ein Schluchzen brannte Marty in der Kehle. „Das Baby würde ich nur zu gern hergeben, wenn ich dich dafür behalten könnte!“ wollte sie sagen, doch sie schwieg. Larry würde es nie und nimmer verstehen.

Statt dessen erwiderte sie seine Umarmung und ermahnte ihn mütterlich, auf seine Gesundheit zu achten und sich genug Ruhe zu gönnen. Sie sagte ihm, daß sie die Tage bis Weihnachten zählen würde, und er versprach, dasselbe zu tun. Dann wurde sein Koffer auch schon in die wartende Postkutsche verladen. Die Pferde stampften ungeduldig mit den Hufen und rissen an ihrem Geschirr. Der Kutscher rief die Passagiere zum Einsteigen. Marty wußte, daß sie ihren Sohn jetzt gehen lassen mußte. Sie trat einen Schritt zurück und bemühte sich um ein Lächeln. Larry lächelte fröhlich zurück. Mit seiner Hand strich er ihr über die Wange, kehrte sich zu der Kutsche um und sprang in den Wagen. Ein Ruf des Kutschers, und mit einem Ruck und einem dichten Staubwirbel ging es los. Die Pferde liefen schon im Galopp, bevor der Kutscher sich auf dem Bock zurechtgesetzt hatte. Das Schluchzen steckte Marty noch immer in der Kehle, doch sie versagte sich die Tränen. Zum Weinen würden ihr später noch viele Tage bleiben.

Warum war das Leben nur so voller Abschiede? Sie sah zu Arnie hinüber. Er war als nächster an der Reihe, und er sah dem Lebewohl noch freudiger entgegen als Larry. Warum hatten sie es alle nur so eilig, das Elternhaus zu verlassen?

Ellie riß sie aus ihren trüben Gedanken. Sie nahm sie beim Arm und führte sie durch die Hauptstraße.

„Du und ich, wir haben ein paar Einkäufe zu erledigen“, kündigte sie an. „Diesmal lasse ich mich nämlich keinen Augenblick länger hinhalten.“

Marty nickte ergeben. Ellie hatte recht. Es war wirklich an der Zeit für diese Art von Besorgung. Jetzt, wo Larry aus dem Haus war, würde sie in den Näharbeiten eine willkommene Ablenkung finden. Obendrein hatte ihr Leib begonnen, sich verräterisch zu wölben. Marty vermutete, daß die ersten Gerüchte über sie schon im Umlauf waren. Ebensogut konnte sie den Leuten endgültig Klarheit über ihren Zustand verschaffen. Entschlossen folgte sie Ellie in das Gemischtwarengeschäft und steuerte geradewegs auf die Meterwaren zu.

„Du kleines Menschlein“, gestand sie im stillen dem Kind, das sie unter dem Herzen trug, „wenn du wirklich da bist – ach, ich kann's ja selbst kaum fassen, daß es dich geben soll –, dann mußt du eine Menge Geduld mit mir haben. Ich kann mich nämlich einfach noch nicht recht über dich freuen. Weißt du, ich hab' einfach nicht mit dir gerechnet, und ich kann ..." Weiter kam Marty nicht. Wie aus heiterem Himmel regte sich das Kind mit einer Heftigkeit, die Marty den Atem stocken ließ. Das zarte Menschenleben in ihr hatte sich in aller Deutlichkeit bemerkbar gemacht. Mit diesem Wissen durchflutete Marty plötzlich eine tiefe Mutterliebe zu ihrem ungeborenen Kind. Es war wirklich da, ein völlig neues, lebendiges Geschöpf, ein verschmolzener Teil von ihrem und Clarks Fleisch und Blut. Wenn dieses Kind auch nicht geplant war, so wuchs es doch, beschützt und warm, in ihrem Leib heran, bis sie es eines Tages in ihren Armen halten würde.

„Bist du ein kleines Mädchen? Das wär' schön", flüsterte sie überwältigt, und eine Träne löste sich aus ihrem Augenwinkel.

„Was hast du gesagt?" erkundigte Ellie sich, die gerade geschäftig die Stoffballen der weichsten Flanelltücher auf der Theke ausbreitete.

„Oh, nichts ... gar nichts", beeilte sich Marty zu sagen und wischte sich schnell die verräterische Träne ab. „Ich bin halt nur ganz deiner Meinung. Ich hoff' nämlich auch, daß es ein Mädchen wird."

Zu Besuch bei Ma

Am nächsten Tag faßte Marty den Entschluß, Ma Graham einen Besuch abzustatten. Sie wollte ihre Freundin selbst von ihrem Zustand in Kenntnis setzen, bevor sie von den Frauen am Ort erfuhr, daß die Familie Davis wieder Nachwuchs erwartete. Sie bat Clark, das Gespann für sie bereitzustellen, und zog einen warmen Mantel zum Schutz gegen den scharfen Herbstwind an.

Sie hatte die Pferde noch nicht festgemacht, als Ma schon mit ausgebreiteten Armen auf sie zugelaufen kam.

„Woher hast du nur gewußt, daß mir so recht nach einem Plauderstündchen mit dir zumute war?" rief sie aus. „Wir haben einander ja seit eurer Heimkehr kaum zu sehen bekommen!"

„Stimmt!" gab Marty zurück. „Jetzt habe ich's nicht länger ausgehalten. Ich mußte einfach zu dir fahren!"

„Wir geht's dir denn?" erkundigte sich Ma und legte den Arm um Marty, während sie nun ins Haus gingen.

„Gut. Ich kann nicht klagen."

Ma gab sich vorerst mit dieser Antwort zufrieden und führte Marty in ihre Küche. Den Mantel hängte sie auf einen Haken hinter der Tür.

„Mach's dir nur schon bequem!" bat sie. „Ich koche uns geschwind einen Kessel Wasser. Hättest du lieber Kaffee oder Tee?"

„Tee vielleicht."

Ma schob einen frischen Holzscheit in die Feuerkammer des großen Küchenherdes und stellte den Kessel auf die Platte. Dann setzte sie sich zu Marty an den Tisch.

„Du schaust ja schon viel besser aus. Eine Zeitlang habe ich mich regelrecht um dich gesorgt. Jeden Sonntag, wenn ich dich in der Kirche sah, sagte ich zu Ben: ‚Mit Marty stimmt doch was nicht!'"

„Das hast du gesagt?"

Ma nickte.

„Liebe Güte!" seufzte Marty. „Ich habe ja nicht geahnt, wie viele Leute sich wegen mir Gedanken gemacht haben! Meine Familie hat auch lange herumgerätselt, was mir wohl fehlen könnte."

„Aber jetzt siehst du schon besser aus."

„Ich fühle mich auch viel besser!" Marty lächelte.

„Bist du beim Doktor gewesen?"

„Allerdings."

„Hat er feststellen können, was mit dir los war?"

Marty nickte.

„Und hat er dir etwas verordnet, das gleich geholfen hat?"

„Das nicht gerade", sagte Marty.

Ma runzelte die Stirn.

„Aber du hast doch gerade gesagt, daß du dich besser fühlst."

„Tu ich auch", bestätigte Marty.

Nun war Ma restlos verwirrt.

„Also die Sache ist die", begann Marty, „ich bin nämlich gar nicht krank. Der Grund, weshalb ich mich nicht so recht wohlgefühlt hatte, ist … hm, ich … ich bin in anderen Umständen, das ist alles."

Mas Augen weiteten sich vor Erstaunen und leuchteten dann auf.

„Das ist doch … Warum in aller Welt bin ich nur nicht von selbst auf die Idee gekommen?"

„Weil du – wie ich – mit so etwas nicht gerechnet hättest. Ich hab's ja selbst zuerst kaum wahrhaben wollen!"

„Nein, also, das ist doch unfaßlich!" murmelte Ma wieder.

„Schau mal her, man sieht's sogar schon", sagte Marty und stand auf, damit Ma sich mit eigenen Augen überzeugen konnte.

„Alle Wetter!“ rief Ma entgeistert. „Tatsächlich, man sieht's!“

Plötzlich mußte Marty lauthals auflachen, und auch Ma stimmte herzlich mit ein.

„Und stell dir nur vor“, brachte Marty schließlich hervor, „eine Frau in meinem Alter, und eine Großmutter obendrein, schafft sich auf ihre alten Tage noch einen Sprößling an. Ist das nicht urkomisch?“

„So komisch ist's nun auch wieder nicht. Ich war nämlich noch älter als du, als mein Jüngstes ankam.“

Marty nickte.

Der Wasserkessel dampfte, und Ma erhob sich, um den Tee aufzubrühen und den Gewürzkuchen in Scheiben zu schneiden.

„Was meint denn der Rest der Familie dazu?“ erkundigte sie sich, als sie sich wieder zu Marty gesetzt hatte.

Marty schüttelte den Kopf.

„Es war einfach unglaublich. Kein einziger hat protestiert. Ganz im Gegenteil, sie waren geradezu begeistert.“

„Und Clark?“

„Ich habe das Gefühl, er ist im Grunde stolz wie Oskar und zeigt es nur um meinetwillen nicht.“

Lächelnd füllte Ma eine Teetasse für Marty und reichte sie ihr.

„Das ist jedenfalls besser als ein Riesenaufhebens darum zu machen“, meinte sie, und Marty wußte, wie recht Ma damit hatte.

„Und du selbst?“ fragte Ma, während sie ihr die Kuchenplatte reichte.

Marty zögerte.

„Hm, bei mir“, gestand sie zögernd, „bei mir war's zuerst anders. Ich konnte mich im Anfang kein bißchen freuen.“

„War dir die ganze Sache peinlich?“

„Und ob! Gesorgt hab' ich mich dazu.“

„Du meinst, weil du dich so elend fühltest?“

„Nein, deshalb nicht einmal so sehr. Anfangs habe ich ja gerätselt, was in aller Welt mir nur fehlen könnte. Als ich dann überlegt hatte, was es sein könnte, habe ich mich mehr darum gesorgt, was die Leute wohl von mir denken würden als um meine Gesundheit."

„Das Gefühl kenne ich", nickte Ma. „So ist es mir bei meinem Letzten auch ergangen. Schließlich habe ich mir aber gesagt, was geht's die Leute schon an! und habe mich an die Arbeit gemacht."

Marty lachte.

„Da sind die Leute leider anderer Meinung", sagte sie, doch zu ihrem eigenen Erstaunen stellte sie fest, daß ihr das plötzlich längst nicht mehr soviel ausmachte wie anfangs.

„Kannst du dich denn inzwischen ein wenig mehr freuen?"

Marty sah auf die Teetasse in ihren Händen und beobachtete den Dampf, der sich daraus emporkräuselte.

„Ja", sagte sie schließlich mit fester Stimme und richtete ihren Blick wieder auf Ma. „Jetzt kann ich mich freuen. Gestern, nachdem Larry abgereist war, da erschien mir zuerst alles so ... so leer, weißt du, so entsetzlich still. Und dann – Ellie ließ nicht locker und bestand darauf, daß wir endlich die Stoffe für die Säuglingsausstattung kauften. Dabei habe ich etwas Sonderbares erlebt, Ma. Zum allerersten Mal habe ich gespürt, wie das Kind sich bewegte, und da war urplötzlich alles wie verwandelt. Ich habe den kleinen blinden Passagier mit einem Schlag richtig liebgewonnen. Ma. Ich ... ich ... ich kann's selbst nicht erklären, aber ich habe das Kind lieb, und jetzt freue ich mich auf seine Ankunft."

Ma verstand.

„Ja, ich weiß, wie dir's zumute ist", nickte sie. „Wenn man die ersten Fußtritte gespürt hat, dann gibt's plötzlich kein Halten mehr."

Die beiden Frauen schwiegen, während jede ihren eigenen Gedanken nachhing.

„Muß mächtig schwer für dich gewesen sein, Larry ziehen zu lassen“, meinte Ma dann.

„Das war’s wirklich. Dabei war er so begeistert, daß er’s kaum erwarten konnte, bis die Reise losging. Vielleicht wär’s einfacher gewesen, wenn er sich nur ein kleines bißchen länger an mich geklammert hätte“, fügte Marty leise hinzu.

Ma lächelte verständnisvoll.

„Das hätte die Sache auf die Dauer höchstens schlimmer gemacht.“

„Da magst du recht haben. Womöglich hätte ich mir die ganze Nacht lang die Augen aus dem Kopf geweint, wenn ich gewußt hätte, daß er Heimweh hat.“

„Ja, so ist das Leben“, sann Ma. „Kaum sind sie den Kinderschuhen entwachsen, sind sie schon auf und davon.“

„Wenn ich da an Ellie denke, wird mir angst und bange.“

„Wie meinst du das?“

„Ich weiß beim besten Willen nicht, wie ich’s ertragen soll, wenn mir meine Ellie aus dem Haus geht. Sie hat ihre Sache einfach prima gemacht, Ma. Das Mädchen hat mir den ganzen Haushalt eigenhändig geführt und mich obendrein aufgemuntert, wo sie nur konnte. Weiß nicht, wie ich überhaupt ohne sie auskommen könnte.“

„Hat Ellie etwa einen Verehrer?“

„Noch nicht, aber du weißt ja: Was nicht ist, das kann noch werden. Und zwar schneller, als man sich’s versieht!“

„Allerdings! Und ein Mädchen wie Ellie wird sich vor Verehrern kaum retten können.“

„Weißt du, sie hat sich eigentlich noch nie etwas aus jungen Burschen gemacht, aber wer weiß, wie lange noch …“ Marty ließ ihre Worte im Raum stehen.

„Ehrlich gesagt“, gestand Ma, „habe ich mich schon in der Kirche umgeschaut, ob es einen unter den Nachbarsburschen gibt, der zu Ellie passen würde.“

Marty nickte zum Zeichen, daß sie es ihr gleichgetan hatte.

„Und zu welchem Ergebnis bist du gekommen?“ fragte sie Ma.

„Habe noch keinen entdeckt“, vertraute Ma ihr an. „Ich meine halt, daß es für Ellie schon etwas Besonderes sein muß.“

„Wenn ihr erst einer den Kopf verdreht hat, dann gibt's kein Zurück!“

Ma füllte Martys leere Tasse auf.

„Als meine Kinder sich ihre Zukünftigen aussuchten, habe ich mich auch jedesmal ein wenig dagegen gesträubt. Was meinst du, wie froh ich bin, daß wir das alles hinter uns haben! Allesamt haben sie sich aber für prima Partner entschieden. Ich bin regelrecht stolz auf sie. Ja, das war jedesmal eine Aufregung, sag' ich dir! Dafür kann ich jetzt in Ruhe verschnaufen und mich an den kleinen Enkelchen freuen.“

„Wenigstens hast du deine Enkel alle in der Nähe. Meine wohnen überall im ganzen Land verstreut. Weiß nicht, ob ich's ertragen würde, wenn noch eins von meinen Kindern in die Ferne zieht.“

„Das muß schwer sein, so etwas. Ich wäre traurig, wenn auch nur eins von meinen fehlte.“

„Nathan und Josia sind Prachtbuben, und die kleine Melissa wächst im Nu heran. Wer weiß, wann wir sie zum ersten Mal zu sehen bekommen! Cathys Jüngstes haben wir auch noch nie in den Armen gehalten. Ach, wenn sie uns doch besuchen könnten, und wenn's auch nur auf ein paar Tage wäre! Ach Ma, es ist so schwer, wenn sie in alle Himmelsrichtungen verstreut sind! Ich vermisse sie allesamt so sehr!“

Ma schien zu spüren, wie schwermütig Marty der Gedanke an ihre Lieben in der Ferne zu stimmen drohte. Geschickt lenkte sie daher das Gespräch auf andere Dinge.

„Wie steht's denn mit Arnies Hochzeitsplänen?“ fragte sie.

Die verbleibende Zeit vor Martys Heimfahrt verbrachten sie damit, allerhand Neuigkeiten aus Nachbarschaft und Familie auszutauschten, und Martys Niedergeschlagenheit wich bald einer fröhlicheren Stimmung.

Winter

Mit bitterem Frost zog der Winter ins Land. Dankbar für den Schutz ihres warmen Hauses schaute Marty dem Schneetreiben durch das Fenster zu. Ellie drängte sie oft, an ihrer Näherei für das erwartete Kind zu arbeiten, und es dauerte nicht lange, bis Martys Eifer dem ihrer Tochter gleichkam.

Kate kam häufig auf ein Plauderstündchen herüber. Sie schien restlos in den Vorbereitungen für die beiden neuen Erdenbürger aufzugehen. Luke teilte Kates Begeisterung, und auch er verwandte manchen langen Winterabend darauf, Dinge für den Sprößling zu fertigen, der sie zu einer richtigen Familie machen sollte.

Die Wetterverhältnisse machten es Clark nahezu unmöglich, seinen Farmerspflichten nachzugehen. Schon mehrmals war ihm sein Krückstock auf Schnee und Eis ausgeglitten, und nach zwei nur um Haaresbreite abgewendeten Stürzen fügte er sich in sein Schicksal und überließ seinen erwachsenen Söhnen den größten Teil seiner Arbeit. Marty genoß seine Gesellschaft im Haus.

Mit jedem Tag wuchs Martys Liebe zu ihrem ungeborenen Kind. Es war ihr unbegreiflich, wie sie sich nur anfangs gewünscht haben konnte, daß es dieses Kind nicht gäbe. Die ganze Familie sah dem Ereignis mit weitaus größerer Spannung und Vorfreude entgegen, als sie es je bei den vorangegangenen Neuankömmlingen getan hatte.

Arnies Gedanken drehten sich nun hauptsächlich um seine bevorstehende Hochzeit. Das kleine Farmhäuschen war inzwischen einzugsbereit. Anne hatte die Fenster mit Gardinen versehen und die Böden mit Teppichen und

Fußmatten ausgelegt. Da ihre Mutter nicht mehr lebte, hatte Marty sich nur zu gern bereit erklärt, zu der Aussteuer beizutragen, indem sie Steppdecken und Geschirrtücher nähte. Marty hatte ihre zukünftige Schwiegertochter ganz ins Herz geschlossen. Sie hegte keinerlei Zweifel, daß Arnie und sie miteinander sehr glücklich sein würden.

So folgte ein geschäftiger Wintertag auf den anderen. Das Haus war mit munteren Stimmen und einem steten Strom von Kommen und Gehen erfüllt. Marty freute sich ihres Lebens wie selten zuvor, selbst wenn sie die Familie auch gegenwärtig nicht vollzählig um sich hatte.

Ein sehnlichst erwarteter Brief von Larry traf ein. Marty öffnete ihn mit fiebernden Händen und las den Inhalt dem Rest der Familie vor. Es gehe ihm blendend, versicherte Larry seinen Eltern und Geschwistern, und das Studium bereite ihm Freude. Doktor Watkins hatte ihm eindeutig zu einem großen Vorsprung seinen Kommilitonen gegenüber verholfen, schrieb er; er hatte in seinem praktischen Jahr Dinge gelernt, die den übrigen Studenten noch neu waren. Das ältere Ehepaar, bei dem er zur Miete wohnte, hatte sich seiner angenommen und verwöhnte ihn über alle Maßen. Die beiden Leutchen waren kinderlos, und die Frau schien es sich in den Kopf gesetzt zu haben, alles Versäumte nun an Larry aufzuholen, meinte er.

Er vermißte seine Familie, doch blieb ihm für Heimweh keine freie Minute. Er besuchte die Gottesdienste einer Kirche ganz in der Nähe und hatte noch nie so viele junge Leute auf einmal gesehen wie dort. Sie hatten ihn gleich freundlich begrüßt und unter sich aufgenommen. Cathy und deren Familie bekam er aus Zeitmangel nicht oft zu sehen, doch sie hatte darauf bestanden, daß er das Erntedankfest mit ihnen feierte. Ihnen allen ging es gut, berichtete Larry. Das Baby gedieh prächtig, und aus Esther Sue war beinahe schon eine junge Dame geworden. Anfangs sei sie Larry gegenüber ein wenig schüchtern gewesen, doch das hatte sich bald geändert. Joe schien in seiner Predigerschule geradezu aufzugehen und fragte sich ernsthaft, wie die Kirchengemeinde daheim nur so viel Unwissenheit seitens des Pastors hinnehmen konnte. Unglaublich, was es alles noch zu lernen gab!

Am Ende des Briefes richtete Larry noch einige persönliche Zeilen an jedes einzelne Familienmitglied. Marty wurde ermahnt, sich und das ungeborene Kind zu schonen. Wenn er zu Weihnachten und zu Arnies Hochzeit nach Hause käme, wollte er alles so vorfinden, wie er es in Erinnerung hatte.

Die kurze Nachschrift war für Marty bestimmt. „Ein Mädchen wäre mir übrigens auch recht“, besagte sie, und Marty tupfte sich schnell eine ungebetene Träne aus dem Augenwinkel, als sie den Briefbogen zusammenfaltete und in den Umschlag zurücksteckte.

„Lieber kleiner Larry!“ dachte sie. „Ganz allein in der Fremde und schrecklich beschäftigt. Dabei möchte er es doch um keinen Preis der Welt anders haben!“

Aber Larry hatte natürlich recht. Bevor sie sich's versahen, würde das Weihnachtsfest vor der Tür stehen.

Ben

Marty hatte sich gerade wohlig unter ihrer warmen Steppdecke ausgestreckt, als ein kräftiges Klopfen an der Haustür sie erschreckte. Mit einem Ruck setzte sie sich aufrecht, und Clark sprang aus dem Bett, um sich hastig anzukleiden.

„Was ist denn los?“ fragte sie schläfrig.

„Keine Ahnung. Irgend jemand muß uns etwas Dringendes zu sagen haben.“

Damit eilte er aus dem Schlafzimmer. Sein Krückstock pochte dumpf den Flur entlang und auf die Treppe zu.

„Zünde dir doch schnell die Lampe an, sonst schlägst du mir in der Dunkelheit noch der Länge nach hin!“ rief Marty ihm nach, doch da hörte sie seine Schritte schon von der Treppe her.

Marty schlug die Decke zurück und griff nach ihrem Morgenmantel. Auf dem Flur hörte sie, wie Arnie, der inzwischen eine Laterne angezündet hatte, Ellie etwas zurief.

„Was ist denn passiert?“ rief Ellie von ihrem Zimmer her zurück.

„Weiß auch nicht“, rief Arnie. „Pa ist schon unten und sieht nach.“

Damit stieg er die Treppe hinunter. Marty schlüpfte in ihre Hausschuhe, um ihm schnell zu folgen.

Als Arnie sie kommen hörte, wandte er sich um und meinte besorgt: „Ma, du hättest aber im Bett bleiben sollen.“

„Laß nur, Junge, ich schaff's schon.“

„Gib acht mit den Stufen!“ mahnte Arnie und reichte ihr einen Arm zur Stütze.

In der Küche sprach Lou Graham gerade mit Clark. Clark sah auf, als Marty und Arnie eintraten. Er eilte auf seine Frau zu und legte den Arm um sie. „Es ist Ben", sagte er leise.

Unzählige Fragen jagten ihr durch den Kopf, doch sie brachte keinen Ton heraus. Mit großen, vor Schreck geweiteten Augen sah sie von einem zum anderen. Etwas Ernstes mußte geschehen sein, sonst hätte Lou sich nicht mitten in der Nacht auf den Weg hierher gemacht. Nun betrat auch Ellie mit fragendem Blick die Küche.

Clark schob Marty einen Stuhl zu, und sie setzte sich.

Arnie fand als erster Worte.

„Was ist denn passiert?"

„Sein Herz", antwortete Clark.

Ein kurzes Schweigen folgte; dann fragte Arnie: „Wird er durchkommen?"

„Er ist tot."

„Tot?" Marty glaubte zu träumen. Das Ganze mußte ein furchtbarer Irrtum sein. Vor wenigen Tagen hatte sie ihn doch noch gesehen, und er schien bei bester Gesundheit zu sein. Er hatte ihr das Gespann abgenommen und sogar noch gutmütig über ihren Zustand gescherzt. Nein, es mußte einfach ein Irrtum sein! Es durfte nicht Ben sein. Nicht Ben Graham!

„Es ist passiert, als er gerade zu Bett gehen wollte", sagte Clark zögernd. „Ich fahre am besten gleich rüber, Marty."

Angestrengt bemühte sich Marty, Ordnung in ihre wirren Gedanken zu bringen. Ben lebte nicht mehr. Ben Graham, ihr guter, langjähriger Nachbar. Ma war zum zweiten Mal verwitwet, und Clark würde gleich zu ihr fahren.

Sie schüttelte den Kopf und stand auf.

„Ich komme mit", erklärte sie ruhig, aber entschlossen. „Ich komme mit dir, Clark."

Sie spürte die Blicke der Umstehenden auf sich gerichtet. Ein jeder von ihnen schien protestieren zu wollen, wenn auch niemand etwas sagte. Marty zog den Morgenrock fester um sich und holte tief Luft. Dann sah sie sich in der Runde um.

„Ich komme mit“, sagte sie noch einmal. „Ma braucht mich jetzt. Macht euch keine Sorgen um mich!“

Niemand widersprach, und Marty ging zum Schlafzimmer zurück, um sich anzukleiden. Ellie folgte ihr.

„Mama“, sagte sie, „zieh dich warm an! Draußen herrscht ein eisiger Frost.“

Marty nickte nur und begann, ihre Kleidungsstücke zurechtzulegen.

Clark erwartete sie schon unten. Lou war inzwischen weiter geritten, um die traurige Nachricht unter den Verwandten und Freunden zu verbreiten. Arnie wärmte einen Ziegelstein im Kamin. Marty wußte, daß er dafür bestimmt war, ihre Füße unterwegs im Schlittengespann vor der bitteren Kälte zu schützen. Die Pferde stampften schon ungeduldig im Schnee, ungehalten darüber, in einer solchen Nacht aus ihrem warmen Stall geführt zu werden.

Ohne ein Wort half Clark seiner Frau in den Schlitten. Arnie legte ihr den warmen Ziegelstein unter die Stiefel und breitete eine Decke über sie. Die Besorgnis in seinen Augen sagte mehr als Worte. Clark nahm die Zügel, und kurz darauf hatten sie den Hof hinter sich gelassen.

Marty hatte nie eine schweigsamere Fahrt zu den Grahams erlebt als diese. Unterwegs bemühte sie sich, das Geschehene zu begreifen, doch es erschien ihr wie ein quälender Alptraum. Unausgesprochen fragte sie sich, ob Clark sich ebenfalls mit aller Macht gegen die entsetzliche Wirklichkeit wehrte.

Fahl goß der Mond sein kaltes Licht auf die unter der Last des Schnees begrabenen Felder. Am Himmel glitzerten Sterne ohne Zahl. Marty überlegte benommen, ob es auf der weiten Welt einen Menschen geben mochte, der genau zu sagen wußte, wie viele es waren. Nein, sicherlich nicht. So lange Ziffern waren gewiß noch gar nicht erfunden worden. Gott allein kannte jeden einzelnen Stern beim Namen.

Und genauso kannte Gott auch ein jedes von seinen Menschenkindern. Marty schloß die Augen. Er kannte auch sie. Er wußte, was mit Ben geschehen war. Ja, er hatte ihm sogar schon in seinem himmlischen Thronsaal einen Empfang bereitet. Ob er erfreut war, daß wiederum eins von seinen Kindern zu ihm heimgekehrt war? Marty selbst würde am liebsten vor Freude hüpfen, wenn eins ihrer Kinder plötzlich an die Tür klopfte. Vielleicht feierte Gott jetzt auch die Heimkehr seines Sohnes Ben Graham.

Aber Ma... Was sollte nur aus Ma werden? Nun war sie wieder allein. Wußte Gott das auch? Wußte er, wie leer und einsam ihr Leben nun sein würde? Wie war es doch gewesen, als Ma ihren ersten Mann verlieren mußte? Sterben wollte sie damals, hatte sie Marty einmal anvertraut. Ja, am liebsten wäre sie Thornton ins Grab gefolgt, so verzweifelt und einsam war sie gewesen. Genauso würde es ihr auch jetzt wieder gehen. Ma hatte Ben so sehr geliebt. All die Jahre über hatte sie Freud und Leid mit ihm geteilt. Sie würde ihn unendlich vermissen. Kummer und Gram würden an ihr zehren, und niemand auf der ganzen Welt würde ihren Schmerz lindern können.

Plötzlich kamen Marty die Tränen. Fassungslos schluchzte sie auf. „Ach Ma! Ach liebe, gute Ma! Wie wirst du's nur ertragen?“ Es stimmte. Ben war wirklich tot.

Clark ließ sie weinen. Er legte seinen Arm um sie und zog sie an sich. Er kannte sie gut genug, um zu wissen, daß sie sich ausweinen mußte.

Als sie den Grahamschen Hof erreicht hatten, war Marty ruhiger geworden. Die Fenster des Wohnhauses waren hell erleuchtet. Gespanne und Reitpferde zerrten stampfend an ihrem Geschirr, und die Haustür öffnete und schloß sich leise mit jedem Familienmitglied, das eintraf.

Clark half Marty aus dem Schlitten. Dann führte er das Gespann an den Weidenzaun und band es dort fest. Marty wartete auf ihn, um Ma in dieser Stunde nicht allein begegnen zu müssen.

Clark kehrte zu ihr zurück und nahm sie beim Arm. Auf dem kurzen Weg zum Haus brach Marty endlich das Schweigen.

„Die ganze Familie scheint gekommen zu sein", bemerkte sie leise.

„Ja. Lou hat alle benachrichtigt."

„Nur gut, daß sie alle in der Nähe wohnen."

„Len war nicht daheim. Weiß nicht, ob ihn schon jemand erreicht hat."

Ohne anzuklopfen führte Clark sie durch die Tür hinein. Die große Bauernküche war gedrängt voller Besucher. Gefüllte Kaffeetassen standen unangerührt auf dem Tisch. Tränennasse Gesichter waren auf Ma gerichtet, die mit bebender, jedoch zuversichtlicher Stimme aus der aufgeschlagenen Familienbibel vorlas.

„... um seines Namens willen. Und ob ich schon wanderte im finstern Tal, fürchte ich kein Unglück, denn du bist bei mir, dein Stecken und Stab trösten mich. Du bereitest mir einen Tisch im Angesicht meiner Feinde. Du salbest mein Haupt mit Öl und schenkst mir voll ein. Gutes und ..." Die Stimme versagte ihr. Sie senkte den Kopf, doch als sie dann weiterlas, klangen die Worte fest. „Gutes und Barmherzigkeit werden mir folgen mein Leben lang, und ich werde bleiben im Hause des Herrn immerdar."

Sie legte beide Hände auf die Heilige Schrift und schloß die Augen, und jeder im Raum wußte, daß sie an die Verheißungen ihres Gottes glaubte und sich nun betend darauf stützte.

Als sie die Augen öffnete, erkannte sie Clark und Marty in der Runde der Besucher. Ohne ein Wort streckte sie ihnen die Hände entgegen, und helle Tränen rannen ihr über die gealterten Wangen. Marty schloß sie fest in ihre Arme und weinte mit ihr. Nur undeutlich nahm Marty gedämpfte Stimmen im Raum wahr. Clark sprach den übrigen Angehörigen sein Bedauern aus. Marty würde es ihm gleichtun, doch zuerst gehörte ihr Mitleid ihrer geliebten Freundin.

Nach diesen Bezeugungen des Mitleids und der Anteilnahme tauschten sie Erinnerungen an Ben aus und sprachen über die Dinge, die nun für seine Beisetzung geregelt werden mußten. Für die Trauerfeier gab es nicht viele Vorkehrungen zu treffen. Der neue Totengräber am Ort würde einen Sarg schreinern. Den jungen Pastor hatte man noch nicht rufen lassen; Ma hatte darauf bestanden, daß er nicht in seiner Nachtruhe gestört wurde. Sie hatte ja ihre Kinder und Nachbarn, und bis zur Beerdigung würde noch genügend Zeit für die Gespräche mit dem Geistlichen bleiben. Obendrein, so erklärte Ma, hatte der Ärmste drei Nächte lang an Betty Watleys Krankenbett gewacht. Jetzt, wo ihr Zustand sich ein wenig gebessert hatte, sollte der überbeanspruchte junge Mann endlich dazu kommen, den entbehrten Schlaf aufzuholen.

Die Männer aus der Nachbarschaft sollten das Grab auf dem kleinen Friedhof neben der Kirche ausheben. Clark erbot sich, die Maßnahmen in die Wege zu leiten, doch Tom Graham lehnte dankend ab.

„Wir Jungen würden das lieber selbst erledigen“, sagte er, und Clark nickte verständnisvoll.

Sally Anne schien am härtesten von allen getroffen zu sein. Marty fand sie in Mas Schlafzimmer vor, wo sie mit Bens altem Arbeitshut in den Händen haltlos weinte. Marty redete tröstend auf sie ein, doch Sally Anne weinte nur noch heftiger.

„Schon gut“, brachte sie schließlich hervor. „Bitte lassen Sie mich nur!“

So schloß Marty die Tür leise hinter sich. Sally Anne brauchte einfach Zeit, um sich in ihrem Kummer zu fassen.

Der Tag der Beerdigung war kalt, wenn der scharfe Nordwind sich auch gelegt hatte. Der Himmel war bleigrau und die Kälte durchdringend. Marty zog sich den

Mantel fester um den gewölbten Leib und flüsterte ein Gebet für die trauernde Familie, die dicht aneinandergedrängt am offenen Grab stand. Bens Tod hatte sie alle tief getroffen. Was würde aus Ma werden, wenn jeder von ihnen wieder seiner Wege zog?

Marty war froh, daß Lou mit seiner Frau und den beiden Kindern so nahe bei seiner Mutter wohnte. So hatte sie wenigstens jemanden in der Nähe. Dennoch lagen nun schwere Zeiten vor ihr. Daheim erwartete sie ein leeres Haus, ein leeres Kopfkissen neben dem ihren und ein leerer Stuhl am Kopfende des Tisches. Ja, Ma würde es nicht leicht haben. Marty war dankbar dafür, daß Ma ein tiefes Gottvertrauen besaß, das sich in ihren einsamsten Stunden als Trost und Stütze erweisen würde. Sie würde von nun an täglich für Ma beten, beschloß Marty.

Gute Nachrichten

Unerbittlich forderte der Alltag seinen Tribut, und wenn auch die Herzen aller noch voller Schmerz über das Geschehene waren, so zwang sich ein jeder dazu, seinen täglichen Pflichten nachzugehen.

Nun waren das Weihnachtsfest und damit auch Arnies Hochzeit nur noch wenige Wochen entfernt. Marty bemühte sich nach Kräften, das Haus um ihrer Familie willen mit einer festlichen Stimmung zu erfüllen, wenn es ihr auch unendlich schwerfiel. Ma in ihrem großen Kummer lag ihr unablässig auf der Seele.

Eines Tages brachte Clark unvermutete Neuigkeiten aus der Stadt heim.

„Du wirst's nicht für möglich halten", begrüßte er Marty, „aber dreimal darfst du raten, was ich heute erfahren habe."

Marty sah von dem winzigen Hemdchen auf, das sie gerade säumte.

„Schatz, ich habe ja keinen blassen Schimmer", sagte sie. „Was ist es denn?"

„Charles LaHaye ist so begeistert von dem Leben im Westen, daß er die ganze Familie überredet hat, auch eine Reise dorthin zu machen."

„Was! Das hast du jetzt aber nur im Scherz gesagt, oder?" Marty konnte sich tatsächlich kaum vorstellen, daß Clarks Worte ernst gemeint waren.

„Kein Scherz. Es ist alles beschlossene Sache."

„Du willst doch nicht etwa sagen, daß die LaHayes mit Kind und Kegel umsiedeln wollen?"

„Von Umsiedeln war nicht die Rede; vorerst jedenfalls noch nicht. Sie machen nur einen Ausflug."

„Callie und die Kinder auch?“

„Ja.“

„Aber wer soll denn die Farm in der Zwischenzeit versorgen?“

„Jetzt wird’s wirklich spannend. Paß gut auf!“

Martys Augen weiteten sich. Als ob das bisher Gehörte nicht aufregend genug gewesen wäre!

„Lane“, verriet Clark.

„Lane?“

„Jawohl, Lane.“

„Unser Lane? Ich meine, Willies Lane?“ Martys Verblüffung stand ihr auf dem Gesicht geschrieben.

„Ich habe dir ja gleich gesagt, du wirst’s nicht für möglich halten!“ lachte Clark.

„Also nein! Wer hätte das je gedacht?“ schüttelte Marty den Kopf. „Lane kommt hierher! Bist du auch ganz sicher, daß es stimmt?“

„Klar bin ich sicher. Hab’ den Brief nämlich mit eigenen Augen gesehen. Morgen soll er hier eintreffen, damit er in seine neuen Aufgaben eingewiesen werden kann, bevor die LaHayes nächsten Dienstag abreisen.“

„Das ist ja unfaßlich!“ rief Marty entgeistert. „Lane kommt also zu uns. Ist das nicht fabelhaft? – Ellie!“ rief sie und hastete in die Küche. „Ellie, hast du’s auch gehört? Lane kommt!“

Ellie, die am Tisch saß und Kartoffeln schälte, hob den Kopf.

„Wer ist denn das?“ erkundigte sie sich.

„Na, Lane halt. Willies Lane. Wir haben dir doch von ihm erzählt.“

„Lane. Lane. Welcher Lane?“ Stirnrunzelnd bemühte sich Ellie, sich zu erinnern. Clark gesellte sich zu ihnen in die Küche.

„Möchtest du auch eine Tasse Kaffee, Pa?“ bot Ellie ihm an, und Marty fühlte eine Spur von Enttäuschung in sich aufsteigen, weil ihre Tochter den aufregenden Neuigkeiten so wenig Begeisterung entgegenbrachte.

Ohne Clarks Antwort abzuwarten, füllte Ellie die beiden Tassen, die sie auf den Tisch gestellt hatte, mit dampfendem Kaffee.

Clark dankte ihr und setzte sich. Marty nahm den Platz ihm gegenüber ein und langte nach der zweiten Tasse. Ellie war inzwischen wieder mit Kartoffelschälen beschäftigt.

„Ich kann's immer noch nicht recht glauben", sann Marty. „Lane soll also hierher kommen!"

„Warum kommt er eigentlich?" wollte Ellie beiläufig wissen.

„Die LaHayes reisen nach Westen zu Missie und Willie. Sie wollen Weihnachten dort verbringen und anschließend noch ein Weilchen bleiben", erklärte ihr Clark.

Endlich ließ Ellie das Schälmesser sinken und sah interessiert auf.

„Ach, wirklich? Da wird Missie sich aber mächtig freuen. Stellt euch bloß vor: Weihnachten mit so vielen Verwandten!"

Auch Marty lächelte bei dem Gedanken an den fröhlichen Festtagstrubel, den Missie erleben durfte.

„Wer wird dann in der Zwischenzeit die Farm versorgen?" fragte Ellie, als habe sie den Worten ihrer Mutter vorhin nicht die geringste Beachtung geschenkt.

„Nun, Lane natürlich", antwortete Marty ein wenig ungehalten.

„Ach ja, richtig. Deshalb schickt Willie diesen … wie heißt er auch gleich?"

„Lane."

„Lane – und wie heißt er weiter?"

Nun begann Clark zu lachen.

„Lane Howard heißt er. Er ist einer von Willies Männern. Muß sich auf die Landwirtschaft verstehen, sonst würde Willie ihn nicht herschicken."

„Aha", nickte Ellie abwesend und wandte sich wieder der großen Schüssel mit den ungeschälten Kartoffeln zu.

„Lane ist ein prima Kerl", begann Marty. „Er war der

erste von Willies Männern, der zur Andacht gekommen ist, und er ist auch als erster gläubig geworden."

Ellies Interesse schien eine Spur aufzuleben.

„Lane ist wirklich schwer in Ordnung", bekräftigte Clark. Seine Augen blickten in die Ferne, während Erinnerungen an den jungen Mann in ihm lebendig wurden.

„Lane war der Mann, der als einziger mit mir an Jedd Larsons Bett zum Gebet gekniet hat."

„Und Lane ist bei klirrendem Frost losgeritten, um Doktor De la Rosa zu Jedd zu holen", fügte Marty hinzu.

„Ja, und Lane hat Jedd dann auch mit dem Schlittengespann zu den De la Rosas gebracht", fuhr Clark fort.

„Und am Weihnachtstag ist er mit dir zu ihm geritten, um nach ihm zu sehen", erinnerte Marty sich.

„Ja, richtig", lächelte Clark. „Ich sehe ihn noch vor mir, wie er von seinem Pferd stieg und mir, ohne ein Wort darüber zu verlieren, seine Decke über das wunde Bein gebreitet hat. Kalt war's an dem Tag, sage ich euch! Ohne Lanes Decke wäre ich glatt erfroren. Ich selbst hätte nämlich nicht im geringsten daran gedacht, daß mein Bein Schutz gegen den Frost brauchte."

Nun hörte Ellie aufmerksam zu.

Leise und mit einem Zittern in der Stimme erinnerte Marty sich dann:„Ich weiß nicht, ob du's je erfahren hast, Clark, aber es war auch Lane, der dem Doktor bei deiner Operation zur Hand gegangen ist. Willie hätte selbst gern geholfen, aber er war nicht sicher, ob er's durchstehen würde. Als er dann nach einem Freiwilligen fragte, hat Lane sich gemeldet."

„Das hab' ich ja gar nicht gewußt!" Clark schüttelte nachdenklich den Kopf. „Hätt's mir aber denken können. Lane ist ein prächtiger Kerl."

„Ich freue mich ja so, ihn wiederzusehen! Wann soll er denn hier eintreffen?"

„Morgen, denke ich."

„Dann laden wir ihn gleich zum Essen ein."

„Nun mal langsam!" lachte Clark. „Willie schickt ihn

schließlich her, damit er die Farm seines Bruders versorgt, und nicht zu uns auf Urlaub!"

„Weiß ich doch", gab Marty zurück. „Trotzdem wird er uns doch wohl hin und wieder besuchen kommen können, oder etwa nicht?"

Clark stand auf und strich ihr über das Haar.

„Aber klar", meinte er. „Was hältst du davon, wenn wir ihn zu Weihnachten einladen?"

„Versteht sich! Ich hoffe aber, wir bekommen ihn davor schon zu sehen, sonst platze ich noch vor Spannung!"

Wieder lachte Clark.

„Weißt du, ich habe im Gefühl, daß er sich schon von selbst bei uns meldet."

Marty hoffte, daß Clark recht behalten würde.

Lane

„Sieh nur, wie die Sonne scheint, Ma!“ rief Ellie. „Ich glaube, ich lauf’ geschwind nach draußen und fange mir ein paar Strahlen davon ein!“

Martys Augen folgten Ellies ausgestreckter Hand zum Fenster. Es war tatsächlich ein herrlicher Wintertag.

„Gute Idee“, stimmte sie zu. „Vielleicht mache ich auch einen Spaziergang und besuche Kate auf eine Tasse Tee.“

„Das klingt prima. Wenn ich zeitig mit der Arbeit fertig bin, komme ich auch auf einen Sprung hinein. Wartet aber nicht auf mich. Wer weiß, ob ich vor lauter Sonnenschein und frischer Luft überhaupt wieder ins Haus kommen will!“

Marty lächelte. Ellie hatte von jeher die Natur geliebt.

„Laß dir nur Zeit“, riet sie ihr. „Das Tummeln im Schnee wird dir guttun.“

„Zieh dich warm an, Ma, und dann laufe ich eben mit dir zu Kate, damit du mir nicht auf dem glatten Eis ausrutschst und hinschlägst.“

„Kind, du machst dir wieder einmal viel zu viele Sorgen“, gab Marty zurück. „Ich bin schon manches Mal im Leben über Schnee und Eis gelaufen und kann mich nicht erinnern, je ernsthaft ausgerutscht zu sein.“

Doch Ellie ließ sich nicht beirren und schlüpfte schon in ihren Mantel. Marty legte sich ihr wollenes Schultertuch um, und gemeinsam machten sie sich auf den Weg. Eine winterweiße, sonnenbeglänzte Welt blendete ihre Augen, so daß sie blinzelten. Trotz der frostklaren Luft wärmte die Sonne ihnen die Köpfe unter den Hauben.

„Kaum zu glauben, daß Weihnachten vor der Tür

steht!“ bemerkte Marty. „Man könnte glatt meinen, es sei Frühling.“

„Allerdings“, stimmte Ellie ihr zu. „Ich bin aber mächtig froh, daß die Sonne scheint. Lady und ihre Hundekinder haben's dann nämlich viel wärmer in der Scheune.“

„Wie geht es der jungen Hundefamilie eigentlich?“

„Ach, Mama, sie sind ja so allerliebst! Besonders der kleine Schwarzweiße. Ganz große Augen hat er, und wuschelweiche Ohren! Ich hoffe ja so sehr, daß Pa mich ihn behalten läßt.“

„Du weißt ja, daß wir eigentlich längst genug Hunde auf der Farm haben“, erinnerte Marty sie.

„Aber er ist so goldig“, beharrte Ellie.

„Alle jungen Hündchen sind goldig“, entgegnete Marty nüchtern. „Eines Tages wird aus ihnen leider ein gewöhnlicher, ausgewachsener Hofhund.“

„Hör mal, Ma, du kannst mir aber nicht weismachen, daß du kein Herz für Hunde hast!“ protestierte Ellie, und Marty lachte. Ellie hatte natürlich recht. Marty hatte von Kindheit an eine Schwäche für Hunde gehabt. Jedesmal, wenn ein Wurf Hunde zur Welt kam, litt sie unendliche Qualen, wenn die Welpen aus dem Haus gegeben werden mußten.

Nun hatten sie Lukes und Kates Häuschen erreicht, und Marty wurde mit Freuden begrüßt, während Ellie ihren Weg zum Hühnerhof fortsetzte.

Bei dem Füllen von Futtertrögen und Wassernäpfen sprach Ellie munter mit dem Hühnervolk. Die Tiere kannten ihre Stimme und scharten sich gackernd um ihre Füße.

Nachdem sie die Hühner versorgt hatte, ging sie zur Scheune, um nach den jungen Hündchen zu sehen. In der strahlenden Wintersonne legte sie bald ihren Mantel ab und trug ihn über dem Arm.

Sie schob das Scheunentor weit auf, damit die Sonnenstrahlen das Innere des Holzgebäudes erwärmen konnten. Lady lief ihr schwanzwedelnd entgegen, gefolgt von ihren vier tolpatschigen Sprößlingen. Ellie warf ihren

Mantel beiseite und kniete auf dem warmen, süßlich duftenden Stroh nieder.

„Oh, ihr Rasselbande!" rief sie zärtlich und hob ihren Liebling unter ihnen an ihre Wange. „Du bist aber auch das goldigste Kerlchen, das es gibt, du!" flüsterte sie ihm zu.

Eine winzige Zunge fuhr ihr zum Dank federleicht über die Nase. Ellie küßte das weiche, flaumige Köpfchen und hob noch ein Hündchen auf ihren Schoß. Ein drittes schnappte verspielt nach ihrem Rocksaum, als wäre er ein ungestümer Feind. Ellie lachte auf und bot dem Hündchen Gegenwehr mit dem Fuß. Nun richtete das Junge seine gesamte Angriffslust auf Ellies Stiefel. Endlich hob sie auch dieses Hündchen zu den anderen auf ihren Schoß und streckte ihre Hand nach dem letzten aus, einem scheuen Weibchen, dem kleinsten Tier des Wurfs.

„Komm schon, du kleines Mauerblümchen!" lockte Ellie. Sie setzte sich in dem Stroh zurecht und wiegte die Jungen in ihrem Schoß. Lady drängte sich an sie heran und leckte ihr über das Gesicht und die Hände. Ellie hob ihren kleinen Liebling wieder an ihre Wange.

„Weißt du was, mein Kleiner? Ich werde Pa ganz, ganz lieb bitten, daß ich dich behalten darf."

Ellie war so beschäftigt mit ihren kleinen vierbeinigen Freunden, daß sie den Schatten, der an der Tür vorbeistrich, nicht bemerkte. Sie ahnte nicht, daß dort ein junger Mann selbstvergessen stand, völlig gebannt von dem Bild des goldenen Lockenschopfes, der sich über die balgenden, zappelnden Hundekinder gebeugt hatte. Ohne ein Wort schaute er ihr einfach zu. Nun hob sie ihr Gesicht mitten in die Sonnenstrahlen hinein, so daß die frische Farbe ihrer Wangen und das tiefe Blau ihrer Augen aufleuchteten. Sie war so sehr in das Spiel mit ihren kleinen Kameraden versunken, daß sie den Fremden noch immer nicht bemerkt hatte. Sanft strichen ihre langen, schmalen Finger über das krause Fell und liebkosten die weichen Hundeohren.

„Du bist ein allerliebstes Tierchen“, sagte sie. „Wer würde es fertigbringen, dich fortzugeben?“

Lane stand noch immer regungslos da. Er wußte sehr wohl, daß es sich kaum schickte, ihr einfach zuzuschauen, ohne sich bemerkbar zu machen, doch der Zauber ihres Anblicks hielt ihn gefangen. Wer war sie, diese junge Frau? Sie war so hübsch und frisch wie ... wie ..., ja, wie eine taubenetzte Rose an einem Sommermorgen. Noch nie hatte er ein solches weibliches Wesen gesehen wie dieses hier.

Die Hündin verriet schließlich die Gegenwart des Eindringlings. Sie lief winselnd auf ihn zu, kaum merklich mit dem Schwanz wedelnd. Ellie sah ihr nach. Plötzlich hatte sie den jungen Fremden bemerkt. Sie sprang auf. Vergessen waren die Hundekinder.

„Tut mir leid, Ma'am“, beeilte Lane sich. „Ich ... ich wollte Sie nicht erschrecken. Ich ... ich suche nämlich die Familie Davis.“

„In der Scheune etwa?“ Aus Ellies Augen sprühten Funken.

„Ich habe an die Haustür geklopft, aber niemand scheint daheim zu sein.“

Damit hatte er recht. Zur Zeit war tatsächlich niemand im Haus.

„Und dann ... dann habe ich gesehen, daß das Scheunentor offenstand. Habe mir gedacht, vielleicht habe ich hier mehr Glück. Tut mir wirklich leid, wenn ich Sie gestört habe.“

„Ist schon in Ordnung“, sagte Ellie kurz angebunden und setzte das Hündchen zu seiner Mutter auf das Stroh zurück.

„Bin ich überhaupt hier richtig, oder ...“

„Doch, wir heißen Davis“, erwiderte das junge Mädchen und strich sich ein paar Strohhalme von dem Rock. „Wen suchen Sie denn?“

„Missies Eltern“, kam die Antwort. „Clark und Marty Davis.“

Nun war es an Ellie, die Augen aufzureißen und den jungen Mann gründlich zu mustern, der da mit dem Hut in der Hand vor ihr stand.

Er war hochgewachsen und recht mager, doch seine Schultern waren kräftig und breit. Er war glatt rasiert und hatte tiefbraune Augen. Seine Züge verrieten etwas von einer eisernen Entschlossenheit, als sei es nahezu unmöglich, ihn von einem einmal gefaßten Entschluß abzubringen. Sie fragte sich, ob er eine Spur von Jähzorn oder Hartnäckigkeit in sich tragen mochte. Nein, das konnte nicht sein. Seine Augen waren empfindsam und freundlich. Stattlich war seine Erscheinung nicht gerade zu nennen, fand sie, schon allein wegen der leicht gekrümmten Nase. Trotzdem hatte er etwas an sich, das ihn durchaus bemerkenswert machte.

Beschämt über den forschen Ton in ihrer Stimme vorhin, sah Ellie zu Boden.

„Mama ist bei Kate, und Pa ist irgendwo draußen im Feld."

Sie ging voraus, um ihm den Weg zu Kates Hütte zu zeigen, und er löste sich aus seiner Erstarrung. Den Hut noch immer nervös in den Händen drehend, folgte er ihr.

Ohne ein weiteres Wort erreichten sie das kleine Holzhaus. Ellie klopfte sachte an die Tür, bevor sie eintrat.

„Mama", sagte sie, „hier ist jemand, der dich sprechen möchte." Damit trat sie zur Seite, um den Fremden hineinzulassen.

Mit einem erfreuten „Ooooh!" sprang Marty auf.

„Lane, da sind Sie ja!" rief sie und begrüßte den jungen Mann mit einer mütterlichen Umarmung.

Ellie war sprachlos. Das also war Lane? Aber natürlich! Warum war sie nur nicht von selbst auf die Idee gekommen? Sie hatte doch gewußt, daß er in diesen Tagen erwartet wurde, und obendrein hatte er Missies Namen erwähnt. Wer auch sonst hätte Missie kennen sollen?

Marty entließ den jungen Mann aus ihren Armen und wandte sich zu Kate um.

„Und das hier ist Kate, Lukes Frau", stellte sie fröhlich vor. „Unsere Ellie kennen Sie ja schon."

Ellie wäre vor Verlegenheit am liebsten im Boden versunken. Lanes fester Blick schien ihr etwas sagen zu wollen. Sie war nicht sicher, ob sie seinem Blick überhaupt standhalten konnte – ob sie lesen konnte, was darin geschrieben war. Lane trat einen Schritt vor.

„Das kann man nicht gerade behaupten", erwiderte er. „Ich bin eher aus Zufall auf sie gestoßen. Vorgestellt worden ist sie mir noch nicht."

„Ellie", sagte Marty, „das ist Lane, du weißt schon, der Lane, von dem wir dir schon so viel erzählt haben."

„Und warum hat mir kein Mensch von Ellie erzählt?" fragte sich Lane im stillen, während er auf sie zuging, um sie mit Handschlag zu begrüßen. Er mußte sich unbedingt davon überzeugen, daß sie keinem Märchen entsprungen war.

Verlegen streckte sie die Hand zur Begrüßung aus, verlegen und doch selbstsicher. Sie schenkte ihm sogar ein Lächeln!

„Freut mich, Sie kennenzulernen", sagte sie. „Bitte entschuldigen Sie, daß ich Sie nicht gleich erkannt habe."

Lane nahm ihre Hand in die seine und sah ihr tief in die blauen Augen. Keiner der beiden sagte etwas. Was hatten sie einander schon in einem solchen Moment zu sagen? Er hatte noch nie jemanden wie Ellie kennengelernt, doch das konnte er ihr unmöglich sagen; jedenfalls nicht jetzt. Noch nicht. Und erst recht nicht vor ihrer Mutter. Oh, er hoffte, daß der Tag bald kommen würde, an dem er ihr seine Gefühle ohne Umschweife mitteilen konnte – doch halt! War es nicht unverzeihbar anmaßend von ihm, so zu denken? Ellie war kein gewöhnliches Mädchen, das war ihm gleich aufgefallen. Womöglich hatte ein anderer sie längst für sich gewonnen.

Lane kam zum Abendbrot. Marty hatte darauf bestanden, wenn es auch keiner allzugroßen Überredungskünste bedurft hatte. Dem jungen Mann war sehr daran gelegen, seine Bekanntschaft mit Clark und Marty zu erneuern. Er hatte ihnen allerhand Neuigkeiten von Willie und Missie auszurichten. Auch von der kleinen Gemeinde gab es viel zu erzählen. Die Cowboys ließen die Familie Davis grüßen, und obendrein hatte Lane ein Paket von Missie mitgebracht.

Doch selbst ohne all diese Dinge hätte sich Lane widerstandslos zum Essen einladen lassen. Ellie beschlagnahmte seine Aufmerksamkeit beinahe vollständig. Er besann sich nun, daß Missie oft von ihrer kleinen Schwester gesprochen hatte, doch Lane hatte angenommen, sie sei noch ein Kind. Gewiß, Ellie mochte noch ein kleines, blondbezopftes Mädchen gewesen sein, als Missie die elterliche Farm verlassen hatte, doch seitdem war immerhin manches Jahr ins Land gezogen. Lane konnte die Augen kaum von ihr wenden, wie sie mit geübten, flinken Handgriffen die Mahlzeit auftrug. Warum hatte ihm nur niemand von ihr erzählt?

Er zwang sich, der Unterhaltung bei Tisch zu folgen, wenn es ihn auch große Mühe kostete.

„Und wie geht's dem Nesthäkchen, Lane?" erkundigte Marty sich gerade.

Der Angesprochene fuhr aus seinen Gedanken auf.

„Oh, beinahe hätte ich's glatt vergessen", sagte er und langte in seine Hemdtasche. „Missie schickt Ihnen dies. Ich soll's bloß nicht verlieren, hat sie mich gewarnt. Es ist eine Locke von der Kleinen."

Damit reichte er Marty einen sorgsam gefalteten Briefbogen. Sie nahm ihn und öffnete ihn erwartungsvoll. Eingewickelt in das Papier fand sie eine weiche federleichte Haarsträhne. Plötzlich wollten ihr die Tränen kommen. Unzählige Meilen von ihr entfernt lebte ihre jüngste Enkelin. Oh, wie sie sich nach dem Kind sehnte, es in ihren Armen wiegen wollte! Doch sie hielt nur eine Haarsträhne in den Händen. Sie hob die Locke aus dem Papier und ließ sie um ihre Finger gleiten. Wie himmlisch sie sich anfühlte, seidig weich wie ein Engelflügel! Vor ihrem inneren Auge sah sie den Säugling, warm und geborgen, an Missies Brust. Nun konnte sie sich das kleine Wesen, aus dessen Schopf die Strähne stammte, viel besser vorstellen. Eine Spur von Rot glänzte über dem goldfarbenen Haar. Marty hielt es an ihre Lippen, und eine Träne löste sich von ihrem Wimpernrand.

„Haben Sie vielen Dank, Lane", sagte sie leise. „Es muß ein hübsches Ding sein!"

„Der Meinung ist die ganze Ranch", bekräftigte Lane.

„Sie hätte sich keinen besseren Fleck auf der Welt als Heimat aussuchen können, die junge Dame", bemerkte Clark. „Stellt euch vor: eine ganze Ranch voller Cowboys, die sie von früh bis spät nach Strich und Faden verwöhnen werden!"

Lane lächelte. Er wußte, wie recht Clark hatte. Schon jetzt machten die Männer ein Riesenaufheben von der kleinen Melissa Joy. Sie war die Prinzessin des Anwesens. Lane ließ es bei einem breiten Grinsen bewenden. Clarks Bemerkung bedurfte keiner Antwort. Statt dessen überlegte er bei sich, wie sehr Melissa Joy ihrer Tante Ellie einmal gleichen würde, wenn sie heranwuchs. Ellie mußte ein zauberhaftes Wesen von einem Kind gewesen sein.

Ma Graham

Marty wünschte sich nichts sehnlicher als einen ausgiebigen Besuch bei Ma. Sie bat Clark, ihr das Gespann auf einen Nachmittag zur Verfügung zu stellen, solange das milde Winterwetter anhielt. Er willigte ein, weil er wußte, wie sehr Marty an dem Ausflug gelegen war, doch nicht ohne Besorgnis im Blick.

„Soll ich dich nicht lieber zu Ma kutschieren?“ erbot er sich.

„Nicht nötig, Clark“, versicherte sie ihm. „Ich schaff’s schon allein. Ehrenwort! Und obendrein fühle ich mich prächtig.“

Clark sah auf ihren sich rundenden Leib herab.

„Daß du mir gut auf dich achtgibst, Schatz!“ mahnte er.

„Ich werde schon kein Pferderennen veranstalten“, versprach sie augenzwinkernd.

Trotz der klaren Wintersonne herrschte draußen ein scharfer Frost, und Marty war dankbar für die schwere Wolldecke, die sie sich auf den Rat ihrer Lieben hin über die Knie gebreitet hatte.

Wer würde sie wohl heute auf dem Grahamschen Hof begrüßen und ihr Gespann für sie versorgen, wie Ben es stets getan hatte? Nun war er nicht mehr da, und Marty dachte mit schwerem Herzen an die Lücke, die er in Mas Leben hinterlassen hatte.

Die arme Ma! Wie mochte sie nur diese Stille, diese einsamen Tage und die langen Winternächte verkraften? Jetzt, in der Adventszeit, würde es umso schwerer für sie sein. Weihnachten, für die meisten Menschen die schönste Zeit des Jahres, war auch zugleich die traurigste für jemanden, der einsam war.

Kaum hatte Marty das Gespann durch das Hoftor gelenkt und war aus dem Schlitten gestiegen, als Lou Graham auch schon aus der Scheune gelaufen kam. Er begrüßte sie, nahm ihr Gespann bei den Zügeln und schickte sie zu Ma ins Haus, wie sein Vater es viele Male getan hatte.

Ma hatte ihre Freundin schon vom Fenster her erspäht und lief ihr entgegen.

„Wie ich mich freue, daß du kommst!“ rief sie. „Ich hab' dich so sehr vermißt!“

Marty legte den schweren Mantel ab, umarmte Ma und ging auf den Herd zu, um sich ihre steifen Hände zu wärmen.

„Das habe ich mir schon gedacht“, sagte sie mit Tränen in den Augen. „Ich habe ständig an dich denken müssen. Du ahnst gar nicht, wie oft ich für dich gebetet habe ... Aber damit ist dir auch nicht viel geholfen, wenn du einsam bist, fürchte ich.“

„Aber ja doch, damit ist mir sehr geholfen!“ widersprach Ma. „Ich habe geradezu gespürt, wie ich von Gebeten wie auf einer Wolke getragen wurde. Weiß gar nicht, wie ich's ohne eure Gebete geschafft hätte!“

Die beiden Frauen schwiegen.

„Aber trotzdem ist es nicht einfach“, fuhr Ma dann fort. „Ich habe zwar die Kinder, und die geben sich solche Mühe um mich – immer lädt mich eins zum Essen oder Kaffeetrinken ein oder auch nur auf ein Schwätzchen ... aber weißt du, Marty, mit dem Leben ohne Ben muß ich ganz allein fertigwerden. In der ersten Zeit war ich fast jeden Tag bei einem von den Kindern, und das war auch gut und schön so, aber so kann's nicht für immer weitergehen. Ich muß mich halt daran gewöhnen, daß ich jetzt allein bin.“

Marty setzte sich.

„Ehrlich gesagt“, sann Ma, „ist's diesmal viel schwerer als damals nach Thorntons Tod.“

Marty war überrascht.

„Weißt du, damals, als Thornton starb, das war schon ein arger Schlag. Ich hatte ihn doch so lieb gehabt, und er war so jung gestorben. Ich war vollkommen hilflos – aber ich hatte die Kinder, und ich wußte genau, daß ich jetzt nicht aufgeben durfte. Nicht mal für eine einzige Sekunde. Wegen der Kinder habe ich mich zusammengerissen, verstehst du? Ich hatte ja kaum Zeit, meinem Kummer nachzuhängen. Diesmal trifft's mich ganz allein. Die Kinder sind erwachsen und aus dem Haus. Mir bleibt kein Grund zum Weiterleben."

„O doch, der bleibt dir sehr wohl!" widersprach Marty.

„Ja, ja, ich weiß. Das predige ich mir auch selbst den lieben langen Tag. Nur, daß ich nicht recht daran glauben mag."

„Du hast doch selbst gesagt, daß alles seine Zeit braucht, Ma", erinnerte Marty sie. „Weißt du denn nicht mehr? 'Zeit heilt alle Wunden', hast du gesagt, und du hast ja bis jetzt noch nicht viel Zeit gehabt."

Ma senkte den Kopf. Marty befürchtete einen Tränenausbruch. Statt dessen richtete sich Ma wieder auf und wagte ein zaghaftes Lächeln.

„Zeit?" sagte sie. „Das stimmt, daß die Zeit alle Wunden heilt. Die Zeit und Gott."

Marty fuhr mit dem Zeigefinger an der Tischkante hin und her.

„Also, ich meine ... ich meine, du solltest auch mal an die Zukunft denken", sagte sie ein wenig befangen. „Weihnachten steht doch vor der Tür, und du hast eine stattliche Schar von Enkelkindern. Hast du die Weihnachtsgeschenke für sie schon fertig?"

Ma schüttelte den Kopf.

„Dann wird's aber höchste Zeit, daß du die Stricknadeln hervorholst und dich an die Arbeit machst. Die Kinder werden nämlich schrecklich enttäuscht sein, wenn dieses Jahr die Schals und Mützen von Omi Graham fehlen."

„Ach Marty, ich mag überhaupt nicht an Weihnachten denken", klagte Ma.

Marty legte ihr die Hand auf die Schulter.

„Das schlimmste Weihnachten, das ich je erlebt habe", begann sie, „war in dem Jahr, als mein Clem gestorben war. Aber weißt du was? Das war auch zugleich mein bedeutsamstes Weihnachten. So klar ist mir der wahre Sinn des Christfestes noch nie geworden wie damals."

Nach einer nachdenklichen Pause fuhr sie fort.

„Ich habe mir oft den Kopf darüber zerbrochen, warum das so war. Weißt du, ich hatte mich einfach eisern dazu entschlossen, aus dieser Weihnacht eine Lektion zu lernen. Damals wußte ich nicht recht, was Weihnachten überhaupt bedeutet, aber eins war mir klar: Vor Gott hat Weihnachten einen tieferen Sinn, als wir gewöhnlich meinen, und genau den suchte ich. Missie sollte ein schönes Weihnachtsfest bekommen; das stand fest. Sie hatte schon so viel verloren, und ich wollte ihr über ihren Kummer hinweghelfen. Ich selbst hab' dabei das größte Geschenk bekommen: die wahre Bedeutung von Weihnachten. Wenn man nämlich anderen eine Freude macht, bekommt man sie tausendfach zurück.

Sieh mal, Ma, du hast eine große Familie, und du hast sie allesamt von Herzen lieb." Martys Stimme klang leise, aber eindringlich. „Jedes von ihnen trauert auf seine Weise – aber am meisten bekümmert sind sie deinetwegen. Weihnachten wird dieses Jahr eine traurige Angelegenheit für sie werden, wenn du nicht für ein bißchen Sonnenschein sorgst. Sie brauchen dich, Ma. Sie brauchen dich jetzt keinen Deut weniger als an dem Tag, an dem sie ihren Pa verloren haben."

Bei Martys Worten hatte Ma leise zu weinen begonnen. Nun schneuzte sie sich und wischte sich über die Augen.

„Du hast recht", sagte sie. „Ich habe vor lauter Kummer nicht gemerkt, wie sehr sie mich brauchen. Allesamt brauchen sie mich."

Sie stand auf, um den Wasserkessel zu holen.

„Meine Güte!" rief sie aus, als sie wieder auf ihren

Stuhl sank. „Ich habe ja Berge von Arbeit! Um diese Zeit liegen sonst schon vier oder fünf Paar Handschuhe fix und fertig im Korb. Jetzt heißt's aber dalli, dalli, sonst schaffe ich's nicht mehr bis zum Christfest!"

Hilfe beim Holzfällen

Die LaHayes brachen planmäßig zu ihrer langen Reise in den Westen auf, und Lane übernahm die Versorgung der Farm. Während der Wintermonate gab es im Grunde nicht sehr viel zu tun. Das Vieh wollte gefüttert werden, und die beiden Milchkühe waren abends und in der Frühe zu melken. Lane befürchtete, täglich manche tatenlose Stunde zubringen zu müssen.

Er beschloß, der Familie Davis einen Besuch abzustatten, um Lukes und Arnies Rat in dieser Sache einzuholen.

„Was macht ihr denn eigentlich mit den langen Wintertagen, wenn's keine Feldarbeit gibt?“ erkundigte er sich.

„Hm, Langeweile haben wir nicht, sag' ich dir. Wir fällen gerade das Brennholz für das ganze Jahr“, antwortete Luke.

„Die LaHayes haben eine ganze Scheune voller Brennholz“, erklärte Lane. „Ich soll auf gar keinen Fall neues fällen, haben sie gemeint. Sie wollen das alte aufbrauchen, bevor es morsch wird.“

„Obendrein haben wir allerhand Vieh zu versorgen.“

„Die LaHayes halten sich nicht viele Tiere. Eine Sau, ein paar Hühner, zwei Milchkühe und ein paar Rinder, mehr nicht. Sie haben nicht einmal einen Hund.“

„Na, dann prost Mahlzeit!“ lachte Arnie. „Ich hoffe, du liest gern dicke Bücher!“

„Ich habe zwar nichts gegen Bücher“, entgegnete Lane, „aber darin vergraben möchte ich mich auch nicht den ganzen Winter über. Lieber würde ich euch beim Holzfällen zur Hand gehen.“

„Dieses Jahr fällen wir mehr Holz als gewöhnlich. Wir haben nämlich drei Herde zu heizen: den von unseren

Eltern, unseren und Arnies“, sagte Luke. „Außerdem wollen wir Ma Graham eine Fuhre Holz bringen. Da könnten wir tatsächlich Hilfe brauchen. Möchtest du die Axt für ein paar Tage schwingen?“

Darauf hatte Lane kaum zu hoffen gewagt. Nun würde er, schaffensfreudig wie er war, nicht müßig daheim zu bleiben brauchen, und dazu würde ihm die Zusammenarbeit mit den Davis-Jungen manches Wiedersehen mit Ellie bescheren. Er versprach Arnie und Luke, sich gleich am nächsten Morgen bei ihnen zu melden, sobald er seine Stallarbeit bei den LaHayes erledigt hatte.

Das Füttern und Melken hielt Lane länger auf, als er gehofft hatte, so daß er sich eilig am anderen Morgen auf den Weg zu dem Davis-Hof machte, ohne erst zu frühstücken. Er wollte Luke und Arnie auf keinen Fall warten lassen. Am Ende würden sie noch ohne ihn in den Wald ziehen!

Seine Befürchtungen erwiesen sich als überflüssig. Es war noch früh, und die Männer waren noch mit der morgendlichen Stallarbeit beschäftigt, als er eintraf.

„Geh nur schon ins Haus zu Ma und wärm dich ein bißchen auf!“ rief Arnie ihm zu. „Ich komme gleich nach und hole mir mein Essenspaket ab.“

„Essenspaket!“ fiel es Lane siedendheiß ein. In der Eile hatte er überhaupt nicht daran gedacht, sich auch Proviant einzustecken.

Ellie öffnete ihm die Tür. In ihrem blaugewürfelten Kleid mit weißen Manschetten und Kragen und einer frisch gestärkten Schürze wirkte sie frisch wie der junge Morgen. Als sie zum Gruß lächelte, klopfte ihm das Herz bis an den Hals.

„Kommen Sie doch herein!“ bat sie ihn. „Meine Brüder haben erzählt, daß Sie ihnen beim Holzfällen helfen wollten.“

Lane trat ein und hängte seine Mütze auf einen Haken neben der Tür.

„Ma wird gleich kommen“, erklärte Ellie. „Sie ist geschwind nach oben gelaufen, um ihr Strickzeug zu holen. Möchten Sie eine Tasse Kaffee?“

„Danke, das ist nett von Ihnen, Madam“, antwortete Lane. Erst jetzt spürte er, wie hungrig er war.

Ellie legte die Nase keck in Falten.

„Daß Sie mich nur nicht noch einmal ‚Madam‘ nennen“, sagte sie. „Schließlich bin ich doch keine Schulmamsell mit Brille und Knoten!“

Lane grinste zurück.

„So sehen Sie allerdings kaum aus“, sagte er und fügte ein höfliches „Miss Davis“ hinzu.

„‚Miss‘ brauchen Sie mich auch nicht zu nennen“, gab Ellie zurück. „Einfach ‚Ellie‘ und ‚du‘, das genügt. Schließlich seid ihr Jungs ja auch per du, nicht wahr?“

Lane nickte erfreut, und Ellie bedeutete ihm, daß er sich an den Tisch setzen sollte. Lane ließ sich auf einen Stuhl sinken. Er wußte nicht recht, wohin mit seinen großen Händen. Auf seinem Schoß schienen sie keinen Platz zu finden, so daß er sie unbeholfen gegeneinander rieb. Ellie, die damit beschäftigt war, eine Tasse mit frischem Kaffee zu füllen und ein paar Frühstückswaffeln auf einem Teller anzurichten, schien nichts von Lanes Verlegenheit zu bemerken.

„Das sieht aber lecker aus, Miss … äh, Ellie“, sagte er, als sie den Teller mit den Waffeln vor ihn stellte.

„Ich möchte wetten, daß du dir heute noch kein anständiges Frühstück gegönnt hast“, schalt sie. „Ich weiß doch, wie's bei meinen Brüdern zugeht. Die würden glatt verhungern, wenn man sich nicht ständig um sie kümmerte.“ Damit holte sie eine Bratpfanne, Eier und eine Speckseite hervor.

Lane war zwar hungrig, aber er wollte ihr keine Umstände bereiten. Andererseits wußte er nicht, wie er sie von ihrem Vorhaben abbringen sollte. So hatte er keine andere Wahl, als ihr bei der Zubereitung seines Frühstücks zuzuschauen.

„Bitteschön“, sagte sie endlich und reichte ihm seinen

Teller. „Wenn du schon für uns arbeitest, dann ist ein handfestes Frühstück das mindeste, das wir für dich tun können.“ Sie nahm seine Tasse, um sie neu zu füllen, doch er hatte noch nicht daraus getrunken.

„Magst du keinen Kaffee?“ fragte sie überrascht.

„Hm, nein. Ich wollte sagen: doch, sicher. Klar mag ich Kaffee. Wüßte gar nicht, wie ich ohne Kaffee ... also, draußen auf der Ranch ...“ Lane hatte sich restlos verhaspelt. „Hab' halt noch keine Zeit für den Kaffee gehabt“, murmelte er betreten.

„Keine Zeit?“

„Habe dir bei der Arbeit zugeschaut“, gestand er leise, aber bestimmt.

Eine leichte Röte überzog Ellies Wangen. Sie ging an die Anrichte zurück.

„Laß nur das Rührei nicht kalt werden!“ sagte sie ein wenig verwirrt. „Ich habe noch ein paar Essenspakete zu richten.“

Lane nahm Messer und Gabel zur Hand und hatte seinen Teller bald bis auf den letzten Krumen leer gegessen. Dann stand er auf, um seine Kaffeetasse am Herd aufzufüllen. Ellie sah von ihrem Stapel Butterbrote auf. Lane nahm einen Schluck und hob die Tasse anerkennend in die Höhe.

„Dein Kaffee schmeckt prima“, lobte er.

„Kaffee schmeckt am besten, wenn er heiß getrunken wird“, gab Ellie schlagfertig zurück, und Lane wußte, worauf sie damit anspielte.

In dem Moment kam Arnie auch in die Küche. Er warf seine Fäustlinge in eine Ecke und holte sich eine Tasse aus dem Schrank.

„Ihr lieben Leute, kalt ist's draußen, kann ich euch flüstern! Da werden wir aber kräftig schaffen müssen, damit wir nicht auf der Stelle erfrieren!“

Nach ihm kam Luke dazu.

„Warum machst du dir dann keine warmen Gedanken? Wer bis über beide Ohren verliebt ist wie du ...“

Arnie lief rot an.

„Ellie, hast du eine Tasse Kaffee für mich?" wechselte Luke das Thema.

„Bedien dich selbst!" lautete die Antwort. „Du weißt doch, wo bei uns die Tassen stehen, oder?"

Liebevoll fuhr er ihr durchs Haar.

„Menschenskind!" meinte er. „Naseweis wie eh und je ist sie, meine kleine Schwester. Seitdem ich aus dem Haus bin, hast du keinen mehr, der dir Manieren beibringt. Was dir fehlt, ist ein strenger General, was?"

Doch Ellie ließ ihn nicht zu Ende reden.

„Da, bitteschön", sagte sie und steckte das letzte Paket mit Butterbroten in einen Korb. „Da ist euer Mittagessen. Hab' jetzt genug für euch drei gerichtet."

Luke trank hastig von seinem Kaffee und stellte die Tasse wieder beiseite. „Ich laufe schnell rüber und sage Kate ade. An der Scheune treffe ich euch dann", sagte er und machte sich auf den Weg.

Ihren Handarbeitskorb am Arm, betrat Marty die Küche.

„Oh, guten Morgen, Lane!" begrüßte sie ihn. „Schön, daß Sie gekommen sind. Ich habe gehört, daß Sie Ihre Hilfe beim Holzfällen angeboten haben. Clark ist direkt ein Stein vom Herzen gefallen. Dieses Jahr brauchen wir nämlich Berge von Brennholz, und auf einem Bein die Axt zu schwingen, das ist so gut wie unmöglich. Besonders bei Eis und Schnee! Wenn Sie den Jungen helfen wollen, dann bleibt er mir vielleicht lieber daheim." Sie zögerte. „Hat Ellie Sie schon zum Abendessen eingeladen?"

Lane stieg die Röte in die Wangen.

„Habe ich noch nicht, Mama", entschuldigte Ellie sich. „Daran habe ich einfach noch nicht gedacht."

„Vielen Dank, Madam", wandte Lane sich an Marty, „aber das ist wirklich nicht nötig. Ich möchte Ihnen auf keinen Fall ..."

„Schon gut!" beruhigte ihn Marty. „Wenn Sie uns schon

helfen, dann möchten wir uns wenigstens mit einer Mahlzeit erkenntlich zeigen."

Lanes Wangen wurden noch heißer.

„Miss Ellie hat mir schon ein Frühstück gerichtet", gestand er, „und das Mittagessen hat sie auch für mich eingepackt. Für einen Tag ist das vollauf genug. Wirklich!"

Doch Marty lachte nur.

„Gut, daß sie unseren Gast so umsichtig versorgt hat. So, und nun kommen Sie nach der Arbeit mit den Jungs heim und essen mit uns, bevor Sie Ihrer Wege ziehen. Das Essen erwartet Sie, wenn Sie kommen."

Lane wollte widersprechen, doch dann warf er einen Blick auf Ellie. Er hätte tatsächlich nicht das geringste dagegen einzuwenden, den Abend in ihrer Nähe zu verbringen.

„Vielen Dank!" nickte er und folgte Arnie ins Freie.

Ellie erlebte einen ausgesprochen schlechten Tag. Lane hatte etwas an sich, das sie gründlich verwirrte. Noch nie zuvor hatte ein junger Mann sie so sehr beschäftigt wie dieser. Jedesmal, wenn sie daran dachte, wie er sie angeschaut hatte, glühten ihr die Wangen. Es war geradezu, als hätte er ihre Gedanken lesen wollen, ja, als wollte er ihr mit seinen Augen etwas Wichtiges sagen. Das alles brachte sie völlig durcheinander, und ihr Herz klopfte laut. Warum mußte er aus dem fernen Westen ausgerechnet hierher kommen und ihre Kreise stören? In ein paar Monaten würde er wieder abreisen, und was dann? Ob alles wieder seine Ordnung haben würde, als sei er nie gewesen? Ellie befürchtete das Gegenteil.

„Nett ist er, nicht?" riß Marty sie aus ihren Gedanken. Sie fuhr zusammen.

„Wie bitte?"

„Lane ist doch ein netter Bursche, meinst du nicht auch? Willie kann von Glück reden, daß er ihn in seiner Mannschaft hat. Lane leistet ganze Arbeit, und zwar nicht nur auf der Ranch, sondern auch in der Kirche. Und dann kommt er daher und will uns beim Holzfällen helfen. Hartes Stück Arbeit, das Holzfällen. Ich bin ja so froh, daß er das deinem Pa abnimmt."

Ellie nickte.

„Möchte gern wissen, wie lange er wohl bleiben wird", sann Marty. „Es zieht ihn sicher mächtig zurück in den Westen, aber andererseits wollten die LaHayes erst nach Weihnachten zurückkommen, nicht wahr?"

„Ich denke, ja!" murmelte Ellie.

„Auf jeden Fall müssen wir nett zu ihm sein, solange er hier ist. Soviel ich weiß, hat er weder Eltern noch Geschwister."

Marty nahm ihr Strickzeug zur Hand, und Ellie fuhr mit ihrer Küchenarbeit fort.

„Vielleicht wäre der Spielabend im Gemeindehaus nächste Woche das Richtige für ihn", überlegte Marty. „Kann nicht schaden, wenn er ein bißchen unter das Jungvolk kommt. Er ist bestimmt schon lange nicht mehr mit anderen Burschen in seinem Alter zusammen gewesen. Diese Cowboys dort im Westen können ziemlich ungehobelt sein. Wäre doch nett, wenn er ... Wie wär's, wenn du ihn einfach fragst, Ellie?"

„Was denn ... ich?" Ellies Stimme klang beinahe erschrocken. Marty sah erstaunt auf.

„Hör mal, Ma", verteidigte sich Ellie, „ich laufe doch nicht den Jungs nach und bettele, daß sie mich ausführen ..."

„Nein, natürlich nicht", beeilte sich Marty, „so habe ich's ja auch gar nicht gemeint. Vielleicht hast du recht; das sähe tatsächlich etwas sonderbar aus. Ich hab' halt gedacht, Lane ist ein Freund der Familie, weiter nichts. Ich werde Arnie bitten, daß er ..."

„Arnie ist schon mit Anne verabredet.

„Ja, natürlich. Nun, mir wird schon etwas einfallen. Wenn Larry doch nur hier wäre! Der könnte ihn prima mitnehmen."

Marty begann, die Maschen auf ihrer Stricknadel zu zählen, und Ellie schob einen Kuchen in den Ofen.

„Mit wem gehst du denn eigentlich?" wollte Marty wissen. Ellie wäre es lieber gewesen, wenn ihre Mutter die Sprache nicht darauf gebracht hätte.

„Ich weiß noch nicht, ob ich überhaupt gehen soll", antwortete sie ehrlich. Zwei junge Burschen hatten sie gebeten, sie abholen zu dürfen, doch im Grunde war sie von keinem der beiden besonders angetan. So zuckte sie nur mit den Schultern.

„Ich glaube, ich bleibe lieber daheim", sagte sie.

„Würde dir aber guttun, so ein Spielabend", redete Marty ihr zu. „Du gehörst einfach mehr unter junge Leute." Dann überlegte sie im stillen, daß Ellie möglicherweise noch keine Einladung von einem der jungen Burschen bekommen hatte und daß ihr die ganze Sache daher einfach furchtbar peinlich war. Sie beschloß, zunächst das Thema zu wechseln.

Der Tisch war gedeckt, und die Mahlzeit wartete auf der Herdplatte, als die Männer aus dem Wald heimkehrten. Lane wußte genau, daß er eigentlich geradewegs weiter reiten müßte, um die Stallarbeit auf der LaHaye-Farm noch vor Einbruch der Dunkelheit zu erledigen, doch die Aussicht, noch eine Weile in Ellies Nähe verbringen zu können, ließ ihn seine Pflichten auf später verschieben. Den ganzen Tag lang hatte er an sie denken müssen: wie tüchtig sie in der Küche wirtschaftete, wie umsichtig sie ihn mit Frühstück und Essenspaket versorgt hatte, ihre funkelnden Augen und ihr schelmisches Lächeln. Nein, er konnte einfach an nichts anderes als an sie denken, aber im Grunde wollte er das auch gar nicht versuchen.

Sie trug die Speisen auf, und einmal, als der Brotkorb leer gewesen war, hatte sie über seine Schulter hinweg danach gegriffen, um ihn aufzufüllen. Lane war überzeugt, daß jedermann in der Tischrunde sein Herz pochen hörte. In Wirklichkeit jedoch hatte niemand etwas bemerkt; nicht einmal Ellie selbst. Dazu war es nicht ihre Art, sich solche Dinge anmerken zu lassen.

Nach dem Abendbrot verabschiedete sich Lane schließlich. Es war wesentlich später geworden, als er beabsichtigt hatte, und dennoch viel zu früh. Bei völliger Dunkelheit ritt er heim. Der Frost war schärfer geworden. Drüben auf der Farm wartete Arbeit auf ihn. Er hoffte inständig, daß er durch sein langes Ausbleiben keinen Schaden verursacht hatte. So etwas würde ihm nicht wieder vorkommen, nahm er sich vor. Er würde Clark und Marty Bescheid geben, daß er von nun an sofort nach dem Holzfällen heimreiten mußte.

Am nächsten Tag stand er früher als gewöhnlich auf. Auf das gewissenhafteste verrichtete er alle Arbeiten im Stall und in der Scheune und versprach den Milchkühen, sie heute nicht wieder zu versetzen.

Er trieb sein Pferd zur Eile an, um sich zeitig zum Holzfällen zu melden. Dabei achtete er jedoch darauf, dem Tier nicht mehr abzuverlangen, als es leisten konnte. Wenn jemand sich auf Pferde verstand, so war es Lane.

Auch heute öffnete Ellie ihm wieder die Tür. Überrascht stellte Lane fest, daß ein Frühstücksgedeck auf dem Tisch bereitstand. Ellie bedeutete ihm, sich zu setzen. Dann machte sie sich an der heißen Herdplatte zu schaffen, und kurze Zeit später hatte sie einen großen Teller mit frischen Pfannkuchen für ihn gebacken. Der herzhafte Duft, den sie verbreiteten, ließ Lane das Wasser im Mund zusammenlaufen.

Heute füllte sie seine Kaffeetasse erst, nachdem sie ihm die Pfannkuchen aufgetischt hatte.

„Damit mir der Kaffee nicht wieder kalt wird, nicht wahr?“ fragte Lane leise mit einem beinahe unmerklichen Augenzwinkern.

Wenn Ellie überrascht war, so ließ sie es sich nicht anmerken.

„Nur zu, laß dir's schmecken!“ gab sie zurück, doch ihr Augenzwinkern verriet, daß auch sie sich des geheimnisvollen Knisterns zwischen ihnen bewußt war.

Als nächstes packte Ellie den Proviant ein, und bald gesellte sich auch Marty zu ihnen in die Küche. Das Gespräch wanderte von der Wetterlage auf das bevorstehende Weihnachtsfest, und Marty benutzte die Gelegenheit, um Lane zum Festtagsessen einzuladen, was er dankbar annnahm.

Clark kam aus dem Stall zurück. In der Hand trug er einen Eimer mit frischer Milch.

„Nun, wie gefällt dir das Leben auf dem Bauernhof?“ fragte er Lane schmunzelnd. „Ist doch eine schöne Abwechslung, die Kühe zu melken, anstatt sie zu brandmarken, meinst du nicht?“

Lane grinste zurück.

„Ich muß wohl der erste Cowboy sein, der ehrlich zugibt, daß es Schlimmeres im Leben gibt als Kühe zu melken.“

Clark lachte.

„Also, mir macht's überhaupt nichts aus. Ich tu's sogar ganz gern. – Mir ist übrigens eine Idee gekommen. Wenn du schon zu uns kommst und meine Arbeit tust, wie wär's, wenn ich dir in der Zwischenzeit ein wenig von deiner Arbeit abnehme?“

Lane schaute verwundert drein.

„Ich hatte mir gedacht, wenn du abends nicht so zeitig heim müßtest wegen der Tiere, dann könntet ihr ein bißchen länger im Wald schaffen. Derweil reite ich zu der LaHaye-Farm und erledige das Melken und Füttern, und du kannst in Ruhe mit uns zu Abend essen und brauchst nicht ständig auf die Uhr zu sehen.“

„Oh, das kann ich nie und nimmer … Ich wollte ohnehin schon Bescheid geben, daß ich nicht zum Essen bleiben kann. Ich reite gleich nach der Arbeit zurück. Es wird mir schon nicht zu spät werden, wenn ich …“

„Unsinn!“ unterbrach ihn Clark. „Ich habe den lieben langen Tag Zeit. Wenn ich hier die Tiere versorgt habe, reite ich gleich rüber zu den deinen. Vor Einbruch der Dunkelheit bin ich längst wieder hier.“

„Das kann ich aber nicht …“

„So wird's gemacht, und dabei bleibt's. Wäre ja noch

schöner, wenn wir dich für unser Brennholz in den Wald schickten, und am Ende gehst du uns ohne Abendbrot heim und fütterst die Tiere im Dunkeln. Nein, bei solchen Sachen lassen wir uns nicht lumpen!“

Lane wußte, daß jede Widerrede zwecklos war. Ob Ellie dem Gespräch zugehört hatte? Was mochte sie von Clarks Vorhaben halten?

„Na schön, vielen Dank!“ sagte er schließlich und nahm sich vor, sich von jetzt an beim Holzfällen doppelt so schwer ins Zeug zu legen als bisher.

Ein unfreiwilliges Stelldichein

An diesem Abend gab es Brathähnchen mit Klößen zum Abendessen. Lane konnte sich nicht erinnern, je etwas Köstlicheres gegessen zu haben. Ellie trug ihr Haar heute hochgesteckt anstatt offen über die Schultern; ihre Wangen waren von der Arbeit am heißen Küchenherd gerötet. Arnie hatte es eilig, nach der Mahlzeit seine Anne zu besuchen, und Luke war gleich vom Wald aus heim zu Kate geritten.

Als alle satt waren, bat Ellie sich aus, daß die Familie sich im Wohnzimmer am Kamin niederließ. Clark und Marty folgten dem Vorschlag gern, und auch Lane schloß sich ihnen an, wenn auch ein wenig widerwillig. Während er mit Clark plauderte, galt seine Aufmerksamkeit eher der Küche, wo Ellie das Geschirr gerade abräumte.

Wenig später waren Clark und Marty in eine angeregte Unterhaltung vertieft. Lane ergriff die Gelegenheit, um in die Küche zu entwischen.

„Kann ich beim Abtrocknen helfen?“ erbot er sich ein wenig befangen. Ellie sah überrascht auf.

„Nach so schwerer Arbeit im Wald bist du doch gewiß zu müde zum Abtrocknen, oder nicht?“ meinte sie.

„Das macht mir gar nichts aus. Ehrenwort!“

„Na gut, dann nehme ich das Angebot an.“ Ellie lächelte ihn an, und Lanes Herz machte einen Sprung. Sie reichte ihm ein Geschirrtuch und zeigte ihm, wo er die trockenen Teller stapeln sollte. Das Gespräch, das Ellie dann mit ihm begann, war munter und bewegte sich im Rahmen des Alltäglichen.

Viel zu schnell war die Arbeit getan. Lane hängte das Geschirrtuch an den Haken zurück.

„Wie geht's denn deinen kleinen Hündchen?“ erkundigte er sich.

Ellie schaute ihn überrascht an, bis sie sich an den Nachmittag erinnerte, an dem Lane der Familie einen Besuch abstatten wollte und sie in der Scheune gefunden hatte.

„Sie wachsen im Eiltempo heran“, antwortete sie. „Pa hat schon zwei von ihnen weggegeben.“

„Aber deinen Lieblingshund doch nicht?“

„Nein, aber das wird er wohl bald tun. Wir haben nämlich schon genug Hunde auf dem Hof; das weiß ich ja selbst. Pa hat recht. Wir können sie nicht allesamt behalten. Sie würden uns ja ins Armenhaus bringen mit ihrem Appetit!“

Sie hob den Tellerstapel in das Regal zurück.

„Aber leicht wird dir die ganze Sache nicht, oder?“ fragte Lane.

„Absolut nicht.“ Ellie versuchte ein Lächeln. „Aber ich werde mich schon irgendwie damit abfinden.“

„Habt ihr schon ein neues Herrchen für ihn?“

„Ich verstecke ihn immer“, gestand Ellie kleinlaut. „Jedesmal, wenn jemand kommt, um sich ein Hündchen auszusuchen, verstecke ich ihn geschwind. Aber daß du mich nur nicht verpfeifst!“ fügte sie hinzu, und plötzlich fingen beide an zu lachen.

„Was meinst du, wie lange das Spielchen noch gutgehen wird?“ fragte Lane dann.

„Bis er als letzter übrigbleibt“, antwortete Ellie nüchtern. „Wenn der nächste fortgegeben ist, geht's mir an den Kragen.“

„Die LaHayes haben keinen Hund“, überlegte Lane ruhig.

„Ja, das hast du neulich schon mal erwähnt. Eine Farm ohne Hund kann ich mir überhaupt nicht vorstellen.“

„Ich habe auch noch nie einen Hund mein eigen genannt.“

„Noch nie?“ Ellie war sprachlos. Wie konnte man nur ohne einen Hund leben?

„Noch nie“.
„Magst du denn keine Hunde?“
„Doch. Sehr sogar“.
Lane reichte Ellie einen zweiten Tellerstapel, den sie neben dem ersten im Regal unterbrachte.
„Besonders deinen kleinen Freund draußen in der Scheune. Weißt du, ich habe mir gedacht, wenn du ihn ohnehin hergeben mußt – hättest du was dagegen, wenn ich ihn nehme?“
Ellies Augen weiteten sich.
„Aber nein ... überhaupt nicht, wenn du ihn haben möchtest.“
„Ja, das möchte ich. Wirklich gern.“
„Er ist ein prima Kerlchen“, fügte Ellie rasch hinzu. „Aus dem wird mal ein ganz kluger Hund. Das sieht man schon an den flinken Augen. Und er hat auch einen guten Stammbaum, und ...“
„Nun mal halblang!“ lachte Lane. „Du brauchst die Werbetrommel nicht für ihn zu rühren. Ich nehme ihn einfach so, wie er ist.“
Ellie lächelte.
„Wann möchtest du ihn denn abholen?“
„Hm. Ich weiß nicht recht. Solange ich tagsüber nicht daheim bin ... also, ich meine ... würde es dir etwas ausmachen, ihn für mich zu versorgen, bis das Holz gefällt ist? Es wäre doch gemein, ihn von seiner Mutter fortzunehmen und ihn dann den ganzen Tag allein auf dem Hof zu lassen.“
Ellies Lächeln wurde noch strahlender.
„Ich sage gleich Pa Bescheid!“
Lane wandte sich zum Gehen. Das Geschirr stand sauber an seinem Platz im Regal, so daß er keinen Vorwand zum Bleiben mehr hatte. Er hatte die Tür noch nicht erreicht, als Ellie ihn zurückrief.
„Lane.“
Er drehte sich fragend um.
„Dank' dir“, sagte sie leise.

Lane fragte sich im stillen, wie lange er sich noch bei Clark und Marty aufhalten konnte, ohne unhöflich zu wirken. Clark lud ihn zu einer Partie Mühle ein, und Lane war selbst von seinen anfänglichen Siegen überrascht, zumal Ellie nicht weit von ihm mit ihrem Nähkorb saß und an einer Säuglingsdecke arbeitete. Marty strickte ein winziges Jäckchen, doch Lane war sich ihrer Gegenwart kaum bewußt, bis sie sich plötzlich an ihn wandte.

„Lane, die jungen Leute aus der Nachbarschaft treffen sich nächste Woche zu einem bunten Abend im Gemeindehaus", sagte sie. „Hättest du nicht Lust, auch hinzugehen und neue Bekanntschaften zu schließen? Immerhin wirst du ja eine Weile hier bei uns sein."

„Das ist eine gute Idee", antwortete Lane abwesend und schob eins seiner Steinchen ein Feld weiter auf dem Spielbrett.

„Arnie und Anne kommen auch", fuhr Marty fort, „aber die anderen werden dir sicher noch fremd sein."

„Gewiß."

„Ich dachte, vielleicht würd's dir nichts ausmachen, Ellie zu begleiten. Sie kann dir den Weg zeigen und dich den anderen jungen Leuten vorstellen."

Ellies entsetzter Gesichtsausdruck und ihr geflüstertes „Mama!" entging Marty völlig.

Lane setzte ein Steinchen mitten vor Clarks herannahende Steinchentruppe.

„Aber gern."

Das Spiel ging weiter. Lane verlor hoffnungslos. Nun war er nicht mehr recht bei der Sache. Er wagte nicht, Ellie anzusehen. Er hatte ihre Bestürzung bemerkt und ihren geflüsterten Ausruf gehört. Daß sie den Vorschlag ihrer Mutter nicht auf der Stelle abgelehnt hatte, überraschte ihn. Ob sie ihm später unter einem Vorwand eine Absage erteilen würde? Gewiß hatte sie schon eine anderweitige Verabredung für den Abend, befürchtete Lane im stillen. Clark stand auf, um das Mühlebrett beiseite zu räumen, und Martys Stricknadeln klapperten in einer stetigen Melodie. Lane erhob sich ebenfalls, um sich endlich zu verabschieden. Nachdem er Martys Aufforderung, doch noch ein wenig zu bleiben, höflich abgelehnt hatte, bat sie Ellie, den Gast zur Tür zu begleiten. Ellie erhob sich und legte ihre Handarbeit beiseite.

Schweigend folgte er ihr durch die Stube in die Küche. Dort nahm er seine Winterjacke vom Haken und schlüpfte hinein. Seine Fäustlinge zog er aus den Taschen und griff nach seiner Mütze. Noch immer hatte Ellie kein Wort zu ihm gesagt.

„Das Ganze war nicht deine Idee, stimmt's?“ fragte Lane leise.

„Nein.“ Ellies Augen wichen seinem Blick aus.

„Wenn du nicht magst, hab' ich Verständnis dafür.“

Nun sah Ellie ihn geradeheraus an.

„Magst du denn?“ fragte sie ihn.

Lane erwiderte ihren Blick.

„Wäre mir sogar eine Ehre“, sagte er fest.

„Dann komme ich mit“, sagte Ellie nur.

Mit der Mütze in den Händen und einer Melodie im Herzen machte sich Lane auf den Heimweg.

Lane war heute zeitig vom Holzfällen zurück, denn Arnie, der sich mit aller Sorgfalt für den geselligen Abend herrichten wollte, bevor er seine Anne dazu abholte, hatte sich für einen frühen Feierabend ausgesprochen. Luke konnte sich seine spöttischen Bemerkungen nicht verbeißen, doch Arnie zahlte sie ihm mit gleicher Münze zurück, indem er seinen Bruder an manches romantische Stelldichein mit seiner Kate erinnerte.

Lane hatte Marty im voraus Bescheid gegeben, daß er heute nicht zum Abendbrot kommen würde. Statt dessen ritt er eilig heim, um ein warmes Bad zu nehmen und sich gründlich zu rasieren. Er war sich nicht sicher, ob er überhaupt angemessene Kleidung für ein Ereignis wie diesen bunten Abend besaß, aber er würde halt sein Bestes tun. Er konnte sein Glück noch immer kaum fassen. Ausgerechnet er würde Ellie begleiten dürfen! Es erschien ihm wie ein Traum, daß es dazu gekommen war und daß Ellie ihm keine Absage erteilt hatte.

Ellie ihrerseits verspürte ebenfalls ein Flattern in der Magengegend. Sie beeilte sich mit dem Geschirr und lief dann zu ihrem Zimmer hinauf, wo auch sie ein warmes, schäumendes Bad nahm und dann nahezu eine Stunde auf ihre Frisur und ihr Kleid verwandte.

Marty schaute kurz bei ihr herein, um sich zu erkundigen, was sie nur so lange aufhielt.

„So einen Aufwand hat Ellie doch noch nie getrieben!" bemerkte sie Clark gegenüber mit einem Kopfschütteln.

„Jedes junge Mädchen treibt einen riesigen Aufwand, wenn es mit einem jungen Mann verabredet ist", erwiderte Clark.

„Du meinst Lane? Aber der gehört doch so gut wie zur Familie!"

Lane erschien zeitig vor Beginn der Gesellschaft, um Ellie abzuholen. Als sie ihm die Tür öffnete, hielt er unwillkürlich den Atem an. Sie sah einfach zauberhaft aus!

Gemeinsam gingen sie zu dem Schlitten. Er war ihr beim Einsteigen behilflich und reichte ihr eine schwere Wolldecke zum Schutz gegen den scharfen Frost des Winterabends.

Unterwegs, als sie an benachbarten Farmen vorüberzogen, wußte Ellie stets etwas über die Bewohner dort zu berichten, und die Schlittenfahrt verging wie im Fluge.

An der Kirche angekommen, band Lane das Gespann zwischen den schnaubenden, im Schnee scharrenden Pferden der übrigen Jugendlichen fest. Arnies beiden Füchsen, die er am Zaun entdeckte, gab er einen freundlichen Klaps auf die Flanke.

Ellie erwartete ihn schon an der Kirchentür. Sie zeigte ihm, wo er seine Jacke und Mütze aufhängen konnte. Dann begann sie, ihn mit den jungen Leuten bekanntzumachen.

Alle waren in bester Stimmung, und bei allerhand Gesellschaftsspielen und Vorführungen verstrich der Abend schnell. Lane, für den diese Art von Beisammensein unter jungen Leuten neu war, genoß den munteren Spaß sehr. Nach einem Imbiß, den die Mädchen zubereiteten, war es auch schon an der Zeit, den Heimweg anzutreten.

Lane spürte manches Augenpaar auf sich gerichtet, als er Ellie in ihren Mantel half. Er ahnte, wie sehr ihn mehrere der Nachbarsburschen beneideten. Ihre Blicke und ihr kurz angebundenes „Lebewohl" sagten ihm das deutlicher als alle Worte. Es gab keinen Zweifel daran, daß er sich in Begleitung des hübschesten Mädchens im ganzen Raum befand.

Auf dem Heimweg ließ Lane die Pferde gemächlich traben. Wenn Ellie es bemerkte, sagte sie nichts darüber. Statt dessen sprach sie von dem bunten Abend und den jungen Leuten, die sie ihm dort vorgestellt hatte. Er langte zu ihr herüber, um ihr die Decke über die Schultern zu legen, und wünschte sich einen Moment lang, daß er seinen Arm einfach dort ruhen lassen könnte. Widerwillig zog er ihn zurück.

„Wie gefällt's dir eigentlich hier bei uns?" fragte Ellie unvermittelt.

„Ist eine ganz andere Welt, eure Gegend", antwortete er, „aber ich fühle mich wohl hier."

„Vermißt du den Westen?"

„Längst nicht so arg, wie ich erwartet hatte", sagte er wahrheitsgetreu.

„Freust du dich auf daheim?"

Lane dachte an das weite, offene Land, das schneegekrönte Gebirge am Horizont, die Schreie der Kojoten bei Nacht und den wehenden Wind.

„Eigentlich schon", antwortete er ihr.

„Missie hat wohl auch im Westen ihre neue Heimat gefunden", sagte Ellie nachdenklich und sah in den sternenklaren Himmel hinein.

„Ja, das hat sie", meinte Lane.

„Ist schon so endlos lange her, seit ich Missie zum letzten Mal gesehen habe."

„Sie spricht manchmal von dir", sagte Lane. Im stillen fragte er sich, was Missie wohl sagen würde, wenn sie ihre jüngste Schwester wiedersehen könnte.

„Ich vermisse sie immer noch. Sie war mir eine prima Schwester."

„Dann komm sie doch einfach mal besuchen!" schlug Lane vor. Am liebsten hätte er „mit mir" hinzugefügt.

Ellie lachte leise.

„Ich habe so den Eindruck, als wäre es Ma gar nicht recht, wenn ich eine Reise in den Westen machte. Ich glaube, sie hat Angst, daß ich gleich für immer dortbliebe."

„Meinst du, daß es dir im Westen gefallen könnte?"

Ellie seufzte.

„Mir würde es überall auf der ganzen Welt gefallen, wenn ..." Sie unterbrach sich.

„Wenn? Wenn was?" fragte Lane, doch Ellie wechselte das Thema.

„Ach, nichts Besonderes", sagte sie nüchtern. „Mama braucht mich ohnehin daheim, weil bald das Baby kommt. Vielleicht kann Missie statt dessen mal zu uns auf Besuch kommen. Ich würde sie schrecklich gerne wiedersehen, und ihre Kinder kenn' ich überhaupt noch nicht!"

Lane sank der Mut. Wollte sie ihm damit etwas Bestimmtes sagen? Steckte in ihren Worten die Warnung, daß in der Zukunft kein Raum für ihn war? Ihre Mutter brauchte sie. Es war edel von ihr, so rücksichtsvoll und aufopfernd zu sein, und sie hatte ja recht: Marty brauchte sie tatsächlich. Doch ihre Tochter konnte unmöglich im Sinn haben, den Rest ihres Lebens in der Küche ihrer Mutter zu verbringen, ohne sich je ihr eigenes Reich zu wünschen. Er wollte sie fragen, wollte ihr alles erklären ... doch da zeigte sie auf eine Sternschnuppe und sprach über andere Dinge. Lane schnalzte dem Gespann zu. Plötzlich erschien ihm die Nacht viel kälter.

Weihnachten

Das bevorstehende Weihnachtsfest und Arnies Hochzeit, die nun bald gefeiert werden sollte, erfüllten Marty mit fiebernder Ungeduld. Bei dem Gedanken an Larrys Heimkehr wollte ihr vor Freude das Herz zerspringen.

Wie sehr sie ihn doch vermißt hatte! Jeder seiner viel zu seltenen Briefe hatte ihre ungeduldige Erwartung wie ein Feuer geschürt.

Sie richtete sein Zimmer auf das sorgfältigste her, legte einen Vorrat von seinen Lieblingsplätzchen an und zerbrach sich dann den Kopf, was noch ungetan geblieben war, um ihm ein herzliches Willkommen zu bereiten.

„Warum läßt du's nicht einfach genug sein und ruhst dich aus?“ schlug Clark vor. „Am Ende schuftest du dich noch ganz krank. Der Junge kommt doch schließlich her, um dich zu besuchen und nicht dein Haus oder deine Vorratskammer!“

Marty sah ein, daß Clark recht hatte, und bemühte sich, seinem Rat zu folgen, doch das Stillsitzen fiel ihr schwer.

Als der Tag, an dem Larry ankommen sollte, endlich hereinbrach, erwartete Marty eine Enttäuschung. Sie hatte damit gerechnet, ihn selbst an der Postkutschstation in der Stadt abzuholen, doch draußen herrschte heute ein klirrender Frost, und ein starker Wind blies von Norden her. Clark gab ihr zu verstehen, daß sie bei diesem Wetter am besten daheim am Kamin blieb, während er und die Jungen in die Stadt fuhren.

Der bestimmte Ton in Clarks Stimme verriet ihr, daß aller Protest nichts nützen würde, doch ihre Enttäuschung war grenzenlos. So willigte sie seufzend ein, doch nicht ohne Clark und Arnie das Versprechen abzunehmen, auf dem schnellsten Weg wieder nach Hause zu kommen. Clark nickte, und Vater und Sohn machten sich zeitig genug auf den Weg, um die Einkäufe für die Familie vor Ankunft der Kutsche zu erledigen.

Der Tag schleppte sich entsetzlich langsam dahin. Stunde um Stunde ging Marty in der Stube auf und ab, um immer wieder aus dem Fenster zu schauen. Ellie ertrug dieses fortwährende Hin- und Hergehen geduldig, denn sie hatte Verständnis für Martys Gefühle.

Da endlich! Draußen begrüßten die Hunde das einfahrende Schlittengespann mit Gebell, und Marty stürzte zur Tür, um Larry in ihre Arme zu schließen.

Auf den ersten Blick schien Larry sich kein bißchen verändert zu haben, fand Marty. Er war nicht mehr gewachsen, und auch sein Gesicht war dasselbe geblieben. Sein Lächeln war so fröhlich und seine Umarmung so herzlich wie eh und je. Erst später, als sie sich eine Weile miteinander ausgetauscht hatten, stellte Marty fest, daß Larry endgültig den Kinderschuhen entwachsen und auf dem besten Wege dazu war, ein selbständiger, verantwortungsbewußter Mann zu werden, was sie stolz und ein wenig wehmütig zugleich stimmte. Dieser Junge war immer ihr empfindsamer, hilfsbereiter Sohn gewesen, doch nun sah er seine Mutter auch mit den Augen eines Arztes. Zugegeben, Larry trennte noch manches Jahr von seiner eigenen Arztpraxis, doch schon jetzt besaß er den scharfen Blick eines Mediziners.

Während der geschäftigen Tage um Weihnachten und Arnies Hochzeit legten die Männer mit dem Holzfällen ein Pause ein. Lane bedauerte es, eine ganze Woche lang keinen Anlaß zu einem Besuch auf der Davis-Farm zu haben, doch Marty behandelte ihn wie einen, der zur Familie gehörte, und fand immer wieder einen Grund, um ihn einzuladen.

Lane war es auch, der Ellie beim Aufbauen und Schmücken des Weihnachtsbaums im Wohnzimmer half.

Die Jungen seien allesamt beschäftigt, erklärte Marty, und das Putzen des Baumes sei doch ein schweres Stück Arbeit für ein junges Mädchen. Lane half ihr nur zu bereitwillig und genoß den Abend sehr. Ellie war heute besonders gut aufgelegt, und ihr munteres Plaudern und silberhelles Lachen stieg Lane förmlich zu Kopf. Im stillen fragte er sich, wie es wohl sein mochte, diese Aufgabe Jahr um Jahr mit diesem Mädchen teilen zu dürfen, und gestand sich ein, daß ihm dieser Gedanke außerordentlich zusagte.

Am Weihnachtstag fand sich die ganze Familie von nah und fern bei Clark und Marty ein. Lachende, vor Entzükken jubelnde Kinderstimmen erfüllten das Haus. Die Männer setzten sich um den offenen Kamin herum und rösteten Kastanien. Es war eine fröhliche Runde, die sich hier versammelt hatte. Scherze und lustige Geschichten wurden von herzhaftem Gelächter begleitet. Die Frauen machten sich in der Küche an riesigen Kochtöpfen zu schaffen. Der Duft von Gewürzen, Kräutern und den köstlichsten Festtagsleckereien durchströmte das Haus bis in den letzten Winkel. Ein solches Weihnachten hatte Lane noch nie erlebt. Er genoß jede Minute des frohen Treibens um ihn her. Bald wurden die Geschenke unter dem Baum an ihre Empfänger verteilt, und auch Lane war großzügig bedacht worden. Martys handgestrickte Mütze würde ihm gute Dienste bei der Arbeit im Wald leisten.

Schließlich versammelten sich alle um den Tisch. Die Kinder wurden zur Ruhe ermahnt, die Männer wurden ernst, und die Frauen legten ihre Schürzen ab und setzten sich mit ehrfurchtsvoll gefalteten Händen auf ihre Plätze. Clark schlug die Familienbibel auf und las die Weihnachtsgeschichte vor, wie er es all die Jahre über getan hatte. Dann betete er, indem er seinem himmlischen Vater jedes Glied seiner Familie, das heute in der Runde fehlte, einzeln mit Namen anbefahl: Willie und Missie mit ihren Kindern und Cathy und Joe mit ihren Kleinen. Er dankte seinem himmlischen Vater dafür, daß er Larry vor Unfall und Gefahren bewahrt hatte. Selbst die jüngsten Mitglieder der Familie, deren Ankunft noch erwartet wurde, befahl er Gott an und bat um reichen Segen für die werdenden Mütter. Er sprach die Hoffnung aus, daß diese Kleinen einmal zu brauchbaren Werkzeugen Jesu Christi heranwachsen würden. Auch für Arnie und Anne, die hier im Kreis der Familie saßen und bald in ihrem eigenen Heim Einzug halten würden, betete er, daß Gott sie in ihrer Ehe reich segnen möge. Er betete für Josh und Nandry und jedes ihrer Kinder. Er dankte Gott für Lane, dessen Freundschaft der Familie Davis so viel bedeutete. Er dachte an die Grahams, die nun ihr erstes Weihnachten ohne ihren geliebten Mann, Vater und Großvater feiern mußten. Schließlich befahl er Gott seine treue Gehilfin Marty an, die über Jahre hinweg Freud und Leid mit ihm geteilt hatte, und bat ihn um Gnade und Weisheit bei der Erziehung des neuen Erdenbürgers, den er ihnen in seiner großen Gnade nun bald schenken würde.

Es war ein langes, aufrichtiges Gebet. Selbst die kleinen Kinder hörten still zu, denn Großvater sprach ja mit ihrem Vater im Himmel.

Bei dem Festessen, das dann folgte, ging es dagegen ausgelassen zu. Munteres Erzählen und Lachen erfüllten den Raum. Lane warf einen verstohlenen Blick auf Ellie. Die geröteten Wangen, von goldenen Locken umrahmt, die Augen vor Vergnügen sprühend, zahlte sie Luke gerade einen Schabernack mit schlagfertigen Worten heim. Lane konnte nicht hören, was sie sagte, doch an Lukes verblüfftem Gesichtsausdruck war zu erkennen, daß sie ihrem ältesten Bruder, was Schlagfertigkeit betraf, durchaus gewachsen war. Nun lachte Luke auch schallend und rief über die Tischrunde hinweg: „Da hast du mir's aber mächtig gegeben, Schwesterlein!"

Die Kinder bekamen die Erlaubnis, von ihren Plätzen aufzustehen und mit ihren neuen Spielsachen zu spielen, während die Erwachsenen es sich mit einer zweiten Tasse

Kaffee am Kamin bequem machten. Der Ton der Unterhaltung war nun ein wenig ruhiger geworden.

Clark lehnte sich zurück und musterte seinen jüngsten Sohn.

„Siehst prima aus, Junge. Sie scheinen dir genug zu essen zu geben, nicht wahr?"

„Wer? Die Whistlers? Ja, das tun sie allerdings, soviel steht fest! Tante Mindy macht sogar noch mehr Aufhebens um alles als Ma!" Er warf seiner Mutter ein verschmitztes Augenzwinkern zu.

„Und das Studieren macht dir Spaß?" fuhr Clark fort.

„Und ob! Wir lernen jeden Tag etwas Neues dazu."

„Was denn zum Beispiel?"

„Also, was heutzutage auf dem Operationstisch geleistet wird, das ist wirklich bahnbrechend! Ich habe bisher nur einen ganz kleinen Einblick bekommen, aber auf dem Gebiet tut sich eine ganz neue Welt auf, sage ich euch. Nur noch ein paar Jahre, und die Mediziner können den Menschen von Kopf bis Fuß ausbessern, wenn er krank wird."

„Mir scheint, da bin ich leider ein paar Jahre zu früh zur Welt gekommen!" beklagte Clark sein Schicksal im Scherz, und alle lachten.

„Im Ernst, Pa", sagte Larry, „du solltest dir mal ansehen, welche großartigen künstlichen Gliedmaßen sie heutzutage schon auf dem Reißbrett haben."

„Auf dem Reißbrett nützen sie einem aber nicht viel", erwiderte Clark, und seine Söhne brachen erneut in Gelächter aus.

Doch der angehende Arzt in Larry ließ sich nicht beirren. Er erläuterte seiner Familie die neuesten Entwürfe für künstliche Arme und Beine. Von Eifer beseelt, hockte er sich vor seinem Vater nieder und erklärte anhand des Beinstumpfes in dem hochgeschlagenen Hosenbein, welch großartigen Hilfsmittel die moderne Medizin in Kürze anbieten könnte.

„Am Ende vergißt du ganz und gar, daß dir ein Bein

fehlt, Pa!“ rief er. „Ich habe Doktor Bush gesagt, daß du der ideale Patient seist, an dem er’s mal ausprobieren könnte. Ich möchte unbedingt, daß du eine von diesen Prothesen bekommst.“

Unvermittelt stand Nandry auf und verließ den Raum. Marty vermutete, daß sie nach den Kindern sehen wollte, doch als die Tafel schließlich aufgehoben wurde und die Frauen das Geschirr in der Küche stapelten, fehlte Nandry noch immer.

Der Nachmittag verstrich wie im Flug. Sie holten Brettspiele hervor, rösteten Kastanien im Kamin und erzählten einander Geschichten.

„Weißt du noch, Lane, wie wir bei Missie Weihnachten gefeiert haben?“ fragte Marty, und Lane nickte. „Henry hat die Weihnachtslieder auf seiner Gitarre begleitet“, fuhr Marty fort. „Aber sag mal, Lane, du spielst doch auch Gitarre, nicht wahr?“

„Wirklich, Lane?“ Arnies Interesse war geweckt.

„Ja, ein wenig“, antwortete Lane.

„Ich wollte es auch immer schon lernen“, sagte Arnie.

„Henry hat mir’s beigebracht. Ein großer Künstler ist zwar nicht aus mir geworden, aber ich spiele gern Gitarre. Es macht mir einfach Spaß.“

„Hast du deine Gitarre mitgebracht?“ fragte Ellie zaghaft.

„Ja; sie steht drüben bei den LaHayes.“

„Ich würde dich gerne mal spielen hören.“

Vielleicht spürte niemand außer Ellie und Lane selbst die sonderbare Spannung zwischen ihnen. Niemand im Raum schien zu bemerken, wie Lanes Augen Ellie folgten und wie sie errötete, wenn sie seinen Blick auf sich gerichtet sah. Ihre einfachen Worte nun waren nicht beiläufig dahingesagt; sie waren als aufrichtige Bitte gemeint, und mit seinen Augen versprach er ihr, ihrem Wunsch nachzukommen.

Nandry kam wieder in die Stube. Wo sie gewesen war, wußte Marty nicht zu sagen. Vielleicht fühlte sie sich nicht wohl. Marty hoffte, daß sie nicht ernsthaft krank würde und am Ende Arnies Hochzeit verpaßte. Nandry verhielt sich den Rest des Tages über ungewöhnlich schweigsam; sie flüchtete sich oft zu den Kindern oder machte sich in der Küche zu schaffen.

Es war ein klarer, sonniger Tag. Draußen herrschte winterliche Kälte. Als die Kinder darum bettelten, im Schnee spielen zu dürfen, gab Nandry ihnen zu verstehen, daß das Wetter heute zu kalt sei und daß der Schnee warten könne.

Auch Lane suchte nach einem Vorwand, um aus dem Kreis auszubrechen. Er wollte nichts lieber, als ein paar Minuten mit Ellie allein zu sein. Er hatte in der nahegelegenen Stadt ein zierliches Anhängerchen mit Kette aus Silber erstanden, das er während des Geschenkeverteilens im Kreis der Familie vorerst in seiner Tasche gelassen hatte. Den Anhänger wollte er ihr abseits von möglichen Zuhörern überreichen, doch wo und wann konnte er an einem Tag wie diesem auf eine Begegnung mit ihr allein hoffen? Wenn er doch nur genug Mut aufbringen könnte, sie zu einem Spaziergang aufzufordern! Der Nachmittag neigte sich schon dem Ende zu, ohne daß er ein persönliches Wort mit Ellie gewechselt hatte. Wenig später sorgte sie selbst jedoch, ohne es zu ahnen, für die Gelegenheit, auf die er gewartet hatte.

„Ich gehe eben mal zur Scheune, um Lady und deinem Hündchen ein paar Leckerbissen zu bringen“, wandte sie sich an ihn. „Möchtest du mitkommen und eine Weile mit ihm spielen?“

Lane sprang auf. Jeder der Anwesenden mußte den Eindruck gewinnen, als sei er maßlos in sein kleines Hündchen vernarrt.

„Zieh lieber deine Jacke an. Draußen ist's nämlich bitter kalt!“ mahnte Ellie an der Tür, denn gedankenverloren, wie er war, wäre er um ein Haar hemdsärmelig rausgegangen.

Er errötete kaum merklich und streifte seine Winterjacke über. Ellie trug schon ihre Stiefel und ihren Wollmantel.

„Du wirst staunen, wie er gewachsen ist!“ sagte sie auf dem Weg zur Scheune.

Ellie warf das Scheunentor auf und machte sich auf eine stürmische Begrüßung gefaßt. Da kamen die beiden jungen Hunde auch schon auf sie zugestürzt und sprangen, vor freudiger Aufregung bellend und kläffend, an ihr hoch. Ellie erwiderte ihre Wiedersehensfreude mit einem hellen Lachen und versuchte, die Hündchen zu beruhigen. Lady verfolgte das Geschehen aus dem Hintergrund mit wahrem Mutterstolz.

„Liebe Güte, ihr veranstaltet aber einen Wirbel, wenn ihr Besuch bekommt!“ lachte Ellie und stellte die beiden Hündchen auf das Stroh, damit sie ihnen endlich die flache Schüssel mit den Essensresten vorsetzen konnte.

„Das mögen sie für ihr Leben gern“, erklärte sie, während die Hunde sich über das Putenfleisch mit Kartoffelpüree und Bratensoße hermachten.

Lanes junger Hund war tatsächlich ein beträchtliches Stück gewachsen. Mit seinem krausen Fell und seinen langen, weichen Ohren gefiel er seinem Herrchen ausnehmend gut. Noch immer hatte Lane das Bild eines reizenden Mädchens mit einem winzigen Hündchen in den Armen vor Augen. Er hob das Tier auf und hielt es dicht an sich, um ihm das weiche Fell zu streicheln. Auch Ellie kam näher und fuhr dem Hündchen mit der schlanken Hand durch das Fell.

„Er hat noch keinen Namen“, sagte sie. „Hast du dir schon einen für ihn ausgesucht?“

„Möchtest du ihn denn nicht taufen?“ fragte Lane.

„Warum ich? Er gehört doch dir.“

„Ich würde mich trotzdem freuen, wenn du ihm einen Namen gibst“, sagte Lane und sah ihr direkt in die Augen. Ellie zog ihre Hand zurück und trat einen Schritt zurück.

„Ich weiß aber keinen“, sagte sie. „Hab’ noch nicht recht darüber nachgedacht.“

„Wie hättest du ihn denn genannt, wenn er dein Hund wäre? Du hattest dir doch gewiß schon einen Namen für ihn ausgesucht. Habe ich recht?"

Ellie nickte lächelnd.

„Nun?" fragte Lane. „Wie soll er also heißen?"

„Ach, mein Name ist dir bestimmt viel zu albern. Ein Hund, der einem Mann gehört, braucht einen handfesten Namen."

„Wie meinst du das?"

„Oooh, weißt du ... Dagobert zum Beispiel. Oder Leo. Oder Bob. Unsere Hofhunde haben immer Bob geheißen. Als unser erster Bob gestorben war, hat Arnie den neuen Hund einfach wieder Bob getauft. Mama hat's mir erzählt."

„Bob mag ich ihn eigentlich nicht so gern rufen", sagte Lane. „Dagobert oder Leo auch nicht. Er ist ein ganz besonderes Hündchen; deshalb baucht er auch einen ganz besonderen Namen."

Er sah sie herausfordernd an. Sie zögerte noch immer.

„Nun? Was ist?"

„Du wirst mich bestimmt auslachen!"

„Nie im Leben. Ehrenwort."

Ellie kicherte leise.

„Auslachen würdest du mich vielleicht nicht, höflich, wie du nun mal bist, aber danach zumute wird's dir sein, das weiß ich genau."

„Wenn schon. Lachen ist gesund", gab Lane zurück, und Ellie mußte erneut lachen.

„Also schön", sagte sie endlich. „Von mir aus darfst du mich auslachen. Ich hätte ihn nämlich Romeo getauft."

„Was? Romeo?" Nun brach Lane tatsächlich in schallendes Gelächter aus. Ellie stimmte mit ein. Als sie sich wieder gefaßt hatten, schlug Ellie vor: „Wie wär's, wenn wir ihn Rex nennen?"

„Rex. Der Name gefällt mir – wenn er auch längst nicht so imposant ist wie Romeo!"

Wieder lachten sie.

„Versprichst du mir, daß du mich nicht damit aufziehst?"

„Womit?"

„Mit Romeo."

„Ehrenwort!" versprach Lane. „Vielleicht nenne ich ihn hin und wieder sogar selbst so. Natürlich nur, wenn niemand zuhört!" Damit setzte er das Hündchen wieder zu seiner Mutter ins Stroh zurück.

Ellie nahm den leeren Teller und wandte sich zum Gehen, doch Lane hielt sie zurück. Auf ihren fragenden Blick hin langte er in seine Tasche und zog ein kleines Päckchen hervor.

„Bitteschön", sagte er leise. „Das ist mein Weihnachtsgeschenk für dich. Ich wollte es nicht zu den anderen unter den Baum legen."

Noch immer blieb Ellie stumm. Er reichte ihr das Päckchen, und sie nahm es entgegen, doch in ihrem Gesicht stand Verwirrung.

„Mach's nur auf!" nickte er ihr zu. Mit leicht zitternden Händen entfernte sie das Papier.

Als sie das zierliche Kettchen aus der Schachtel hob, füllten sich ihre Augen mit Tränen.

„O, Lane, wie hübsch!" flüsterte sie, und nun lösten sich die Tränen von ihren Wimpern. „Aber weißt du, ich kann's nicht annehmen."

Nun war es an Lane, verwirrt zu sein.

„Du meinst ... Was ich gehofft hatte ... geträumt ... Habe ich mich denn so gründlich getäuscht?"

Ellie stand nur wortlos da. Die Tränen rannen ihr über die Wangen. In der Hand hielt sie das silberne Kettchen.

„Dann empfindest du also überhaupt nichts für mich?" fragte Lane.

„Das habe ich nicht gesagt", schluchzte Ellie.

„Dann hast du einen anderen ."

„Nein!" rief Ellie mit Nachdruck.

„Dann verstehe ich nicht ..."

„Es ist wegen meiner Mama. Sie braucht mich doch!"

„Das weiß ich", sagte Lane sanft und nahm ihre Hände in die seinen. „Ich kann warten. Ich will dich doch nicht auf der Stelle von daheim fortnehmen. Es dauert nicht mehr lange, dann …"

„Aber verstehst du denn nicht?" schluchzte Ellie, „es würde Mama das Herz brechen. Sie vermißt Cathy und Missie so sehr. Sie könnte es nicht ertragen, wenn noch eins von ihren Mädchen so weit von daheim wegzöge. Bitte versteh doch!"

„Aber gewiß wird …"

„Nein!" rief Ellie und schüttelte nochmals den Kopf. „Das kann ich Mama nicht antun. Ich kann's einfach nicht."

Damit schob sie das Silberkettchen in Lanes Hand zurück und lief aus der Scheune. Das Schüsselchen hatte sie völlig vergessen.

Lane fühlte sich plötzlich so elend wie noch nie in seinem Leben. Er war in Ellie verliebt. Bis zu dem Augenblick, an dem er sie verloren hatte, hatte er selbst nicht geahnt, wie tief seine Liebe war. Er sah auf das Kettchen in seiner Hand herab und sehnte sich danach, wie ein Kind weinen zu dürfen, doch er beherrschte sich. Statt dessen sank er in das Stroh und hob sein kleines Hündchen auf seinen Schoß. Er vergrub sein Gesicht in dem krausen Fell und dachte daran, wie zärtlich Ellie das Tier geliebkost hatte.

„Ach, Romeo", flüsterte er. „Ich weiß nicht, wie ich ohne sie leben soll. Du wirst mir ein schwacher Trost sein, fürchte ich."

Geraume Zeit verstrich, bis Lane wieder ins Haus zurückging.

Arnies Hochzeit

Arnies Hochzeitstag war kalt und windig. Schneeflocken wirbelten zur Erde, als Clark eine Decke über Martys Knie breitete und das Schlittengespann zur Kirche kutschierte. Der Rest der Familie war schon vorausgefahren, doch Marty sorgte sich noch um allerhand Kleinigkeiten, die unerledigt geblieben waren und noch gerichtet werden mußten.

„Hör mal, Ellie hat schließlich ganze Arbeit mit dem Hochzeitsessen geleistet“, erinnerte Clark sie. „Du kannst beruhigt sein.“

Marty wußte im Grunde, daß er recht hatte. Sie hatte Ellie in der Küche geholfen, bis der zukünftige Arzt in der Familie sie freundlich, aber bestimmt zu Bett geschickt hatte.

„So, Mama, jetzt wird's aber höchste Zeit, daß du dich ausruhst“, hatte Larry angeordnet. „Ich helfe Ellie schon weiter.“

Und nun war der große Tag da, und bis zur Trauung waren es nur noch wenige Minuten. Clark ließ den Pferden freien Lauf. Sie scheuten die Kälte und trabten eilig voran. Marty hielt sich einen Zipfel der Decke an die Wangen, um ihr Gesicht vor dem eisigen Wind zu schützen.

Vor der Kirche stand schon eine Reihe von Gespannen. Clark brachte seine Pferde vor dem Eingang zum Stehen und half Marty aus dem Schlitten. Larry, der sie schon erwartet hatte, brachte ihren Mantel zur Garderobe. Dann wurde sie zu ihrem Platz in der ersten Reihe geführt, und wenig später kam Clark dazu und setzte sich neben sie.

Vor der versammelten Gemeinde stand das Hochzeitspaar mit den Trauzeugen. Marty hatte Arnie noch nie so glückstrahlend wie in dieser Stunde gesehen, und auch Anne stand mit leuchtenden Augen neben ihm. Ellie wirkte dagegen ein wenig bleich und erschöpft. Marty machte sich Vorwürfe ihretwegen. Das junge Mädchen hatte in den letzten Wochen viel zu hart gearbeitet. Sobald die ganze Aufregung um Arnies Hochzeit vorüber war, würde sie dafür sorgen, daß Ellie sich einmal gründlich erholte.

Es war eine ergreifende Trauung. Der junge Pastor waltete würdevoll seines Amtes. Als die Brautleute einander das Jawort gaben, sprach aus ihren Augen eine reine, tiefe Liebe.

Marty war sonderbar schwer ums Herz. Wieder verließ eines ihrer Kinder das Elternhaus, um eine eigene Familie zu gründen. Bald würden sie alle auf und davon sein, und in dem großen Haus, das Clark eigenhändig gebaut hatte, würde es still werden. Doch plötzlich wurde Marty durch einen heftigen Stoß unter ihrem Herzen daran erinnert, daß das Kinderzimmer des Hauses noch lange nicht leer stehen würde, und sie lächelte trotz ihrer Tränen und ließ ihre Hand an der Stelle ruhen, wo ihr ungeborenes Kind sich so lebhaft geregt hatte.

Das Leben geht weiter

Viel zu früh kam der Tag, an dem Larry in die Postkutsche stieg, um wieder in die Universitätsstadt zu reisen. Marty hatte dem Abschied bangen Herzens entgegegesehen, doch diesmal fiel er ihr leichter als beim ersten Mal.

Bei Familie Davis kehrte der Alltag wieder ein. Arnie und seine Braut hielten Einzug in dem kleinen Haus, das Arnie für sie hergerichtet hatte. Marty hätte weinen mögen, als er sein Zimmer in seinem Elternhaus ausräumte und sein persönliches Hab und Gut hinaustrug. Doch das Strahlen in seinen Augen sagte ihr, daß er selbst kein bißchen unglücklich darüber war, von daheim auszuziehen und einen neuen Lebensabschnitt als verheirateter Mann zu beginnen. Marty fand Trost bei dem Gedanken, daß dies der Lauf der Dinge war und daß sie sich keinen harmonischeren Übergang für Arnie wünschen konnte.

Jetzt, wo Larry und Arnie aus dem Haus waren, war Marty von Herzen dankbar, daß sie ihre Ellie noch hatte. Wenigstens eins ihrer Kinder war ihr noch geblieben! Doch ein forschender Blick auf ihre Tochter sagte ihr, daß etwas mit ihr nicht zu stimmen schien. Ellie wirkte noch immer bleich und abgespannt. Das Mädchen hatte in letzter Zeit harte Arbeit geleistet. Die ganze Familie hatte sich zum Weihnachtsfest eingefunden, und dazu war Arnies Hochzeitsfeier vorzubereiten gewesen. Ellie brauchte dringend Urlaub von der Küchenarbeit, beschloß Marty. Sie hatte gehört, daß die jungen Leute aus der Umgebung ein gemeinsames Schlittschuhlaufen auf dem Mühlweiher planten. Das war genau das richtige für Ellie. Ein unbeschwerter Nachmittag mit ihren Altersgenossen würde ihr guttun.

Erleichtert darüber, auf eine Lösung gestoßen zu sein, nahm Marty sich vor, die notwendigen Maßnahmen in die Wege zu leiten. Wie gut, daß sie bei Arnies Hochzeitsessen von dem Ereignis gehört hatte! Gewiß würde sich jemand finden, der Ellie begleiten würde. Zwar wohnte keiner ihrer älteren Brüder mehr daheim, doch Marty sorgte sich nicht im geringsten. Lane würde sich bestimmt bereit erklären, diese Aufgabe zu übernehmen. Er war schließlich ein ausgesprochen netter junger Mann, und er schien recht gut mit Ellie auszukommen. Zugegeben, Ellie würde ihre Brüder vermissen, doch mit Lane war sie eigentlich in guter Gesellschaft. Er würde sich bestens als „Ersatzbruder" eignen.

Marty lächelte zufrieden. Sie räumte das Säuglingsjäckchen, das unter ihren emsigen Stricknadeln entstand, in den Handarbeitskorb zurück und ging in die Küche. Die Hofhunde kündigten die Rückkehr der Männer mit lautstarkem Gebell an. Heute war der erste Tag nach Arnies Hochzeit, an dem sie zum Holzfällen in den Wald gezogen waren. Marty hoffte, daß Arnie Zeit für einen kleinen Schwatz haben würde, bevor er sich auf den Heimweg machte.

Ellie stand am Herd und rührte in einem Kessel mit herzhaftem Eintopf. Ein Blech voll frischer Rosinenbrötchen verbreitete einen köstlichen Duft. Marty warf einen Blick auf den Tisch. Vier Gedecke lagen darauf. Hatte Ellie etwa vergessen, daß Arnie nun nicht mehr zum Abendbrot kam? Doch dann besann sie sich auf Lane. Natürlich, Lane aß stets mit zu Abend, wenn er mit den Jungs aus dem Wald kam. Sie hatte es nicht bedacht, weil die Männer eine längere Pause eingelegt hatten. Marty lächelte kopfschüttelnd. Nun, beim Essen würde sich gewiß eine Gelegenheit ergeben, Lane auf den Eislauf anzusprechen.

Zu ihrem Bedauern erfuhr Marty von Clark, daß Arnie gleich nach der Arbeit direkt zu seiner Anne geritten war. Er ließ seiner Mutter Grüße ausrichten und versprach, sie bald einmal zu besuchen.

Lane kam, wie erwartet, zum Abendbrot, doch er wirkte zerstreut und nervös. Seit Arnies Hochzeit hatten sie ihn nicht gesehen, so daß Marty sich auf eine ausgiebige Unterhaltung gefreut hatte. Lane beantwortete ihre Fragen zwar höflich, doch darüber hinaus war er recht schweigsam. Auch Ellie schien nicht zum Plaudern aufgelegt zu sein. Vielleicht waren beide noch unter dem Eindruck der geschäftigen Weihnachtszeit und brauchten etwas Entspannung, überlegte Marty. Nun, bald würden ruhigere Zeiten einkehren, dachte sie dann, und alles würde wieder ins Lot kommen.

Es erfüllte Lane tatsächlich mit Nervosität, wieder an dem gedeckten Tisch der Familie Davis zu sitzen. Er hatte Ellie seit Weihnachten nicht gesehen; an Arnies Hochzeit hatte er sie von fern erspäht, doch sie war so beschäftigt gewesen, daß er einfach keine Gelegenheit zu einem Gespräch mit ihr gefunden hatte. Er mußte dringend noch einmal mit ihr unter vier Augen sprechen. So, wie sie am Weihnachtstag auseinandergegangen waren, durfte es auf keinen Fall bleiben. Er mußte ihr begreiflich machen, daß er sie niemals ihrer Mutter fortnehmen würde, solange diese sie noch brauchte. Er war bereit, auf sie zu warten, wenn sie nur ihr Einverständnis gab. Aber was hatte Ellie damals unter Tränen ausgerufen? „Mama könnte es nicht ertragen, wenn noch eins von ihren Kindern so weit wegziehen würde.“ Hatte sie das wirklich so gemeint? Würde so etwas tatsächlich Martys Kräfte übersteigen? Lane mußte ergründen, woran er war. Er brauchte eine Gelegenheit, sich Klarheit zu verschaffen. Wenn er doch nur wüßte, ob Ellie überhaupt zu einer solchen Begegnung bereit war! Bedeutete er ihr am Ende bei weitem nicht so viel, wie er sich erhofft hatte? Konnte er sich in ihr getäuscht haben? Vielleicht hatte sie …

Doch da wurde er von Martys Stimme aus seinen Gedanken gerissen. Sie erkundigte sich gerade nach dem Ertrag der heutigen Fahrt in den Wald. Lane stotterte eine Antwort und hoffte inständig, daß seine Worte nicht allzu verworren klangen. Er warf einen verstohlenen Blick auf Ellie. Sie schien sich seiner Gegenwart am anderen Ende des Tisches kaum bewußt zu sein. Es war, als gelte ihre gesamte Aufmerksamkeit der Bratenscheibe auf ihrem Teller.

„Ellie sagte, du hättest dich über unser letztes Hündchen erbarmt, Lane“, sagte Clark.

Der Angesprochene sah kurz auf und hantierte dann unbeholfen mit seiner Gabel.

„Ja, das stimmt“, antwortete er endlich. „Ich wollte immer schon einen eigenen Hund haben, aber damit hatte ich bisher nur Pech gehabt.“

„Hast dir da einen prima Hund ausgesucht“, erklärte Clark. „Diese Rasse eignet sich wie kaum eine andere zum Hirtenhund, und dein Kleiner ist der beste aus seinem Wurf. Wenn du ihn dir trainierst, hast du an ihm einen erstklassigen Hund für die Herde.“

Lane lief kaum merklich rot an. Wozu in aller Welt brauchte ein Cowboy einen Hirtenhund? Rinderherden wurden schließlich vom Reitpferd aus zusammengetrieben, während Hirtenhunde eher bei der Schafhaltung eingesetzt wurden. Niemand schien jedoch Lanes Verlegenheit bemerkt zu haben. Er scharrte mit den Füßen und räusperte sich.

„Da haben Sie bestimmt recht“, murmelte er. „Er ist schon ein pfiffiges Kerlchen.“

Ellie trug einen Apfelauflauf zum Nachtisch auf. Apfelauflauf gehörte zu Lanes Leibgerichten, doch heute konnte er keinen Geschmack daran finden. Es kostete ihn geradezu Überwindung, seinen Teller zu leeren. Er warf Ellie einen verstohlenen Blick zu. Noch immer wirkte sie kühl und abwesend.

Clark schob seinen Stuhl zurück.

„Wie wär's mit einer Partie Mühle?“

Mühsam suchte Lane nach einer Ausrede.

„Nein ... nein, lieber nicht. Heute nicht. Ich muß mich auf den Weg machen. Es wird Zeit ...“

„Die Arbeit bei den LaHayes ist längst getan“, erinnerte ihn Clark. „Ich habe alles für dich erledigt. Du brauchst es also gar nicht so eilig zu haben ...“

Doch da war Lane schon aufgestanden.

„Vielen Dank“, sagte er, „aber ich glaube, es wird trotzdem Zeit, daß ich gehe. Weihnachten ist eine anstrengende Angelegenheit, und die Arbeit fällt einem danach doppelt schwer. Ich denke, am besten reite ich jetzt heim und sehe dort nach dem Rechten.“

Marty starrte Lane verwundert an. So kräftig und jung, wie er war, konnte er unmöglich nach einem Tag harter Arbeit völlig erschöpft sein. Sie hatte ihn noch nie über Müdigkeit klagen hören. Er würde doch nicht etwa krank werden? Plötzlich fiel ihr das geplante Schlittschuhlaufen wieder ein. Lane schlüpfte gerade in seine Winterjacke, während Ellie die Spülschüssel mit warmem Wasser füllte.

„Du hast recht, Lane, die Weihnachtszeit ist tatsächlich anstrengend“, wandte sich Marty an den jungen Mann. „Mir scheint, Ellie ist auch noch restlos erledigt von dem vielen Kochen und Backen. Nun habe ich gehört, daß die hiesigen jungen Leute am Samstag auf dem Mühlteich Schlittschuh laufen wollen. Ellie weiß Bescheid, wo sie sich treffen, wenn du sie begleiten möchtest.“

Lane sah, wie Ellies Kopf in die Höhe schoß. Blankes Entsetzen stand in ihren Augen.

„Sehr gern sogar“, erwiderte Lane ruhig, während er Ellie aus dem Augenwinkel beobachtete.

Marty lächelte. Ellies Erschrecken war ihr völlig entgangen. Das Lächeln erstarb ihr jedoch im nächsten Moment auf den Lippen.

„Nein“, sagte Ellie heftig. „Nein!“

Marty sah sich überrascht um.

„Nein“, wiederholte Ellie, „ich geh’ nicht hin.“

„Was sagst du da?“ fragte Marty verdutzt. „Du mischt dich doch sonst so gern unter das Jungvolk. In letzter Zeit hast du kaum ...“

„Hör mal, Mama“, unterbrach Ellie sie, „weißt du

eigentlich, wie jung dein ‚Jungvolk' in Wirklichkeit ist? Dagegen bin ich ja direkt eine alte Oma! Die Mädchen in meinem Alter sind längst alle verheiratet. Die jungen Leute, die … die … die sind noch halbe Kinder. In diese Gruppe passe ich einfach nicht mehr hinein, und außerdem … außerdem möchte ich überhaupt nicht Schlittschuh laufen gehen. Ich … ich …" Ellie wandte sich ab. „Kannst du mich nicht einfach damit in Ruhe lassen, Mama?"

Nun war Martys Verwirrung vollkommen. Mit einem hilflosen Ausdruck drehte sie sich wieder zu Lane um. Der arme Lane! Um Ellies willen hätte er gewiß nichts dagegen einzuwenden gehabt, die Rolle des älteren Bruders zu übernehmen. Marty zuckte mit den Achseln zum Zeichen, daß ihr Ellies Verhalten völlig rätselhaft war. Sie war im Grunde nicht sehr viel älter als die jungen Leute aus der Umgebung. Vielleicht grämte es sie ernsthaft, daß einige ihrer ehemaligen Schulkameradinnen schon verheiratet waren. Nun, eines Tages würde sich auch der Richtige für Ellie finden, und dann würde sie heilfroh sein, in allzu jungen Jahren nicht überstürzt geheiratet zu haben. Marty gelang ein schwaches Lächeln.

„Dann wird's wohl nicht nötig sein", sagte sie und legte Lane ihre Hand auf den Arm. „Hab' trotzdem vielen Dank."

Sie hatte sich so unvermittelt abgewandt, daß sie den tiefen Schatten über Lanes Zügen nicht bemerkte.

„Hier, Lane", sagte sie nun. „Nimm dir eins von Ellies frisch gebackenen Brötchen mit nach Hause."

Lane sah Ellie ein letztes Mal mit flehendem Blick an. Sie hielt den Kopf über die Spülschüssel gesenkt. War da nicht eine Träne auf ihrer Wange? Er murmelte ein paar Worte zum Abschied und hastete zur Tür hinaus.

Clark folgte ihm zum Stall, um sein Pferd zu holen. Lane wollte abwehren, doch Clark hatte darauf bestanden. Er hatte ohnehin noch einmal bei den Tieren nach dem Rechten sehen wollen, bevor er zu Bett ging.

Lane war gerade im Begriff, in den Sattel zu steigen, doch dann sprach er Clark noch einmal an.

„Hab' mir überlegt", sagte er, „daß es Zeit für mich wird, meine Arbeit selbst zu tun. Willie hat mich schließlich hergeschickt, damit ich die Farm versorge. Richten Sie bitten den Jungs aus, daß ich morgen früh gleich zum Wald reite. Ich komme direkt von der Farm, und wenn ich nach der Arbeit gleich heim reite, bleibt mir genug Zeit für die Stallarbeit."

Clark ahnte, daß Lane diesmal bei seinem Entschluß, die LaHaye-Farm von nun an selbst zu versorgen, bleiben würde. Er hatte zwar nicht die geringste Vorstellung, was den jungen Mann dazu bewegt haben mochte, doch das war eigentlich auch nicht seine Sache. Lane würde schon seine Gründe haben, überlegte er. Das Abendbrot, das stets bei Familie Davis für ihn bereitstand, erwähnte er nicht.

„Also schön", sagte er, „uns soll's recht sein. Schau nur jederzeit bei uns herein, wenn du Zeit hast. Wir freuen uns immer über deinen Besuch."

Lane verabschiedete sich und trieb sein Pferd zur Eile an. Das arme Tier tat ihm leid. Heute trug es nicht nur ihn durch die sternenklare, kalte Nacht, sondern auch die zentnerschwere Last, die auf seinem Herzen lag. Im stillen fragte sich Lane, ob das Pferd die Last wohl so deutlich spürte wie er selbst.

Clark kam wieder in die warme Küche zurück. Ellie scheuerte gerade einen Kochtopf aus, während Marty die sauberen, abgetrockneten Teller in das Regal hob. Clark stellte seinen Krückstock in die Ecke, um sich von seiner Winterjacke zu befreien.

„Lane kommt morgen nicht zum Frühstück", teilte er den beiden Frauen mit.

Zwei fragende Augenpaare schauten zu ihm auf.

„Aber warum denn nicht?" Marty konnte sich beim besten Willen keinen Reim auf diese Mitteilung machen.

„Er meint halt, es würde von ihm erwartet, daß er die Arbeit bei den LaHayes selbst tut."

„Vielleicht hat er ja recht", meinte Marty, „obwohl ich mir nicht vorstellen kann, daß Willie ein großes Aufheben darum machen würde, solange die Tiere versorgt sind." Sie hängte die Kaffeetassen an die Haken unter dem Regal. „Vielleicht fühlt er sich nicht wohl", überlegte sie dann. „Mir ist aufgefallen, daß er heute abend keinen rechten Appetit hatte. Vielleicht wird ihm die Pause vom Holzfällen guttun."

„Nein, nein, zum Holzfällen wird er schon kommen", beeilte Clark sich. „Er will nur gleich von der Farm aus in den Wald reiten, weiter nichts."

Martys Stirn legte sich verständnislos in Falten. Keiner der beiden bemerkte die Tränen in Ellies gesenkten Augen.

Marty wandte sich wieder dem Regal zu.

„Nun, wir werden ihn ja morgen abend sehen. Vielleicht hat er ..."

„Leider nicht", unterbrach Clark sie. „Er hat gesagt, daß er von jetzt an nach dem Holzfällen gleich nach Hause reiten will. Sein Abendbrot will er sich dann selbst richten."

Marty stellte die Schüsseln, die sie in den Händen hielt, auf dem Tisch ab.

„Alles, was recht ist ..." begann sie, doch Clark gebot Einhalt.

„Er ist immerhin gekommen, um die LaHaye-Farm zu versorgen, nicht uns mit Brennholz. Er ist wohl der Meinung, daß er seine Pflichten in letzter Zeit vernachlässigt hat. Ehrlich gesagt imponiert mir das an ihm."

Noch immer kopfschüttelnd wandte sich Marty wieder dem Geschirr zu.

„Das will ich auch gar nicht bestreiten", sagte sie nachdenklich, „aber weißt du, es war so nett, ihn hier bei uns zu haben, besonders jetzt, wo Larry und Arnie aus dem Haus sind. Er ist mir beinahe wie ein eigener Sohn ans

Herz gewachsen, und Ellie hätte an ihm so etwas wie einen neuen Bruder gehabt."

Mit weit geöffneten Augen fuhr Ellie auf dem Absatz herum.

„Mama, bitte sag das nicht!" rief sie, und jetzt erst sah Marty, wie ihr die Tränen über das Gesicht rannen.

„Aber Kind, was ist denn los?" fragte sie erschrocken. Was hatte sie nur getan, um ihre sanfte Tochter derartig aus der Fassung zu bringen?

„Es ... es ... es tut mir leid", stotterte Ellie. „Ich habe doch nicht gewollt, daß ..." sie fuhr sich mit dem Schürzenzipfel über das nasse Gesicht. „Ich brauch' keinen neuen Bruder." Damit eilte sie aus der Küche.

In Martys Augen stand ernste Besorgnis.

„Die Sache gefällt mir nicht, Clark", sagte sie und sank auf einen Küchenstuhl. „So unglücklich habe ich Ellie noch nie erlebt. Ich hätte nie gedacht, daß ihr der Abschied von Arnie und Larry so sehr zu Herzen gehen würde!"

Rätsel um Ellie

In den nächsten Tagen behielt Marty ihre Tochter sorgfältig im Auge. Das Mädchen wirkte noch immer bleich und abgespannt, wenn sie auch ihre zahlreichen Haushaltspflichten mit der gewohnten Entschlossenheit in Angriff nahm. Sie schien einfach ihre Fröhlichkeit verloren zu haben. Marty hoffte, daß sie sie zurückgewinnen würde, sobald sie sich in ihrer Rolle als einziges verbleibendes Kind im Haus ihrer Eltern zurechtgefunden hatte.

Ellie nahm jede Gelegenheit wahr, die sich ihr bot, um der Enge der Küche zu entfliehen und ins Freie zu gehen. Mehrmals am Tag brachte sie den Hühnern Futter und Wasser. Sie bestand sogar darauf, das Trinkwasser vom Brunnen zu holen, eine Arbeit, die Clark noch nie von den Frauen im Haus erwartet hatte. Den größten Teil ihrer freien Zeit verbrachte sie jedoch bei dem jungen Hündchen draußen in der Scheune. Das Tier war nun alt genug, um abgerichtet zu werden, und die Stunden, die Ellie darauf verwendete, es die ersten Schritte des Gehorsams zu lehren, zählten zu ihren wenigen Lichtblicken in dieser Zeit. Wenn Marty sich nach den Fortschritten des jungen Hundes erkundigte, antwortete Ellie stets mit einer Spur von Begeisterung in der Stimme. Das Spielen mit dem kleinen Hund schien die Schatten über Ellies Zügen ein wenig zu verteilen. Erstaunlich, wie sogar ein Tier eine Menschenseele zu trösten vermochte, dachte Marty. Es mußte Arnie sein, den Ellie so sehr vermißte, schlußfolgerte sie. Vor Weihnachten hatte Ellie noch keine Anzeichen ihres Kummers gezeigt, und damals war Larry schon von daheim ausgezogen. Sie würde ein paar vertrauliche Worte mit Arnie wechseln, beschloß Marty. Vielleicht würde es Ellie über den Abschied von ihm hinweghelfen, wenn er öfters einmal zu Besuch hereinschaute und seiner Schwester ein paar freundliche Worte gönnte.

Lane sahen sie nur noch selten. Er schien ein zufriedenes Dasein als Junggeselle zu führen. Dem Dorfklatsch zufolge erhielt er zahlreiche Einladungen zum Essen, besonders von Familien, die Töchter im heiratsfähigen Alter vorzuweisen hatten. Die einzige Gelegenheit, Lane zu begrüßen, fand sich sonntags nach dem Gottesdienst, und selbst dann schien er stets in Eile zu sein. Marty fiel jedoch auf, daß er seit seiner Ankunft ein wenig an Gewicht verloren hatte.

„Manchmal frage ich mich, ob Lane Heimweh nach dem Westen hat", sagte sie eines Abends zu Clark. Sie hatten es sich vor dem Kamin bequem gemacht, Clark mit einem Buch und sie mit ihrem Strickzeug.

Clark hob den Kopf.

„Wie kommst du darauf?" erkundigte er sich.

„Nun, er ist längst nicht mehr so vergnügt wie früher, und ... und abgemagert sieht er mir auch aus. Und außerdem läßt er sich bei uns überhaupt nicht mehr blicken."

„Die Tatsache, daß er nicht mehr so häufig zu uns kommt, kann auch ein Zeichen dafür sein, daß er sich hier bestens eingelebt hat", erwog Clark. „Einsam scheint er jedenfalls nicht zu sein."

„Trotzdem macht er nicht gerade einen glücklichen Eindruck", beharrte Marty.

„Ich würde dir zu gerne widersprechen", sagte Clark, „wenn ich im Grunde nicht deiner Meinung wäre. Aber schließlich wird er seinen geliebten Westen wohl in Kürze wiedersehen. Ich habe nämlich gehört, daß die LaHayes in zwei Wochen heimkommen. Dann ist seine Zeit hier bei uns sowieso abgelaufen."

Im Hintergrund erhob sich Ellie wortlos und verließ die Stube. Marty hörte, wie sie sich in der Küche an der Stalllaterne zu schaffen machte und ihren Mantel vom Haken holte.

„Wo gehst du hin, Liebes?“ rief Marty ihr nach. „Draußen ist’s mächtig kalt!“

„Ich gehe nur schnell mal nach Lady und Ro ... ich meine, Rex schauen.“

„Habe ich bereits erledigt“, rief Clark ihr zu. „Sie haben sogar ein Schälchen Milch bekommen.“

Wenn er erwartet hatte, daß Ellie erleichtert aufseufzen und ihren Mantel wieder an den Haken hängen würde, hatte er sich getäuscht.

„Ich laufe trotzdem geschwind zu ihnen“, antwortete sie, und damit zog sie die Tür hinter sich ins Schloß.

„Unglaublich, wie das Mädchen an ihren Hunden hängt“, meinte Marty kopfschüttelnd. „Wer würde sich schon bei dieser Kälte nach draußen wagen, um nach ein paar Hunden zu sehen?“

Stirnrunzelnd nahm Clark sein Buch wieder auf, doch seine Augen fanden den Abschnitt, wo er stehengeblieben war, nicht gleich wieder. Irgend etwas stimmte nicht, das war ihm sonnenklar. Wenn er doch nur wüßte, was es war!

Ellie steuerte geradewegs auf die Scheune zu. Der Strahl ihrer Laterne tanzte mit jedem Schritt auf dem schneebedeckten Hof auf und ab. Das Herz war ihr schwer, und in ihren Augen brannten ungeweinte Tränen. Sie hatte Lane zu lieben gelernt. Vielleicht war es leichtsinnig von ihr gewesen, doch sie war einfach machtlos gegen diese Regung gewesen. Sie war sicher, daß auch er Zuneigung zu ihr empfand. Sie konnte es in seinen Augen lesen, in seinen Worten, in seiner Stimme. Und das silberne Kettchen? Ein Mann wie Lane machte keine leichtfertigen Geschenke. Das Kettchen war als Versprechen seiner Liebe gemeint gewesen, und wenn jemand aufrichtig zu seinem Versprechen stehen würde, so war es Lane. Sie hätten so glücklich miteinander werden können, wenn ...

Aber wozu das Träumen? Ihre Mutter brauchte sie; daran konnte niemand etwas ändern. Sie brauchte sie nicht nur in der Zeit, bevor das Kind kam, sondern auch danach. Mit jedem ihrer Kinder, das das Elternhaus verlassen hatte, war ihr Abschiedsschmerz größer geworden. Missie war die erste gewesen, und ihre neue Heimat lag so weit von daheim entfernt! Als Marty ihrer Tochter damals Lebewohl sagte, hatte sie nicht einmal gewußt, ob sie einmal ihre Kinder herzen dürfte und ob sie Missie selbst je wiedersehen würde. Als nächste hatte Cathy mit Mann und Kind ihre Heimat verlassen. Ihren jüngsten Nachwuchs hatte Marty noch nie gesehen. Wie gerne würde Marty ihre Cathy einmal wiedersehen! Dann hatte Luke geheiratet und einen eigenen Hausstand gegründet. Es war ein großes Glück, daß die beiden jungen Leute ganz in der Nähe wohnten, so daß Marty sich jederzeit von ihrem Wohlergehen überzeugen konnte. Marty sah Lukes und Kates Sprößling beinahe genauso freudig entgegen wie die beiden selbst. Nun, vielleicht nicht ganz so sehr, überlegte Ellie bei sich und mußte trotz ihres Kummers schmunzeln. Niemand auf der ganzen weiten Welt konnte Luke und Kate in ihrer Vorfreude auf das noch ungeborene Wesen übertreffen.

Ellie spann ihre Gedanken weiter. Larry war dem Beispiel seiner älteren Geschwister gefolgt und war von daheim ausgezogen. Larry, das langjährige Nesthäkchen seiner Mama ... Wer hätte es schon für möglich gehalten, daß sich eines Tages noch Familienzuwachs ankündigen würde? Ellie hatte es nur zu deutlich gespürt, wie schwer ihrer Mutter der Abschied von Larry gefallen war. Und dann hatte Arnie Hochzeit gehalten. Arnie war stets in Eile, heim zu seiner Anne zu kommen, so daß er kaum noch Zeit für einen Besuch bei seinen Eltern hatte. Ellie hegte große Bewunderung für ihren Bruder, und dessen tiefe Liebe zu seiner Frau rührte ihr Herz. Falls sie selbst je einmal heiraten sollte, so wünschte sie sich einen Mann, der ihr mit einer solchen Liebe begegnete, wie Arnie sie für seine Anne empfand. Und wieder mußte Ellie an Lane denken. Ja, sie liebte ihn. Oh, wie sehr sie ihn liebte! Nichts würde sie mit größerem Stolz erfüllen, als einen Mann wie Lane zur Seite zu haben. Aber nein, das konnte niemals sein; es war einfach unmöglich. Diesen Kummer durfte sie ihrer Mutter nicht zumuten. Sie würde daran zerbrechen, noch eine Tochter an den fernen Westen zu verlieren. Nein, das konnte und würde sie ihr niemals antun.

Kaum hatte sie den Riegel des Scheunentors zur Seite zurückgeschoben, als von innen ein freudiges Gebell ertönte. Sie schlüpfte ins Innere und hängte die Laterne sorgfältig an den dafür vorgesehenen Haken, bevor sie die stürmische Begrüßung der Hunde über sich ergehen ließ.

„Ach, mein kleiner Rex!“ schluchzte sie und umschlang das beinahe ausgewachsene Tier mit ihren Armen. Der Hund schien ihr ihren Kummer anzumerken. Anstatt wie gewöhnlich ausgelassen um sie herum im Stroh zu tollen, drängte er sich leise winselnd an sie und leckte ihr zärtlich die tränennasse Wange.

„Ach, Rex!“ seufzte sie wieder. Ihre Tränen rannen ungehindert an ihren Wangen herab. „Bald geht er fort von hier. Er fährt wieder in den Westen, und dann werde ich ihn vielleicht nie, nie wiedersehen. Niemals!“ Sie vergrub ihr Gesicht in seinem Fell und weinte sich bei ihrem einzigen Vertrauten aus, mit dem sie ihren Kummer teilen konnte.

Auch Lane war innerlich aufgewühlt. Daheim angekommen, brachte er den Rest des Abends damit zu, unablässig in der Stube auf und ab zu gehen. Schließlich ging er zu Bett, doch er konnte keinen Schlaf finden. Nicht mehr lange, und seine Zeit hier war abgelaufen. Wenn er den Westen erst wieder erreicht hatte, würden ihn unzählige Meilen von Ellie trennen. Wie sollte er es nur ertragen, sie nie wiederzusehen? Hätte er sie doch nie kennengelernt! Dann wären ihm diese Qualen jetzt erspart geblieben; ja, es wäre ihm nie in den Sinn gekommen, sich in sie zu verlieben. Er konnte sich keine junge Frau vorstellen, mit der er sein Leben lieber geteilt hätte als mit ihr. Sie war so sanftmütig, so verständnisvoll, und dieses Funkeln in ihren Augen ...

Er war zu dem Schluß gekommen, daß sie beide füreinander geschaffen waren, und er war so töricht gewesen, zu hoffen und zu träumen, daß sie seine Zuneigung erwiderte. Aber das tat sie doch; ganz gewiß tat sie es! rief es in ihm. Gewiß würde sie ihn zu lieben lernen, wenn nur nicht ... Aber nicht doch! Mit keinem Wenn und Aber der Welt konnte Lane etwas an der Lage der Dinge ändern. Es war einfach nicht fair, sie zu bitten, seine Frau zu werden und mit ihm in den Westen zu ziehen; er wußte doch genau, daß sie ihrer Mutter diesen Verlust nicht zumuten wollte. Nein, das wäre nicht richtig. Die mitfühlende Ellie würde niemals selbst glücklich werden, solange sie ihre Mutter bekümmert wußte. Es gab keine Lösung. Lane mußte es einsehen, wenn es ihn auch unendliche Qual kostete.

„Aber halt!" schoß es ihm plötzlich durch den Kopf. „Wer sagt denn, daß ich um jeden Preis in den Westen gehöre?" Konnte er nicht einfach bleiben, wo er war? Er würde eine Farm bewirtschaften oder sich eine Arbeit in der Stadt suchen. Marty würde am Ende gar nicht auf Ellie zu verzichten brauchen. Aber natürlich! Das war es! Er würde einfach hierbleiben. Nun konnte er Ellie endlich seine große Liebe gestehen und sie bitten, seine Frau zu werden.

Vor Aufregung wollte ihm das Herz schier aussetzen. Er konnte es kaum erwarten, mit ihr zu sprechen. Wenn es nicht so spät gewesen wäre, hätte er auf der Stelle sein Pferd gesattelt. Aber was sollten Clark und Marty nur von ihm denken, wenn er um Mitternacht auf den Hof galoppiert kam und in die Dunkelheit hinausrief, er habe das Ei des Kolumbus gefunden? Nein, er würde warten müssen. Aber wie sollte er nur die Geduld zum Warten aufbringen? Einerlei – er mußte warten. Er würde Ellie, sobald es irgend möglich war, eine Aufwartung machen. Am Samstag würde er es tun. Am besten hörte er frühzeitig mit dem Holzfällen auf, damit er daheim eher mit der Stallarbeit fertig war. Er fühlte sich unbeschreiblich erleichtert. Es war, als sei er soeben von einer schweren Last befreit worden.

„Danke, himmlischer Vater!“ flüsterte er. „Ich danke dir, daß du mir den Ausweg gezeigt hast!“

Und zum ersten Mal seit Weihnachten fiel Lane in einen tiefen, ruhigen Schlaf.

Ein Nachmittag bei Kate

Der eisige Januar verstrich nur langsam. Marty hatte die Säuglingsausstattung fertiggestellt, so daß ihr nur noch das Warten auf die Ankunft ihres Kindes blieb. Am zwölften Januar betrachtete sie den Kalender an der Wand, als sähe sie ihn zum ersten Mal. Gewiß war der Monat schon weiter fortgeschritten als erst bis zum Zwölften, sagte sie sich, doch sie hatte sich getäuscht. Hier stand es schwarz auf weiß zu lesen: heute war tatsächlich erst der zwölfte Januar. Marty schritt unruhig in der Stube auf und ab. Ihr fehlte einfach eine Beschäftigung. Zwar steckte das Haus voller kleinerer Arbeiten, die darauf warteten, verrichtet zu werden, doch sie konnte sich zu keiner davon entschließen. Wohl zum hundertsten Mal in den letzten Tagen ging sie an das Fenster, um auf den wolkenverhangenen, schneebedeckten Horizont hinauszustarren. Wann würde es endlich zu schneien aufhören? Marty hätte schwören können, daß sie nun schon seit endlosen Monaten nichts als Eis und Schnee um sich her gesehen hatte. Mit einem Seufzer wandte sie dem Fenster den Rücken zu und warf erneut einen Blick auf den Kalender. Wie viele Wochen noch würden sie ... Doch da riß Ellie sie aus ihrem Grübeln.

„Warum schaust du nicht einfach mal bei Kate auf eine Tasse Kaffee herein?“ schlug sie vor. „Deren Geduldsfaden ist bestimmt genauso kurz wie deiner.“

Beinahe erschrocken fuhr Marty herum.

„O Ellie, Kind, verzeih!“ entschuldigte sie sich. „Mit mir ist wirklich nichts los, gelt? So ungeduldig wie jetzt war ich bei keinem von euch damals.“

„Damals waren deine Kinder noch klein, und dazu hattest du deinen Haushalt und Berge von Wäsche und ...“

Martys herzliches Lachen unterbrach sie. Ihre anfängliche Verwunderung wich dem Ausdruck großer Erleichterung. Es tat so wohl, ihre Mama einmal unbeschwert lachen zu hören! In den vergangenen Wochen hatte es in diesem Haus oft an Fröhlichkeit gefehlt.

„Du ahnst ja nicht, wie recht du hast, Kind!" sagte Marty. „Damals war ich viel zu beschäftigt, um trübsinnigen Gedanken nachzuhängen. Durch deine tüchtigeHilfe im Haushalt ist eine unausstehliche Nörglerin aus mir geworden."

Ellie wollte widersprechen, doch Marty wehrte energisch ab.

„Laß nur! Du hältst mich bestimmt für das undankbarste Geschöpf auf Gottes Erdboden. Dabei habe ich doch so viel Grund zum Danken! Ich werde deinen Rat befolgen und auf einen Sprung bei Kate hineinschauen. Sie ist gewiß auch ungeduldig, aber wenigstens sagt ihr der gesunde Menschenverstand, daß die Zeit schneller vergeht, wenn man nicht Müßiggang treibt wie ich."

Marty legte sich ihr Schultertuch um.

„Um Ma Graham mache ich mir auch Sorgen. Jeden Tag frage ich mich, wie's ihr wohl ergehen mag. Ich habe sie schon längere Zeit nicht mehr gesehen. Sie vermißt Ben gewiß sehr. Am liebsten würde ich einfach mit dem Schlittengespann zu ihr fahren, aber dein Pa wird das nicht zulassen. Nicht bei diesem Wetter."

Ellie sah von ihren Kochrezepten auf. Wenn sie ehrlich sein wollte, so mußte sie zugeben, daß auch sie rastlos war. Das war auch der Grund, weshalb sie heute einmal ein neues Rezept für die warme Abendmahlzeit ausprobieren wollte. Aber welches nur? Nun blätterte sie das Heft schon zum dritten Mal durch, ohne recht bei der Sache zu sein.

„Vielleicht sollten wir Ma statt dessen lieber zu uns holen; was meinst du?"

Martys Mine erhellte sich.

„Ja, das ist eine prima Idee! Oh, würdet ihr das bitte

tun? Gleich morgen früh? Wenn ihr sofort nach dem Frühstück losfahrt, kann Ma mit uns zu Mittag essen. Das Geschirr spüle ich dann schon, und ich räume auch selbst auf, und ..."

„Schon gut!" lächelte Ellie. „Wenn dir so sehr daran liegt, holen wir Ma also morgen früh ab."

„Danke, Kind!" seufzte Marty erleichtert.

„Ich spreche mit Pa, sobald er aus der Stadt heimkommt", versprach Ellie.

„Vielen Dank", sagte Marty nochmals. Dann machte sie sich, ein Lächeln auf den Lippen, auf den Weg zu ihrer Schwiegertochter.

Kate begrüßte ihre Schwiegermutter mit offenen Armen.

„Oh, wie ich mich nach einer Abwechslung gesehnt habe!" rief sie. „Eigentlich wollte ich dich schon längst einmal besucht haben, aber Luke will mich bei Schnee und Eis nicht aus dem Haus lassen."

Marty mußte lächeln. Unzählige Male hatte Clark sie genau aus denselben Gründen gewarnt.

„Ich habe mich unterwegs sehr in acht genommen", erklärte sie. „Aber unter uns gesagt, in all den Jahren bin ich noch nie im Schnee ausgerutscht", fügte sie vertrauensvoll hinzu. „Die Männer übertreiben manchmal ein wenig, weißt du."

Bevor Kate das Feuer im Herd schürte und das Teewasser aufsetzte, mußte sie Marty unbedingt das Kinderzimmer zeigen.

„Alles ist fertig. Der Kleine wird sich dort wie im siebten Himmel fühlen. Er hat ja nicht die geringste Ahnung, wie viele lange Stunden sein Pa und seine Ma damit zugebracht haben, das Zimmer für ihn herzurichten! Keinem Königskind könnte man einen schöneren Empfang bereiten." Kate mußte über ihren eigenen Eifer lachen.

Beim Anblick des Zimmers war Marty nahezu sprachlos.

„Kate, wie entzückend!" rief sie überrascht.

Sie ließ ihre Finger über das fein polierte Holz der Wiege gleiten, die Luke eigenhändig geschreinert hatte.

„Das hat er aber fachmännisch gemacht“, staunte sie. Kate stimmte ihr zu.

„Ich habe selbst keine Ahnung gehabt, wie geschickt er im Schreinern ist. So eine hübsche Wiege wie diese habe ich noch nie gesehen. Und sieh mal, er hat auch eine passende Kommode dazu gemacht.“

Marty ließ den Blick durch das Zimmer wandern. Da waren duftige, spitzenbesetzte Vorhänge am Fenster, zartgrün getünchte Wände, die handgenähte kleine Babydecke, die bunten Kissen, die Kommode, fröhliche Bilder an der Wand und in der Mitte des Zimmers die liebevoll geschreinerte Wiege. Martys Augen leuchteten beinahe so hell wie Kates.

„Schau mal!“ sagte Kate und zog eine Schublade nach der anderen auf. Sie alle waren mit sorgfältig sortierter Säuglingskleidung angefüllt. „Die Ausstattung ist längst fertig. Jetzt heißt es nur noch abwarten!“

„Ach, warten!“ erwiderte Marty. „Das ist eine rechte Kunst! Ob wir beide die Geduld dazu aufbringen werden?“

Kate nahm sie geschwind in die Arme.

„Nur Mut, Mama! Wir schaffen es schon!“ sagte sie. „Schließlich lohnt sich das Warten ja. Ach, wir freuen uns ja schon so auf unseren Sohn! Luke und ich sind miteinander sehr glücklich, aber wenn unser Kleiner erst da ist ... ich fürchte fast, wir werden vor Glück platzen!“

Marty lächelte verständnisvoll. Sie erinnerte sich noch gut an die Vorfreude auf ihr erstes Kind. Zugegeben, sie hatte sich auf jedes ihrer Kinder gefreut, doch nichts glich ihrer Aufregung und Freude, als sie ihr erstes erwartet hatte. Der Gedanke daran ließ ihr die Tränen in die Augen steigen.

„Komm, Kate, laß uns schnell den Tee aufbrühen“, bat sie, „bevor ich allzu rührselig werde!“

Kate ging zur Küche voraus, und wenig später saßen sie

bei einer Tasse Tee beisammen. Marty berichtete Kate von Ellies Vorschlag, Ma Graham am nächsten Tag zu einem Besuch abzuholen.

„Ich habe sie schon so lange nicht mehr gesehen", erklärte sie. „Ich mache mir richtig Sorgen um sie."

Kate teilte ihre Meinung, daß es für die beiden Frauen an der Zeit sei, ein ausgiebiges Plauderstündchen zu halten.

„Aber mir scheint, daß auch Ellie dringend eine Abwechslung braucht", bemerkte Kate dann. „In letzter Zeit sieht sie so müde aus, so ... nun, so verändert. Sie ist ja kaum wiederzuerkennen!"

„Dir ist's also auch aufgefallen, nicht wahr?"

Kate nickte.

„Clark und ich haben schon drüber gesprochen. Sie gehört einfach öfters einmal unter das Jungvolk. Das Merkwürdige daran ist nur, daß sie gar kein Interesse an solchen Dingen zu haben scheint, wenn sich die Gelegenheit bietet."

„Welche Gelegenheit meinst du denn?" erkundigte Kate sich.

„Nun, neulich habe ich zufällig von einem Treffen am Mühlweiher zum Schlittschuhlaufen erfahren, das die jungen Leute geplant hatten. Als ich Ellie dazu bewegen wollte mitzutun, hat sie sich glattweg geweigert."

„Aber da kann ich sie verstehen. Allein wäre ich auch ungern dorthin gegangen."

„Aber sie hätte ja gar nicht allein zu fahren brauchen. Ich hatte Lane gebeten, sie zu begleiten."

„Darum hast du Lane gebeten?"

„Ja, und es hätte ihm gewiß nichts ausgemacht", versicherte Marty ihr. „Aber Ellie hat schlichtweg nicht gewollt."

„Was hat sie denn gesagt?" fragte Kate. Nun war ihr Interesse vollends geweckt.

„Sie hat gemeint, die anderen seien viel jünger als sie."

„Vielleicht hat sie nur nicht mit Lane gehen wollen."

„Das glaube ich eigentlich nicht", erwiderte Marty nachdenklich. „Ellie schien nichts gegen Lane zu haben. Die beiden haben sich sogar gut miteinander verstanden. Er hat ihr einmal beim Geschirrspülen geholfen, und sie hat ihm ihren Lieblingshund überlassen. Es wäre nett für sie gewesen, wenn Lane sich öfters bei uns gemeldet hätte, besonders seitdem Arnie und Larry beide aus dem Haus sind. Er kommt allerdings kaum noch zu Besuch, und Ellie wollte ohnehin nicht Schlittschuh laufen, und ..."

„Moment mal, Mama", unterbrach Kate sie, „hältst du's für möglich, daß Ellie und Lane ... nun, daß die beiden miteinander geliebäugelt haben und sich am Ende doch getrennt haben?"

„Miteinander geliebäugelt?" Marty glaubte beinahe, sich verhört zu haben. „Aber liebe Güte, Kind, sie würden doch nie im Leben miteinander liebäugeln! Sie sind wie Bruder und Schwester miteinander."

Kate blieb skeptisch.

„Hast du das je zu Ellie gesagt?"

„Was denn?"

„Daß sie so eine Art von Geschwistern seien?"

Marty überlegte.

„Ja, so ähnlich habe ich mich wohl ausgedrückt", gestand sie schließlich.

„Und was hat Ellie darauf geantwortet?"

„Sie hat gesagt, daß sie Lane nicht als Bruder will", antwortete Marty. Plötzlich legte sie ihre Stirn in Falten und zögerte. „Warum in aller Welt mag sie das nur gesagt haben?"

„Siehst du, Mama, es könnte also doch stimmen", meinte Kate. „Mir scheint, die beiden hatten eine Auseinandersetzung."

„Also, das ist doch ... Ich wäre nie im Leben auf die Idee gekommen, daß die beiden sich ineinander verlieben könnten."

Abwesend rührte Marty in ihrem Tee, während sie an

all die sonderbaren Begebenheiten der letzten Wochen zurückdachte. Womöglich hatte Kate recht. Alles schien plötzlich darauf hinzudeuten.

„Wenn ich nur wüßte, was geschehen ist!" sann sie. „Sie schienen einander doch zu mögen – und ich Dummkopf habe den Fehler gemacht, in Lane so etwas wie meinen eigenen Sohn zu sehen."

„Das war gewiß kein Fehler", beschwichtigte Kate.

„Was es auch gewesen sein mag – irgend etwas ist zwischen den beiden vorgefallen. Ehrlich gesagt, hab' ich schon gerätselt, was in aller Welt nur in meine Ellie gefahren ist ... Wie merkwürdig, daß Clark nicht darauf gekommen ist. Ihm entgeht doch sonst nichts!"

„Manchmal ist man mit Blindheit geschlagen, was die eigenen Kinder betrifft", bemerkte Kate, und Marty mußte ihr recht geben.

„So, nun haben wir also das Geheimnis gelüftet", erklärte Marty und richtete sich entschlossen auf. „Als nächstes müssen wir eine Lösung finden. Schließlich möchte ich Lane als zukünftigen Schwiegersohn auf keinen Fall verlieren." Sie warf Kate einen verschmitzten Blick zu.

„Du darfst aber nichts überstürzen, Mama", mahnte Kate. „Wer weiß, ob wir uns am Ende gewaltig geirrt haben! Und obendrein ist's möglich, daß die beiden lieber alles unter sich abmachen möchten."

„Keine Sorge, ich werde schon nicht mit der Tür ins Haus fallen!" versprach Marty. „Zuerst spreche ich mit Clark. Er wird wissen, wie wir helfen können – wenn überhaupt."

Die beiden Frauen plauderten noch eine Weile miteinander, bevor Marty sich verabschiedete.

„Vielen Dank für alles, meine Liebe!" sagte Marty an der Tür und gab ihrer Schwiegertochter einen Kuß auf die Wange. „Wenn unsere Vermutung stimmt, dann will ich um Ellies willen aufatmen. Ich hab' mir nämlich schon ernsthafte Sorgen um sie gemacht. Aber du hast mein Versprechen“, lachte sie und hob die Hand, „daß ich nichts überstürzen werde!“

Kate stimmte in ihr Lachen ein. Marty zog sich das Übertuch fester um die Schultern und machte sich auf den Heimweg.

Die Winterluft war noch immer eiskalt, und der Schneefall hatte nicht nachgelassen, doch Marty fühlte sich plötzlich von neuem Mut erfüllt.

In ihrer warmen Küche erwartete sie noch ein weiterer Grund zur Freude. Clark war aus der Stadt zurückgekehrt, und unter den Briefen, die er am Postamt abgeholt hatte, befanden sich drei von ihren Kindern. Marty konnte ihr Glück kaum fassen.

Missie schrieb, daß der Winter draußen im Westen ungewöhnlich mild sei. Willie war natürlich sehr erleichtert darüber, denn ein strenger Winter brachte stets Verluste für die Rinderzucht mit sich. Missie konnte sich nicht vorstellen, wie Nathan und Josia sich je wieder allein beschäftigen sollten, wenn ihre Vettern und Basen wieder abgereist waren. Die Kinder verbrachten manche Stunde damit, einträchtig miteinander zu spielen.

Die Kirchengemeinde wuchs beständig an Mitgliedern. Zwar waren zwei der Familien in einen anderen Landesteil gezogen, doch Henry besuchte die Rinderzüchter in der Umgebung reihum, und eine Familie hatte die Einladung zum Gottesdienst dankbar angenommen. Eine weitere Familie zögerte noch, doch alle beteten dafür, daß auch sie sich recht bald der Gemeinde anschließen würden.

Die kleine Melissa gedieh prächtig. Sie war ein zufriedenes, goldiges Kind, das seine älteren Brüder für die unentbehrlichsten Menschen der Welt zu halten schien. Jeder auf der ganzen Ranch, selbst Willies Männer, hatte die Kleine ins Herz geschlossen, und Missie befürchtete, daß sie total verwöhnt würde.

Auch den beiden Buben ging es gut. Nathan zählte nun zu den Abc-Schützen und hatte unter Beweis gestellt, daß er durchaus nicht auf den Kopf gefallen war. Zur Zeit bemühte er sich nach Kräften, auch seinem jüngeren Bruder das Lesen beizubringen. Josia, der mit Feuereifer bei der Sache war, konnte tatsächlich schon ein halbes Dutzend einfacher Wörter aus der Fibel buchstabieren. Die Familie hatte Josia ihren wohlwollenden Beifall gezollt, wenn sie Nathan auch dazu anhielten, seine Lehrtätigkeit in Zukunft ein wenig einzuschränken.

Die ganze Familie erfreute sich bester Gesundheit. Missie schrieb, wie sehr sie allerseits Lane vermißten, doch in Kürze würden sie ihn ja wiedersehen. Marty hielt inne. Zum ersten Mal seit ihrem Gespräch mit Kate wurde ihr klar, was es bedeuten würde, wenn Lane und Ellie tatsächlich zueinander finden sollten. Marty würde noch eine Tochter in die Ferne ziehen lassen müssen. Ach, es würde nicht leicht sein, doch diesmal würde Marty dem Abschied gefaßter entgegensehen. Mit Gottes Hilfe hatte sie es übers Herz gebracht, Missie, Cathy und Larry aus ihren Fittichen zu entlassen. Gewiß würde ihr himmlischer Vater ihr auch in ihrer Einsamkeit zur Seite stehen, wenn auch Ellie eines Tages ihre Heimat verlassen sollte. Marty beendete Missies Brief, bevor sie den von Cathy öffnete.

Cathy berichtete voller Begeisterung von der kleinen Gemeinde, deren Betreuung Joe übernommen hatte. Joe war noch nie so glücklich und ausgefüllt gewesen wie zur Zeit, obwohl seine Tätigkeit als Pastor lange Arbeitsstunden mit sich brachte. Die Leute am Ort hatten sie freundlich in ihrer Mitte aufgenommen, so daß sie sich schnell heimisch gefühlt hatten. Nach den langen Monaten des Umherreisens hatten sie nun endlich eine neue Heimat gefunden. Anfangs, so schrieb Cathy, hatte sie so stark unter Heimweh gelitten, daß sie es kaum ertragen konnte, und kein Tag war verstrichen, an dem sie nicht gebetet hatte, nur recht bald wieder bei ihren Lieben daheim sein zu können. Nun hatte Gott ihr Gebet in unerwarteter Weise erhört. Er hatte ihnen allesamt einen tiefen Frieden, eine Liebe zu ihrer neuen Umgebung und viele neue Freunde geschenkt, so daß alles Heimweh nun in Vergessenheit geraten war. Zugegeben, sie vermißte ihre Lieben sehr, doch ihre Heimat war nun in den Oststaaten, und sie wollte glücklich sein, solange Joe glücklich und die Kinder gesund waren.

Ach, wie schnell die Kinder heranwuchsen! Esther Sue führte sich gern als junge Dame auf. Sie war ihrer Mama schon eine große Hilfe. Das Baby war der ganze Stolz der Familie. Der Kleine ähnelte seinem Vater sehr, doch die Augen und die Haarfarbe hatte er von seiner Mutter geerbt.

Sie erwogen noch immer, ein Pastorat an der Ostküste zu übernehmen, bevor sie endgültig aufs Land zurückkehrten. Joe war selbst der Meinung, daß er sich mehr als Pastor einer Landgemeinde eignete, doch er hielt es für ratsam, seine Studien noch eine Weile fortzusetzen. Er überlegte, eine Anstellung als Pastor in der Großstadt zu übernehmen und nebenher Abendkurse am Predigerseminar zu belegen.

Es ging ihnen also rundherum gut. Larry hatte ihnen eine große Freude bereitet, als er sie im Januar einmal besucht hatte, um ausführlich von seiner Reise nach Hause zu berichten. Cathy dankte ihrer Mutter auf das herzlichste für die Päckchen, die sie Larry für die ganze Familie mitgegeben hatte. Mit Tränen in den Augen hatte sie ein jedes ausgepackt, doch waren es Tränen der Freude gewesen. Sie waren aus einem dankbaren Herzen entsprungen, und Cathy hatte an die liebenden Mutterhände denken müssen, die all die schönen Sachen gefertigt hatten.

Seufzend legte Marty den Brief beiseite. Sie war trotz aller Sehnsucht froh, daß Cathy und Joe eine neue Heimat gefunden hatten. Welche Erleichterung, sie der Obhut ihres himmlischen Vaters anbefehlen zu dürfen!

Als letztes nahm Marty den Brief von Larry zur Hand. Auch er hatte viel Erfreuliches zu berichten. Sein Studium füllte seine Zeit völlig aus, schrieb er. Er hoffte, der

Familie daheim ging es gut. Er hatte die Gelegenheit gehabt, Cathy und Joe zu besuchen, und sie samt den Kindern bei bester Gesundheit vorgefunden. Joe schien vollkommen in seiner Ausbildung aufzugehen. Besonders eingenommen war er von den Seminarsvorträgen über die Gottheit Jesu. Daß dieser Jesus, als heiliger Gott, die mit Sünde behafteten Menschen so unendlich liebte, überstieg sein Vorstellungsvermögen.

Auch für Larry hatte das Studium wieder angefangen. Er hegte nicht die geringsten Zweifel daran, mit seiner Ausbildung zum Arzt den richtigen Weg eingeschlagen zu haben. Die Fortschritte auf dem Gebiet der Medizin waren geradezu atemberaubend, und er konnte sich nichts Aufregenderes vorstellen, als mehr Einblick in die medizinischen Errungenschaften zu bekommen und sogar daran beteiligt zu sein.

Der Brief war kurz gehalten, da Larry in Eile war. Die umfangreichen Vorbereitungen für die Vorlesungen des kommenden Tages warteten noch darauf, erledigt zu werden, doch er hatte geschwind seinen Eltern ein paar Zeilen schreiben und sich für alle Hilfe und Unterstützung bedanken wollen.

Marty hatte jeden der drei Briefe Wort für Wort begierig gelesen. Am Abend, so nahm sie sich vor, würde sie sie genüßlich noch einmal lesen. Sie hatte die Briefe seitenweise an Ellie, die neben ihr saß, weitergereicht.

„Es scheint ihnen also allesamt prima zu gehen, nicht wahr, Mama?“ sagte Ellie mit dem letzten der Bogen in der Hand.

„Ja, ich bin ja so dankbar!“ seufzte Marty. In ihren Augen glänzte es feucht. „Nichts macht eine Mutter glücklicher, als zu wissen, daß es ihren Kindern gut geht.“

Ellie erhob sich, um nach dem Essen auf dem Herd zu sehen. Marty steckte die Briefe derweil sorgfältig in ihre Umschläge zurück, damit Clark sie geordnet vorfand, wenn er aus der Scheune ins Haus kam.

Ja, es lag eine tiefe Wahrheit darin: Nichts machte ein

Mutterherz froher als die Gewißheit, daß ihre Kinder glücklich waren. Kate sah nun selbst Mutterfreuden entgegen. Missie genoß den lieben Besuch aus der Heimat. Ihre Kinder wuchsen und gediehen prächtig. Cathy und Joe fühlten sich zufrieden und ausgefüllt in der Arbeit, zu der sie sich berufen wußten. Larry befand sich in der Ausbildung für seinen Traumberuf. Arnie hatte nur noch Augen für seine geliebte Frau Anne. Nandrys Kinder wuchsen heran und gaben ihr täglich Anlaß zur Freude. Blieb nur noch Ellie. Über Ellies Blick lag noch immer ein dunkler Schatten. Gleich heute abend würde sie ein ernstes Gespräch von Frau zu Frau mit ihr führen, beschloß sie, doch zuvor mußte sie die Angelegenheit mit Clark besprechen. Marty hätte alles darum gegeben, ihre liebe kleine Ellie wieder glücklich zu sehen.

Ein Gespräch mit Ellie

„Du, Clark“, sagte Marty leise. Clark hob den Blick von dem Buch in seinen Händen. Anstatt einer Antwort wartete er darauf, daß sie fortfuhr.

„Ich hab' heute mit Kate gesprochen.“

„Ja, das hast du schon erwähnt.“

„Sie freut sich so sehr auf ihren Sprößling! Die Ausstattung ist längst fertig. Wie werden sie's bloß aushalten, noch ganze sechs Wochen warten zu müssen?“ Marty schmunzelte, bevor sie fortfuhr. „Aber wir haben uns nicht nur über Windeln und Babydecken unterhalten. Kate macht sich auch Sorgen um Ellie, genau wie wir. Sie meint auch, daß mit Ellie etwas nicht stimmt.“

Clark nickte nur. Er teilte ebenfalls Martys Besorgnis.

„Kate hat mich ins Nachdenken gebracht. Hältst du es für möglich, daß Ellie sich in Lane verliebt hat? Ich mein', könnte es vielleicht sein, daß die beiden ein Herz füreinander entdeckt haben, aber daß es irgendwo hapert?“

Clark schien überrascht.

„Daran habe ich noch gar nicht gedacht, aber andererseits – warum nicht? Lane ist immerhin ein gutaussehender junger Mann, und Ellie ist ein nettes Mädchen. Möglich ist's schon. Warum auch nicht? Warum sind wir nur nicht eher darauf gekommen? Das Ganze ist sogar nicht nur möglich, sondern wahrscheinlich, wenn man's sich recht überlegt.“ Clark schwieg einen Moment lang. „Hat sie vielleicht deshalb auch gesagt, daß sie Lane nicht zum Bruder haben möchte?“

„Das könnte durchaus sein“, meinte Marty. „Ich verstehe selbst nicht, warum ich bis heute so blind gewesen bin.“

„Mir scheint, wie haben Lane von Anfang an viel zu sehr als Familienmitglied behandelt, um auf andere Gedanken zu kommen."

„Hast recht! Dann meinst du also auch, daß wir auf der richtigen Spur sind?"

„Nun, die beiden mögen sich durchaus füreinander erwärmt haben. Woran die junge Liebe allerdings gescheitert sein könnte, ist mir nicht klar. Weder Lane noch Ellie sind selbstsüchtig oder nachtragend. Wüßte nicht, warum sie ihre kleine Meinungsverschiedenheit nicht längst aus der Welt geschafft haben, falls es überhaupt eine gegeben hat."

„Ich denke, vielleicht sollten wir mit Ellie reden und sie fragen, ob wir ihr irgendwie helfen können."

„Wo steckt sie eigentlich?"

„Sie ist wieder in die Scheune zu ihrem Hund gegangen."

„Du meinst: zu seinem Hund."

„Ja, zu seinem Hund."

„Also, ich weiß nicht", überlegte Clark und rieb sich nachdenklich das Kinn. „Ich war eigentlich noch nie dafür, mich in derartige Privatangelegenheiten einzumischen. Meistens tut man besser daran, es den Betreffenden selbst zu überlassen, eine Lösung zu suchen."

„Ja, so ähnlich hat Kate sich auch ausgedrückt." Marty nahm ihr Strickzeug wieder auf.

„Sie tut mir aber so leid", sagte sie dann leise. „Ellie ist todunglücklich. Lane macht ebenfalls keinen allzu fröhlichen Eindruck."

„Vielleicht kann man ja das eine oder andere in Erfahrung bringen, wenn man eine Andeutung fallen läßt."

„Hm, so leicht läßt Ellie sich nicht für dumm verkaufen. Die merkt dir an der Nasenspitze an, worauf du hinauswillst."

Dann versuch' ich's halt bei Lane."

Das Klappern der Stricknadeln setzte aus.

„Und wie stellst du dir das vor? Willst du vielleicht zu

ihm sagen: ‚Junger Mann, Sie lieben meine Tochter und können sich nicht einig werden mit ihr? Sie ist nämlich zufällig todunglücklich, und ich hätte gern gewußt, warum.'“

„Hast recht“, meinte Clark. „So wird's auch nicht gehen.“

Martys Stricknadeln klapperten langsam weiter. Gewöhnlich war sie flink im Stricken, doch jetzt war sie nicht recht bei der Sache.

„Was sollen wir nur tun?“ seufzte sie schließlich.

„Weiß nicht. Vielleicht wird's am besten sein, einfach mit der Sprache herauszurücken, anstatt um den heißen Brei herumzureden.“

„Gute Idee“, stimmte Marty zu, und Clark legte sein Buch beiseite, um aufzustehen.

„Ich glaube, ich mache noch einen kleinen Spaziergang“, sagte er. „Wollen doch mal sehen, ob ich herausfinden kann, was an einem gewissen kleinen Hund so Besonderes ist.“

Wortlos sah Marty zu ihm auf. In ihrem Blick lag die stille Zuversicht, daß er seine Sache gut machen würde und daß sie ihm ihr volles Vertrauen schenkte, was ihre gemeinsame Tochter betraf. Dann nahm sie ihr Strickzeug wieder auf. Die Nadeln klapperten nun schneller.

Clark ging in die Küche, um seine Jacke zu holen. Diesmal zündete er keine Laterne an. Der volle Wintermond schien hell, und ein Meer von Sternen funkelte von dem nächtlichen Himmel. Das Innere der Scheune würde er dann schon von Ellies Laterne erleuchtet vorfinden.

Er beeilte sich nicht. Er brauchte Zeit zum Nachdenken. Am besten würde er sich durch ein Gebet rüsten. Er wußte nicht recht, wie er die Sprache auf ein derartig heikles Thema bringen sollte. An Tagen wie heute war er froh, daß er zu jedem seiner Kinder ein vertrauensvolles Verhältnis hatte. Es zahlte sich aus, wenn ein Vater sich Zeit für seine Familie nahm.

Der Schnee knirschte unter seinem Fuß und dem

Krückstock, und sein Atem hing in weißen Schwaden in der frostklaren Nacht. Er öffnete das Scheunentor, trat ein und schob den Riegel umständlich wieder vor, um sich bemerkbar zu machen. Erst dann wandte er sich zu Ellie um, die im Stroh saß und den Hund namens Rex sanft streichelte.

Clark räusperte sich und kam näher, um sich über eine der hüfthohen Trennwände zu lehnen. Einen Moment lang herrschte Schweigen.

„Er ist wirklich gewaltig gewachsen, nicht wahr?" sagte Clark schließlich.

„Und ob!" gab Ellie zurück.

„Scheint mir ein prima Hündchen zu sein. Folgt er gut?"

„Aufs Wort", bestätigte Ellie.

„Du hast ihn von Anfang an gemocht, stimmt's?"

Ellie nickte. Clark kniete im Stroh nieder und strich dem Hund mit seiner kräftigen, von der Arbeit schwieligen Hand über das Fell. Der Hund wand sich vor Behagen, ohne jedoch von Ellie zu weichen.

„Ich glaube, du hältst da mehr als nur einen Hund in den Händen", bemerkte Clark.

Ellies Kopf fuhr in die Höhe. Mit einem fragenden Ausdruck in den Augen wartete sie darauf, daß ihr Vater sich deutlicher ausdrückte.

„Bedeutet dir der Hund nicht gleichzeitig auch soviel wie ein Traum? Ein Traum und vielleicht die große Liebe deines Lebens?"

Tränen füllten Ellies Augen und rollten über ihre Wangen. Clark streckte die Hand aus und wischte eine davon fort.

„Was hast du denn nur, mein Kind?" fragte er leise. „Hast du dein Herz an jemanden verloren, der dich nicht liebt?"

„Nein ... ich meine: doch", stotterte Ellie. „Ich weiß, daß er mich auch liebt. Er wollte mir eine silberne Kette zu Weihnachten schenken. Er wäre mich auch besuchen gekommen, Pa, ganz bestimmt sogar, wenn ich ihm nur Hoffnungen gemacht hätte."

„Und warum hast du das nicht?" fragte Clark nur.

„Warum?"

„Ja, warum? Ist er vielleicht nicht der Richtige für dich?"

„O doch. Ich liebe ihn ja so sehr!" schluchzte sie. Mit ihrer Fassung war es nun endgültig vorbei.

Clark zog seine Tochter an sich und legte ihr den Arm um die Schultern. Ohne ein Wort zu sagen, ließ er sie einfach weinen und strich ihr ein ums andere Mal über die dichten goldenen Locken. Als sie ruhiger geworden war, begann er zu sprechen.

„Ich fürchte, da komme ich nicht mit", sagte er leise in ihr Haar. „Du hast doch gesagt, er hätte dich besucht, und du hast auch gesagt, daß du ihn liebst. Warum blast ihr beiden dann Trübsal, anstatt euch zum Stelldichein zu verabreden?"

Ellie löste sich aus seiner Umarmung und sah ihn erstaunt an.

„Aber das geht doch nicht?" schluchzte sie. „Das weißt du doch. Ich kann's nicht zulassen." Dann wiederholte sie die Worte, die Lane das Herz gebrochen hatten. „Mama braucht mich doch!"

Es dauerte einen Moment, bis Clark begriffen hatte. Dann sah er dem jungen Mädchen eindringlich in die Augen.

„Nun mal langsam!" gebot er. „Was willst du damit sagen?"

„Nun, Mama braucht mich doch", stotterte Ellie wieder.

„Sicher, Mama braucht dich, aber sie erwartet schließlich nicht, daß du dein ganzes Leben als ihre Magd zubringst."

„Aber das Baby ..."

„Mama kriegt nicht zum ersten Mal ein Kind, und bis jetzt ist sie immer glänzend zurechtgekommen. Aber, ehrlich gesagt, zuerst habe ich mir auch Sorgen um sie gemacht, in den ersten Wochen – aber jetzt geht's ihr blendend. Deine Mama ist nicht aus Zucker. Die wird mit allem fertig, was das Leben so mit sich bringt, und noch ein Kind mehr oder weniger wirft sie nicht aus der Bahn."

„Aber da ist noch was", sagte Ellie.

„So? Was denn?"

Clark befürchtete einen neuen Tränenausbruch.

„Lane zieht doch wieder in den Westen zurück, sobald die LaHayes hier eintreffen."

„Nun?"

„Jedesmal, wenn einer von uns fortgeht, bricht Mama fast das Herz. Du hast doch selbst gesehen, wie traurig sie war, als Missie auszog, und dann Cathy und Larry vor kurzem. Sie würde es nie verkraften, wenn ich auch noch fortginge."

„Aha!" sagte Clark. „Du meinst also, deine Mama würde dich lieber daheim behalten, nicht wahr?"

Ellie nickte.

„Na schön, ich gebe zu, daß deine Mama ihre Kinder gerne um sich hat. Ich weiß aber auch zufällig, daß Mama sich nichts lieber wünscht, als daß alle ihre Kinder glücklich sind. Wenn du nun der Meinung bist, daß dein Glück an der Seite eines jungen Mannes namens Lane liegt, dann hast du die vollste Zustimmung deiner Mama, selbst wenn deine neue Heimat weit von uns hier entfernt sein sollte."

Ellie schien noch nicht recht überzeugt zu sein.

„Ach Pa", sagte sie, „meinst du wirklich?"

„Du kannst dich felsenfest darauf verlassen", antwortete Clark. „Weißt du, wir haben gerade eben noch miteinander gesprochen. Sie macht sich Sorgen um dich, schon seit Tagen. Keiner von uns wäre je von allein auf den Gedanken gekommen, daß du Liebeskummer hast; sonst hätten wir dir die Last schon längst von der Seele genommen. Kate hat als erste Verdacht geschöpft. Wir haben in Lane so etwas wie einen Verwandten gesehen. Deshalb wären wir nie auf die Idee gekommen, daß er dir mehr als das bedeuten könnte."

Wieder schimmerte es feucht in Ellies Augen.

„Ach Pa!" sagte sie. „Ich habe euch beide, dich und Mama, ja so lieb! Ich würde Mama nie Kummer bereiten wollen. Niemals!"

„Und deine Mama würde nie deinem großen Glück im Weg stehen wollen. So, nun trockne dir mal die Tränen und komm mit ins Haus zu deiner Mama."

Ellie tat ihr Bestes, um ihrer Tränen Herr zu werden, und beugte sich noch einmal ins Stroh, um den geduldigen Rex ein letztes Mal zu streicheln, bevor sie zum Scheunentor hinaus eilte. Clark nahm die Laterne vom Haken und folgte ihr.

Unterwegs blieb Ellie plötzlich stehen.

„Aber Pa", sagte sie erschrocken, „ich habe Lane doch schon nein gesagt!"

„So leicht gibt der nicht auf", versicherte er ihr. „Und wenn er's doch tut, dann ist er nicht der Mann, für den ich ihn halte."

Die Furcht in Ellies Augen ließ ein wenig nach, und ihre Schritte waren nun fester. Sie hatte ihrer Mama ja so viel zu erzählen, und das Haus schien plötzlich so weit entfernt!

Ein dunkler Schatten

Unten klopfte jemand heftig an die Tür. Mühsam kämpfte Marty gegen den Schlaf an. Ihre innere Uhr sagte ihr, daß es noch tiefste Nacht war, wenn sie in der Dunkelheit auch die Zeiger an der Wanduhr nicht erkennen konnte.

Clark war schon aus dem Bett gesprungen und zog sich hastig an. „Ben!“ durchfuhr es Marty. So war es doch in der Nacht gewesen, als Ben starb. Aber nein, es konnte nicht Ben sein. Nicht dieses Mal. Nein, Ben war längst nicht mehr unter ihnen. Wer mochte nur an die Haustür geklopft haben? Eine entsetzliche Ahnung stieg in ihr auf. Etwas Furchtbares mußte geschehen sein.

Ohne ein Wort hastete Clark jetzt aus dem Schlafzimmer. Marty konnte seinen Schritt auf der Holztreppe hören. Er hatte sich weder mit seinem Stiefel noch mit dem Krückstock aufgehalten und hüpfte barfuß die Stufen hinab.

Entschlossen warf auch Marty die Decke zurück und stand auf. Der Fußboden unter ihr war eiskalt. Nur der kleine Bettvorleger bot ein wenig Schutz vor der winterlichen Kälte. Mit einem Fuß tastete sie nach ihren Hausschuhen und nahm dann ihren Morgenrock vom Haken. Von unten her drangen Stimmen zu ihr. Es klang nach einem erregten Gespräch. Sie erkannte Lukes Stimme. Was in aller Welt tat Luke um diese Stunde hier? Was war nur geschehen?

Marty hielt sich zur Vorsicht beim Hinabsteigen der Treppe fest. Ein Sturz in der Dunkelheit würde die Sache nicht besser machen, um was es sich auch handeln mochte. Die Hand am Treppengeländer, tastete sie sich Stufe um Stufe nach unten vor. Nun hörte sie es deutlicher. Die eine Stimme war Lukes. Zwischendurch hörte sie Clarks tiefen Baß. Lukes Stimme wurde immer wieder von Schluchzen unterbrochen. Marty ging schneller.

In der Küche erwartete sie ein bestürzender Anblick. Im sanften Schein der Lampe standen zwei Männer – ihre beiden Männer. Clark stützte Luke, der haltlos an seiner Schulter weinte. Marty fand keine Worte für die Frage auf ihrem Herzen.

„Es ist Kate", sagte Clark an Lukes Kopf vorbei. „Sie hat arge Schmerzen."

„Was ist denn passiert?" gelang es Marty endlich. Ihre Stimme war tonlos.

„Er weiß es nicht genau. Es hat urplötzlich angefangen. Ich hole den Doktor. Wirst du ..."

Clark brachte die Frage nicht zu Ende. Marty ging auf ihren erwachsenen Sohn zu und faßte ihn bei den Schultern. Luke wurde ruhiger.

„O Mama!" sagte er. „Ich habe solche Angst! Ich habe noch nie jemanden so leiden gesehen. Schnell, wir müssen wieder zu ihr, Ma. Wir müssen unbedingt ..."

„Schon gut", versuchte Marty ihn zu besänftigen. „Ich gehe nur geschwind meine Stiefel und mein Schultertuch holen."

Luke nahm Marty bei der Hand, und gemeinsam eilten sie über den verschneiten Hof auf die kleine Hütte aus Baumstämmen zu. Luke hatte seine Fassung wiedergefunden. Sein Weinen hatte nachgelassen, und er konnte nun klarer denken.

„Vielleicht ist das Kind ja unterwegs, weiter nichts", mutmaßte Marty unterwegs.

„Dazu ist es aber noch viel zu früh."

„Manche Kinder kommen halt ein bißchen früher als erwartet an."

„Aber nicht so früh."

„Dann hat Kate sich am Ende gar verrechnet."

Luke blieb eine Antwort schuldig, doch Marty ahnte, daß er starke Zweifel hegte.

„Manche Frauen haben halt hin und wieder Schmerzen, wenn ...“

Doch Luke hatte ihr nicht zugehört.

„Der Kleine darf einfach noch nicht kommen“, sagte er. „Das wäre gefährlich, wenn er jetzt schon käme. Es ist viel zu früh.“

Das Schlagen des Scheunentors ließ Marty herumfahren. Im nächsten Moment stob Clarks Pferd auch schon mit seinem Herrn auf dem Rücken vom Hof. Marty schickte ein besorgtes Stoßgebet zum Himmel und setzte ihren Weg durch Schnee und Eis fort.

„Pa ist losgeritten“, sagte sie zu Luke. „Bald kommt der Doktor, sollst nur sehen.“

Sie hatten das kleine Haus noch nicht erreicht, als Marty ihre Schwiegertochter schon hören konnte. Alles in Luke schien sich zu verkrampfen. Die arme Kate! Sie war noch nie zimperlich gewesen, was Schmerzen betraf. Luke mußte recht haben. Sie war tatsächlich ernsthaft krank. Mutter und Sohn eilten zur Tür hinein. Marty ließ ihre Stiefel beim Eingang stehen und warf ihr Schultertuch im Vorübergehen über eine Stuhllehne. Luke war ihr schon zum Schlafzimmer vorausgeeilt. In der Stube brannte nicht einmal ein Licht, so daß Marty im Halbdunkel der Nacht nach einer Lampe und einem Zündholz suchte. Kate warf sich stöhnend auf dem Bett hin und her. Luke kniete an ihrer Seite und versuchte, sie zu beruhigen.

„Pa ist losgeritten, um den Doktor zu holen, Schatz. Es kann gar nicht mehr lange dauern, bis er kommt. Nur Mut, Liebling. Nur Mut!“

Luke sah sich flehentlich nach seiner Mutter um. „Tu doch was, Ma!“ schienen seine Augen zu rufen. „Bitte, bitte, hilf meiner Kate!“

Marty kam näher und strich der jungen Frau das feuchte, wirre Haar aus der Stirn.

„Kate“, sagte sie eindringlich, „Kate, kannst du mich hören?“

Kate nickte mühsam und stöhnte erneut auf.

„Wann haben die Schmerzen angefangen?“

Die junge Frau deutete an, daß sie sich schon beim Zubettgehen nicht wohl gefühlt habe und daß die Krämpfe von Stunde zu Stunde ärger geworden seien.

„Und wo genau tut's dir weh?“ fragte Marty.

Kate legte ihre Hand auf den Unterleib. Marty legte ihre Hand daneben. Sie spürte deutlich, wie sich die Muskeln unter ihren Fingern verhärteten, während ein tiefes Stöhnen über Kates Lippen kam.

Als die Wehe vorüber war, beugte sich Marty über Kates Gesicht und bemühte sich um einen ermunternden Ausdruck.

„Kate, meine Liebe“, sagte sie, „mir scheint, du wirst nun bald Mutter.“

„Nein!“ ächzte Kate. „Nur das nicht! Zu früh ... viel zu früh! Er darf noch nicht kommen! Er ist doch noch viel zu klein!“

„Hör mir zu, Kate!“ sagte Marty energisch. „Hör mir gut zu. Wehr dich nicht dagegen! Das hat gar keinen Zweck. Du darfst dich nicht dagegen wehren. Entspanne dich, so gut es geht. Vielleicht geht alles bald vorüber, aber du mußt dich beruhigen – um deinetwillen – und um des Kindes willen!“

Marty konnte Kates große, violette Augen im matten Schein der Lampe auf der Kommode erkennen. Sie wußte, daß die junge Frau an ihr Baby dachte. Sie wollte sein Bestes, was es auch kosten mochte. Sie würde alles in ihrer Macht Stehende für ihr Kind tun.“

„Ich will's versuchen“, flüsterte sie.

„Siehst du, so geht's schon besser“, lobte Marty. Sie kniete neben Luke an dem Bett und nahm die kalte Hand der jungen Frau in ihre. „Luke, ich weiß, daß du schon gebetet hast, aber laß es uns noch einmal gemeinsam tun.“

Luke betete: „Unser Herr im Himmel, du siehst, welche Sorgen wir uns machen. Kate hat große Schmerzen, und es ist noch zu früh für unseren Kleinen. Hilf du uns doch bitte, Ruhe zu bewahren, Herr! Laß Kate deine Nähe und Liebe spüren, und unsere Liebe auch. Gott, du kennst unseren Wunsch. Wir möchten, daß unser Sohn gesund zur Welt kommt. Ich möchte, daß meine Kate ..." Lukes Stimme versagte, und Marty befürchtete, daß er das Gebet abbrechen würde, doch er fand seine Stimme bald wieder. „Trotz allem, was wir uns von dir erbitten, sage ich, wie's in deinem Wort steht: ‚Dein Wille geschehe.' Damit ist's mir ernst, Herr, weil wir doch wissen, daß du uns liebhast und nur unser Bestes willst. Amen."

Während des Gebetes hatte Kate still und regungslos dagelegen. Sobald Luke das „Amen" gesprochen hatte, beugte er sich wieder über sie und küßte ihre Wange. Kate regte sich, und Marty wußte, daß sie sich trotz ihrer heftigen Schmerzen bemühte, ruhig zu bleiben.

„Luke", sagte Marty, „sorgst du bitte für ein Feuer im Herd und setzt zwei Wasserkessel zum Sieden auf die Platte?"

Luke stand auf, um in die Küche zu gehen, während Marty sich über ihre Schwiegertochter beugte. Sie strich ihr über das wirre Haar, glättete die zerwühlte Bettdecke, kühlte ihr die heißen Wangen und ließ bei alledem nicht ab, der Schwangeren tröstende Worte zuzusprechen, um sie von ihren Schmerzen abzulenken.

Kate nahm alle Kräfte zusammen. Marty konnte ihr ansehen, wie sie sich gegen jede neue Welle des Schmerzes stählte und sie dann widerstandlos über sich ergehen ließ. Luke hatte das Feuer im Herd inzwischen zum Lodern gebracht und die Wasserkessel randvoll gefüllt. Als nächstes brachte er Marty eine Schale mit Wasser, damit sie Kates Stirn kühlen sollte. Quälend langsam krochen die Stunden dahin. Marty begann zu befürchten, daß der Doktor womöglich schon anderweitig zu einem Kranken gerufen worden war. Als sie endlich alle Hoffnung auf sein Kommen aufgeben wollte, hörte sie plötzlich Hufschläge. Sie eilte ans Fenster und flüsterte ein Dankgebet, als sie zwei Männergestalten in der Dunkelheit ausgemacht hatte.

Clark führte die beiden Pferde zur Scheune, während der Doktor, seine Arzttasche fest in der Hand, auf das kleine Haus zueilte.

Luke erwartete ihn schon an der Tür. Er nahm seinen Mantel und setzte ihn kurz über Kates Zustand in Kenntnis. Marty blieb bei der Schwangeren, bis der Doktor das Zimmer betrat, und ging dann in die Küche, um auf Clark zu warten.

Sie machte sich am Herd zu schaffen und kochte eine Kanne Kaffee. Sie wußte zwar nicht, ob überhaupt jemandem hier nach Kaffee zumute war, doch es tat ihr wohl, einer kleinen Beschäftigung nachzugehen. Jetzt, wo der Doktor endlich bei Kate war, verfiel sie selbst ins Grübeln.

Was wäre, wenn Kates Baby tatsächlich in Kürze ankommen sollte? War es überhaupt schon lebensfähig? Wie würden Kate und Luke den Verlust ihres so sehnlich gewünschten Kindes je verwinden? Wie würde sich ein solch tragisches Geschick auf ihr Gottvertrauen auswirken?

Marty legte eine Hand auf ihren eigenen gerundeten Leib. Das Kind darin regte sich lebhaft. Martys Augen füllten sich mit Tränen.

„Bitte, mein Gott", flüsterte sie, „bitte mach doch, daß Kates Baby nichts zustößt! Sie und Luke würden's nie verkraften, Herr. Sie haben sich doch so sehr auf ihr Kind gefreut. Es würde ihnen das Herz brechen, wenn sie's verlieren müßten. Wenn … wenn …" Marty legte ihre Hand über ihr eigenes ungeborenes Kind. „Wenn es schon eins von den beiden treffen muß, Herr, dann … dann hol doch meins zu dir in den Himmel. Ich glaub', ich könnte es eher hinnehmen als Kate." Doch noch während sie diese Worte flüsterte, ahnte sie tief in ihrem Herzen, wie groß ihr Schmerz sein würde, sollte sie dieses winzige Wesen, das sie entgegen aller Erwartungen innig zu lieben gelernt hatte, verlieren müssen. Wenn sie die jungen Leute doch nur gegen den tiefen Kummer schützen könnte, der möglicherweise über sie hereinbrechen würde!

Plötzlich durchfuhr es sie heiß: Was, wenn Kate selbst etwas zustoßen sollte? Würde Luke sich je von einem solchen schweren Schlag erholen? Wieder betete Marty: „Bitte, nicht Kate! Bitte, mein Gott, bring Kate durch – um Lukes willen."

Clark kam von draußen in die Küche. Er sah durchfroren aus.

„Was meint der Doktor?" fragte er ernst.

„Ich weiß noch nichts. Er ist immer noch bei ihr."

„Was hältst du denn von der Sache?" Clark warf seine Fäustlinge auf einen Stuhl.

„Ich müßte mich schon arg täuschen, wenn das Kind nicht bald kommen sollte."

„Kann es das überhaupt schaffen?"

Marty zuckte müde mit den Schultern.

„Weiß nicht. Es kommt früh – viel zu früh. Auf der anderen Seite sind solche Fälle auch gut ausgegangen. Ich weiß es einfach nicht. Ich hab' Angst, Clark, schreckliche Angst."

Clark ging auf sie zu und nahm sie in die Arme. Das Kind in ihrem Leib regte sich aus Protest. Trotz der ernsten Lage flackerte ein Lächeln in Clarks Zügen auf.

„Kräftiges Bürschchen, unser Kleiner, nicht wahr?" meinte er, während Marty sich aus seinen Armen löste.

„Sie", korrigierte sie ihn flüsternd und trat an den Herd. „Möchtest du Kaffee?"

„Gute Idee. Heißer Kaffee ist genau das richtige zum Aufwärmen."

Marty füllte zwei Tassen mit der dampfenden Flüssigkeit, obgleich sie selbst nicht das geringste Verlangen danach verspürte. Noch während sie die Tassen zum Tisch trug, bemerkte sie, daß es im Schlafzimmer ruhiger geworden war. Sie war erleichtert darüber, daß Kates Stöhnen verstummt war, und hoffte von ganzem Herzen, daß die Stille ein gutes Zeichen war.

Luke betrat die Küche. Sein Blick wirkte schwer und müde.

„Es ist tatsächlich das Baby", sagte er entmutigt.

„Wie steht's um Kate?"

„Der Doktor hat ihr Arznei für die Schmerzen gegeben. Er hat keine Herztöne von dem Kleinen finden können. Er meint ... er befürchtet ..."

Luke ließ sich auf einen Stuhl sinken und vergrub das Gesicht in den Händen. Marty wußte sich keinen Rat. Wie sollte eine Mutter ihrem erwachsenen Sohn Mut zusprechen? Hier ging es immerhin nicht um die Kümmernisse eines Kindes. Nein, hier ging es um ein Menschenleben, womöglich sogar um zwei. Wie konnte man da schon trösten?

Clark faßte Luke bei den Schultern. Wenn Luke auch stumm blieb, so wußte Marty dennoch, daß ihm die Geste seines Vaters viel bedeutete.

Als Luke sich wieder gefaßt hatte, fuhr er stockend fort.

„Der Doktor meint, daß Kate kräftig genug ist. Sie hat einen starken Puls und gibt sich große Mühe. Sie wird's überstehen."

Marty schickte ein geflüstertes Dankgebet himmelwärts.

„Wie lange wird's denn noch dauern?" fragte Clark leise.

„Weiß nicht."

Marty brachte Luke eine Tasse Kaffee, die er zu ihrem Erstaunen leerte. Gewiß war er gar nicht bei der Sache, dachte sie.

Die dunklen Nachtstunden vergingen unendlich langsam. Hin und wieder erkundigten sich Luke oder Marty bei dem Doktor nach Kates Befinden. Die einzige Auskunft, die dieser jedoch erteilen konnte, war, daß die junge Frau sich tapfer hielt.

Kalt und windig brach die Morgendämmerung an. Kurze Zeit später kam Ellie. Da ihr Zimmer im hinteren Teil des Hauses lag, hatte sie nichts von dem nächtlichen Geschehen wahrgenommen. Als sie am Morgen aufgewacht war und das Haus verlassen vorgefunden hatte, hatte sie sich völlig verstört auf den Weg zu Luke und Kate gemacht, um nach dem Verbleiben ihrer Eltern zu fragen. Clark teilte ihr mit, wie die Dinge standen. Sie wurde bleich. Dann machte sie sich entschlossen daran, in Kates kleiner Küche ein Frühstück zuzubereiten. Marty hatte bisher nicht einmal daran gedacht, eine Mahlzeit vorzubereiten.

Clark verließ das Haus, um seine Stallarbeit zu erledigen. Luke sprang auf, doch Clark bedeutete ihm, sitzenzubleiben. Statt dessen ging Luke ins Schlafzimmer, um nach seiner Kate zu schauen. Als er kurze Zeit später die Küche wieder betrat, war er noch bleicher als zuvor.

„Der Doktor meint, daß es nicht mehr lange dauern wird", sagte er und ließ sich wieder auf seinen Stuhl sinken. Marty dachte im stillen, daß ihm die Stallarbeit womöglich besser bekommen wäre, als tatenlos auf das Ende des Kampfes zu warten.

Ellie tischte das Frühstück auf. Niemand aß mit Appetit; die meisten zwangen sich dazu, ihre Teller zu leeren. Marty trug einen Teller mit Pfannkuchen und Speck und eine Tasse Kaffee zu dem Doktor ins Schlafzimmer. Er rückte sich einen Stuhl an Kates Bett und aß. Aus langjähriger Erfahrung wußte er, daß man essen mußte, um bei Kräften zu bleiben.

Gegen elf Uhr morgens kam das Kind endlich an. Es war ein Mädchen, viel zu klein und leblos. Niemand fand ein Wort des Trostes. Alle Hilfe kam zu spät. Luke wiegte seine totgeborene Tochter in den Armen, während seine breiten Schultern von fassungslosem Schluchzen geschüttelt wurden. Dann legte er sie Marty in die Arme, die das winzige Menschlein unter Tränen zum ersten und zugleich letzten Mal badete. Luke ging in das Kinderzimmer und suchte eine Säuglingsgarnitur aus den Schubladen hervor. Die kleinen Kleidungsstücke waren so liebevoll und voller froher Erwartung genäht worden. Stich für Stich stellten sie die Vorfreude einer werdenden Mutter dar. Nun umhüllten sie das winzige Wesen mit trauriger Würde, bevor es in dem kleinen Sarg, den Clark und Luke gemeinsam schreinerten, gebettet wurde.

Luke war unendlich dankbar dafür, daß seine junge Frau mit dem Leben davongekommen war. Der Doktor hatte ihr eine Schlaftinktur bereitet, mit deren Hilfe sie den Rest des Tages und die darauffolgende Nacht in tiefem Schlaf verbrachte. Am Morgen darauf brachte Luke ihr endlich die Nachricht von ihrem großen Verlust. Sie hatte eine verschwommene Ahnung davon gehabt, bevor sie eingeschlafen war. Nachdem sie einander umarmt und gemeinsam geweint hatten, trug Luke den kleinen Sarg, der ihre winzige Tochter barg, zu Kate ins Schlafzimmer, damit auch sie ihr Kind sehen konnte. Clark und Marty gingen wieder heim und überließen die beiden Trauernden ihrem unsagbaren Kummer.

Die Beisetzung fand im engsten Familienkreis statt. Der Prediger sprach den Angehörigen, die um das kleine Grab versammelt standen, die vertrauten Worte des Trostes und der Ermutigung zu.

In den Tagen, die nun folgten, kam Kate rasch wieder zu Kräften, doch ein tiefer Schatten blieb in ihrem Blick. In ihrem großen Kummer suchte sie Halt an Lukes Seite. Clark und Marty beteten täglich, oft sogar stündlich, für ihre leidenden Kinder. Immer wieder wünschte sich Marty, an ihrer Stelle den Schmerz tragen zu können, doch statt dessen blieb ihr nur das Mitleid. Die ersten Tage waren unendlich schwer. Mit der Zeit verlor der Schmerz etwas von seiner brennenden Schärfe, doch es war ein tränenreicher Weg, und das liebevoll hergerichtete Kinderzimmer war ein beständiges Mahnmal an den ernsten Verlust. Das traurige Geschick ging Marty sehr zu Herzen, und ohne sich dessen überhaupt bewußt zu sein, suchte sie der Last des Kummers zu entfliehen.

Nandry

Lane kam unverzüglich, als er von der traurigen Wende der Geschehnisse erfuhr. Er nahm sich Zeit für Luke, dem es wohl tat, einmal von Mann zu Mann über seine Enttäuschung zu sprechen. Da er den Zeitpunkt kaum für geeignet hielt, um Ellie seine Absicht zu eröffnen, begrüßte er sie nur kurz. Ellie ihrerseits wußte kaum, wie sie Lane begegnen sollte, nachdem sie nun eine Aussprache mit ihren Eltern gehabt hatte. Jetzt, wo ihr der Weg in eine Zukunft ihrer Wahl freigestellt worden war, wie ihre Eltern ihr ausdrücklich versichert hatten, hoffte sie aus ganzem Herzen, daß ihr Pa recht behalten würde und daß Lane sie tatsächlich noch nicht aufgegeben hatte. Was aber, wenn er ihre Antwort als endgültig hingenommen hatte? Und was, wenn er sein Interesse an ihr verloren hatte? Ellie konnte sich kein größeres Unglück ausmalen. Sollte sie es am Ende wagen, Lane von sich selbst aus anzusprechen? Ein solches Verhalten entsprach jedoch kaum den Regeln des Anstands, und Ellie bezweifelte, daß sie den Mut dazu aufbringen würde.

Auch für Marty waren diese Tage und Wochen nicht leicht. Mit jeder Regung ihres ungeborenen Kindes wurde sie wieder daran erinnert, wie sie sich einst gegen eine erneute Mutterschaft gesträubt hatte. Sie hatte das Kind nicht gewollt. Hätte sie damals etwas an ihrer Lage ändern können, so trüge sie dieses Kind nun nicht unter dem Herzen. Aber das war nur anfangs so gewesen. Sonderbar, wie sehr sie dieses Kindlein nun liebte! Dieses winzige Wesen in ihrem Leib hatte ihre ganze Mutterliebe geweckt. Dennoch fühlte sie sich schuldig. Sie hatte das Kind einst gehaßt, und nun gedieh es in wunderbarer Geborgenheit, während der kleine Säugling, den Luke und Kate von Anfang an ersehnt hatten, auf dem Kirchhof unter der schneeverwehten Erde begraben lag. Das alles erschien ihr einfach grausam und ungerecht.

So kam es also, daß Marty neben dem Mitleid für ihren Sohn und ihre Schwiegertochter auch ein beträchtliches Maß an Schuld empfand. Ob die beiden jungen Leute ihr das anmerkten? Teilten sie ihre Meinung, daß das Unglück die falsche Schwangere getroffen hatte und daß sie, Marty, völlig unwürdig war, einem weiteren Kind das Leben zu schenken? Zugegeben, als Kate in den Wehen gelegen hatte und das Leben ihres Kindes auf der Waagschale gelegen hatte, da hätte Marty ihr eigenes Kind für das von Kate hergegeben, wenn Gott einen solchen Tauschhandel zugelassen hätte. Doch nun ahnte Marty, wie unendlich schwer es ihr gefallen wäre, ihr Kind tatsächlich opfern zu müssen. Ihre Liebe zu diesem werdenden Wesen war größer, als sie es je für möglich gehalten hätte. Oh, die arme Kate! Auch sie hatte ihr Baby über alles geliebt. Ob sie und Luke ihr nun voller Bitterkeit begegnen würden? Sie mochte ihnen kaum unter die Augen treten, und in den Tagen nach der Beerdigung des Säuglings hielt sie sich unter allerhand Vorwänden von den Trauernden fern. Was konnte sie schon zu ihnen sagen? Welche Gefühle mochten sie für sie hegen?

Ellie dagegen besuchte Kate nun jeden Tag. Sie hatte ihr den Haushalt geführt, bis die junge Frau wieder bei Kräften war. Selbst danach schaute Ellie regelmäßig auf einen gemütlichen Schwatz oder eine Tasse Tee bei Kate herein. Marty wußte, daß auch ihr Besuch längst überfällig war, unterließ es jedoch und blieb daheim am eigenen Herd.

Entgegen aller Erwartungen war es Nandry, die Marty zur Besinnung brachte. Nandry kam eines Nachmittags trotz des unbehaglichen Wetters zu Besuch. Ihre Kinder hatte sie daheim bei Josh gelassen. Marty ahnte, daß Nandry nicht nur an einem Plauderstündchen bei Kaffee und

Kuchen gelegen war. Nein, sie hatte gewiß etwas auf dem Herzen, das sie bei diesem Wetter ganz allein hierher getrieben hatte.

Marty hatte sich schon seit längerer Zeit um Nandry gesorgt. Ihre Tochter hatte sich in den Monaten seit ihrer Rückkehr aus dem Westen sonderbar verhalten. Nandry hatte sich über ihren Kummer ausgeschwiegen, doch Marty war sicher, daß etwas mit ihr nicht stimmte. Sie hatte den unbestimmten Verdacht, daß Nandrys Verhalten in irgendeiner Weise mit Clark und dem Verlust seines Beines zusammenhing. Gewiß hatte sich Nandry nun im Verlauf der Wochen und Monate an den Anblick des Krückstocks an Clarks Seite gewöhnt, hoffte sie.

Marty öffnete Nandry die Tür und begrüßte sie herzlich. Anfangs hatte es den Anschein, als habe Nandry einfach ein paar Stunden außer Haus verbringen wollen und sich daher zu einem Besuch bei Marty entschlossen. Ihre lärmende Kinderschar hätte ihr daheim den Garaus gemacht, erklärte sie, und Marty nickte verständnisvoll. Sie erinnerte sich nur zu deutlich an die Tage, als ihre eigenen Kinder klein waren.

Nandry erkundigte sich nach Kates Ergehen, und Marty berichtete ihr, daß es ihr dem Vernehmen nach recht gut gehe und daß Ellie gerade bei ihr sei.

Marty setzte Kaffeewasser zum Kochen auf den Herd und schnitt Ellies Gewürzkuchen in Scheiben, während Nandry allerhand Neuigkeiten zu berichten wußte. Sie wollte auf keinen Fall versäumen, sich das Rezept für das leckere Kürbisbrot von Ellie auszubitten. Vor kurzem war Andy gestürzt und hatte sich ausgerechnet an der Zunge verletzt. Obgleich es nur eine unbedeutende Wunde war, hatte sie stark geblutet, und Mary hatte Haus und Hof zusammengeschrien, weil sie überzeugt gewesen war, ihr Bruder würde die Verletzung nicht überleben. Auch das Nesthäkchen Jane war gestürzt, jedoch ohne sich zu verletzen, wenn auch jedem daheim der Atem vor Schreck gestockt hatte. Tina hatte in der Schule ein goldenes Band im Rechtschreiben gewonnen. Josh war mächtig stolz auf sie, denn er selbst hatte es im Rechtschreiben nie sehr weit gebracht.

Nandry erzählte munter weiter, bis Marty den Kaffee eingeschenkt hatte und sich zu ihr an den Tisch setzte. Dann wechselte sie unvermittelt das Thema.

„Wie verkraftet Kate das Ganze eigentlich?"

Marty geriet ins Stottern. Wenn sie ehrlich war, so hatte sie nicht die geringste Vorstellung, ob Kate ihren ernsten Verlust überhaupt schon überwunden hatte. Dem äußeren Anschein nach zu urteilen, war Kate in zufriedenstellender Verfassung. Wie es jedoch um ihr enttäuschtes Mutterherz stand, wußte Marty nicht zu sagen. Um dies jedoch nicht eingestehen zu müssen, antwortete sie nur: „Nun, es war natürlich hart für sie."

„So habe ich's nicht gemeint", gab Nandry zurück. „Ich wollte wissen, ob sie annehmen kann, was da geschehen ist."

„Annehmen?"

Nandry sah Marty ungeduldig an.

„Annehmen?" wiederholte Marty noch einmal. „Nun, was passiert ist, ist passiert, und niemand kann es rückgängig machen. Man muß sich halt mit diesen Dingen abfinden, ob man will oder nicht."

„Ma", sagte Nandry geradeheraus, „laß uns nicht um den heißen Brei herumreden. Du weißt doch, wie ich's meine."

„Nein", entgegnete Marty, „ich fürchte, das weiß ich nicht."

„Glaubt Kate vielleicht allen Ernstes, daß Gott ein Recht hat ... daß es fair von ihm war, was er ihr da angetan hat?"

„Gott?" fragte Marty erschrocken. Sie wagte ihren Ohren kaum zu trauen.

„Ma, du weißt so gut wie ich, daß es in Gottes Macht gestanden hätte, Kates Baby zu retten, wenn er's nur gewollt hätte – und für Pas Bein gilt genau das gleiche."

Nun war es heraus. Klar und unmißverständlich hatte sie es gesagt. Ein tiefer Schmerz, vermischt mit unverhohlenem Zorn, stand in Nandrys Blick.

„So ist's doch!" beharrte Nandry. „Oder etwa nicht? Warum nennen wir die Dinge nicht einfach mal beim Namen? Wozu das Versteckspiel?"

Marty legte die Hand auf Nandrys Arm. Sie hatte ja nicht geahnt, welchen Zorn und welche Verbitterung das Mädchen in sich getragen hatte.

Nandry zog den Arm zurück.

„Aber ... aber ... so darfst du nicht denken!" begann Marty stotternd.

„So? Und warum nicht, bitte schön? Wie sieht die Sache denn in Wirklichkeit aus? Ist Pas Krückstock vielleicht nur eine optische Täuschung?"

„Das habe ich damit nicht sagen wollen. Ich ... ich meine halt, daß Gott das Unglück in dem Bergwerk nicht aus einer Laune heraus zugelassen hat. Er ..."

„Woher weißt du denn so genau, was er zuläßt und warum er's tut?"

„Damals", antwortete Marty nachdenklich, „damals habe ich's noch nicht so genau gewußt. Ich habe mich sogar mit Händen und Füßen dagegen gewehrt. Erst später konnte ich dann aufrichtig beten: ‚Dein Wille geschehe!' Und Gottes Wille ist tatsächlich geschehen, und viele gute Dinge sind aus dem Unglück heraus entstanden."

„Genug gute Dinge, um Pas verlorenes Bein aufzuwiegen?"

Marty zögerte. Nandry hatte Clark schon immer in ungewöhnlicher Weise verehrt. Marty hatte gehofft, daß das Mädchen ihn längst als ihren Vater anerkannt hatte.

„Ich denke schon", begann Marty; dann fügte sie entschlossener hinzu: „Ich bin sogar ganz sicher. Der Unfall hat so manches zur Folge gehabt, was vielleicht sonst nie geschehen wäre. Da ist zum Beispiel die kleine Gemeinde, die mit seiner Hilfe entstanden ist. Dr. De la Rosa hat sich mit seiner Familie ausgesöhnt. Und dann dein leiblicher Vater; das ist das Allerschönste, was je geschehen ..."

Doch Nandry hatte sich von ihrem Stuhl erhoben. Aus ihren Augen sprühte der Jähzorn.

„Und was hat mein leiblicher Vater je getan, um Gottes Gnade zu verdienen, Taugenichts, der er war? Ma hat er einfach im Stich gelassen, so daß sie mutterseelenallein sterben mußte, während er sich ein feines Leben mit seinen Trinkkumpanen geleistet hat. Du willst mir doch wohl nicht weismachen, daß Gott so einem elenden Halunken gnädiger sein will als einem ehrlichen Mann, der sein Leben lang nur für andere da war und ..." Nandrys Stimme versagte. Sie brach in ein haltloses Weinen aus, das ihre schmalen Schultern heftig schüttelte.

Mühsam wegen ihrer Unbeholfenheit erhob sich Marty von ihrem Platz. Sie fühlte sich wie vor den Kopf gestoßen. Was sollte sie zu diesem verzweifelten Mädchen sagen? Wie konnte sie ihr begreiflich machen, daß Gott die Liebe in Person ist, daß er seine Gnade jedem Menschen schenken will, ob dieser sie verdient hat oder nicht? Wie sollte sie ihr klarmachen, daß der Haß, den sie gegen ihren leiblichen Vater noch über dessen Grab hinaus hegte, ganz und gar nicht im Einklang mit Gottes Willen stand? Durch Haß gewann sie weder Genugtuung noch Frieden. Ach, die arme Nandry! Welch eine schwere Last hatte sie seit Monaten mit sich herumgeschleppt!

Marty nahm das Mädchen in ihre Arme. Als sie den Blick hob, sah sie plötzlich eine betroffene Ellie stumm an der Küchentür stehen. Marty hatte sie nicht zurückkommen gehört, und auch Nandry schien sie nicht bemerkt zu haben. Wie lange sie der Unterhaltung schon gefolgt sein mochte? Ellie stand wortlos da, das Gesicht bleich und die Lippen halb geöffnet.

Dann holte Ellie tief Luft und ging in die Stube. Sie nahm Nandry bei der Hand und führte sie sanft, aber entschlossen zu ihrem Stuhl zurück. Nandry ließ es geschehen und setzte sich. Der Ausbruch ihrer Gefühle hatte ihre Kräfte völlig erschöpft. Ellie reichte ihr ein Taschentuch, und sie schneuzte sich.

Ellie ließ ihr einen Moment Zeit, bevor sie leise zu sprechen begann.

„Nandry“, sagte sie, „ich glaube, ich verstehe dich gut. Als wir von Pas Operation hörten, wollte ich's zuerst auch nicht wahrhaben. Ich habe Gott sogar Vorwürfe gemacht, weil er aus einem so guten Mann einen Krüppel gemacht hatte. Weißt du, was ich gedacht habe? Ich habe gemeint, ich würde mich nie wieder an Pas Seite sehen lassen wollen. Kannst du dir so etwas vorstellen? Sich zu schämen, mit ihm auf die Straße zu gehen, nur weil ihm jetzt ein Bein fehlt?“ Ellie schüttelte schuldbewußt den Kopf. „Ich habe meinen Vater immer für nahezu vollkommen angesehen, und plötzlich war er zum Krüppel geworden. Peinlich würde mir das sein. Ich habe mir eingebildet, daß die Leute plötzlich nichts Besseres zu tun haben würden, als ihm nachzustarren und über ihn zu tuscheln. Sooft ich einen unserer Nachbarn sah, mußte ich denken: ‚Er ist längst nicht so ein ganzer Kerl wie mein Pa, aber seine zwei gesunden Beine hat er noch, der Glückspilz!‘ Im Grunde habe ich gewußt, wie falsch es von mir war, so zu denken. Und dann hat Gott angefangen, mir ins Gewissen zu reden. ‚Schau dich nur selbst an‘, hat er zu mir gesagt, und ich mußte einsehen, daß ich meinen Stolz hatte; hochnäsig war ich geradezu gewesen, und von Nächstenliebe war da keine Spur. ‚Siehst du, welch ein Krüppel du selbst bist?‘ hat Gott gesagt. ‚Schämt dein Pa sich vielleicht, mit dir auf die Straße zu gehen, wo alle dich sehen können? Das müßte er eigentlich, wenn dir so sehr an Vollkommenheit liegt!‘ Und Gott hatte recht. Ich war nämlich viel ärger verunstaltet als Pa. Ich hatte innerlich große Schwächen; Pas waren nur äußerlich. So mußte ich Gott bitten, mir zu helfen, meine Lektion aus Pas Unfall zu lernen, damit er sein Bein nicht umsonst verloren hatte – nicht um meinetwillen, sondern auch, damit Pa wieder Grund hatte, stolz auf mich zu sein.

Was deinen leiblichen Vater betrifft, Nandry, so hat er gewiß manchen Fehler gemacht." Ellies Stimme klang sanft. „Was du über ihn gesagt hast, stimmt sicher; ich weiß es nicht, denn ich habe ihn ja nicht gekannt. Gott muß aber auch Gutes an ihm gesehen haben. Und selbst wenn er kein einziges gutes Haar an sich gehabt hätte, hätte Gott ihn trotzdem noch geliebt. Und Pa hat ihn auch geliebt. Deshalb war's ihm auch so wichtig, daß er die Botschaft von Jesus noch hörte, bevor's ans Sterben ging. Pa hat sein Bein nicht wissentlich für ihn hergegeben, aber er hätte es bestimmt gern getan, wenn er dadurch Jesus gefunden hätte. Ganz sicher hätte er's getan. Weißt du auch, warum? Weil die Seele eines Menschen wichtiger ist als ein Bein.

Ich glaube, Pa wäre unsäglich enttäuscht, wenn er wüßte, daß die Sache mit seinem Bein dich so bitter gemacht hat, Nandry. Er möchte dich doch durch sein eigenes Beispiel weiterbringen. Wenn nun das Gegenteil geschieht, dann tut ihm das weh – viel weher als die Operation damals."

Nandry hatte Ellie stumm zugehört. Marty hatte still gebetet, Gott möge Ellie doch die richtigen Worte für Nandry schenken, damit sie ihre Verkehrtheit einsehen würde.

Nun begann Nandry wieder leise zu schluchzen. Ellie legte ihre Arme um sie und ließ sie weinen, bis sie sich wieder gefaßt hatte.

„Du hast recht, Ellie", sagte sie unter Tränen. „Ich schäme mich ja so! All die Jahre über war ich im Unrecht. Zugegeben, was mein Vater getan hat, war nicht richtig, aber das gibt mir noch lange nicht das Recht, es ihm nachzutun. Ich bin sogar noch ärger daran als er, weil ich's doch eigentlich besser wissen müßte. Für ihn beten hätte ich sollen. Cathy hat immer für ihn gebetet, und ich war deswegen böse auf sie. ‚Soll er doch zugrunde gehen. Das geschieht ihm nur recht!' habe ich gedacht. Das war ein Fehler, ein großer Fehler." Nandry weinte heftiger.

„Ach Ellie!“ schluchzte sie. „Kann Gott mir überhaupt noch verzeihen?“

„Wenn er's nicht könnte“, sagte Ellie sanft, „dann wären wir alle verloren.“

„Ma“, weinte Nandry, „Ma, würdest du bitte für mich beten?“

Marty tat es. Ellie schloß sich an, und zum Schluß schüttete Nandry ihrem Heiland das Herz aus. Nach dem Gebet saßen sie noch eine Weile bei frischem Kaffee beieinander, bis Nandry auf die Uhr schaute und erklärte, daß Josh sie gewiß schon daheim erwartete. Dazu hatte sie es nun eilig, ihm von ihrer großen Erleichterung zu berichten.

Ellie schlüpfte in ihren Mantel und begleitete Nandry, um deren Gespann aus der Scheune zu holen, während Marty am Tisch sitzen blieb und über das Vorgefallene nachsann.

Nandry hatte den Fehler gemacht, sich über all die Jahre hinweg in ihrer Bitterkeit zu verschließen. Statt dessen hätte sie mit ihrem Kummer zu Gott kommen sollen,um sich ihm anzuvertrauen. Von dem Tag an, als sie bei Familie Davis eingezogen war, hatte sie beinahe täglich gehört, daß Gott immer, allezeit und unter allen Umständen der Herr ist und daß er seine Kinder liebt. Nichts würde ihnen je ohne sein Wissen zustoßen. Er steht ihnen zur Seite und trägt sie auf seinen allmächtigen Fittichen. Auf die dunklen Momente des Lebens folgt stets ein neuer Morgen. Alle Dinge dienen denen, die Gott lieben, zum Besten.

Ja, Marty wußte es ganz sicher. Sie glaubte von ganzem Herzen daran. Warum saß sie nun aber tatenlos hier an ihrem Küchentisch, während ein paar Schritte entfernt ihre Schwiegertochter wohnte, die so dringend ihren Trost brauchte? „Aber was soll ich nur sagen?“ wehrte sich Marty. „Ich weiß wirklich nicht, was ich zu ihr sagen könnte. Ich habe ja mein Kind noch. Und, Gott, du weißt auch, wie lieb ich's inzwischen gewonnen habe und daß ich's nicht mehr verlieren möchte. Ist das so eigensüchtig von mir? Wie kann ich ihr überhaupt unter die Augen treten, wenn sie gerade ihr Kind verloren hat?"

„Vertrau nur mir!" kam eine leise Stimme, und Marty wischte sich die Augen mit einem Schürzenzipfel trocken und erhob sich von ihrem Stuhl. Sie würde Kate den Schal bringen, den sie kürzlich gestrickt hatte. Vielleicht würde sie sich an diesem grauen Wintertag über etwas Neues, Farbenfrohes freuen.

Worte des Trostes

An der Tür stieß Marty auf Ellie.

„Ich geh' mal auf einen Sprung zu Kate", sagte sie.

„Gute Idee!" antwortete Ellie. „Sie vermißt dich nämlich. Aber du weißt ja, wie Kate ist. Lieber würde sie sich die Zunge abbeißen, als dich bei dieser Kälte zu Besuch zu bitten."

„Sie hat nach mir verlangt?"

„Jeden Tag fragt sie nach dir."

„Warum hast du mir denn nichts davon gesagt?"

„Kate wollte es nicht. Sie hat Angst, daß dein Baby Schaden nehmen könnte. Sie freut sich jetzt um so mehr auf dein Kind, Mama."

Marty hastete aus dem Haus und machte sich auf den Weg durch den Schnee. In ihren Augen brannten die Tränen. Wie blind war sie doch gegen Kate gewesen!

Ihre Schwiegertochter begrüßte sie an der Tür. Sie hatte sie schon von fern gesehen. Nun führte sie sie in ihre kleine Küche und stützte sie, während sie sich ihrer Stiefel entledigte. Marty bemerkte, daß Kate noch immer bleich wirkte.

„Wie geht's dir, Mama?" erkundigte Kate sich besorgt. Eigentlich wäre es an ihr gewesen, diese Frage zu stellen, dachte Marty im stillen.

„Bestens, Liebes. Und dir?"

Kate lächelte. Es war ein tapferes Lächeln für eine junge Frau, die vor kurzem erst ein so großes Leid getroffen hatte.

„Schon viel besser. Wie wär's mit einer Tasse Tee?"

„Lieber nicht, danke."

„Oder Kaffee?"

„Das ist lieb von dir, aber weißt du, wir haben gerade eben mit Nandry Kaffee getrunken."

„Nandry war bei euch? Bei dieser Kälte?"

„Es muß sie wohl arg zu uns gezogen haben."

„Ich habe sie gar nicht kommen sehen, aber das ist kein Wunder. Ellie und ich haben ja hier beisammen gesessen."

Marty setzte sich und zog den blauen Schal hervor.

„Sieh mal, ich habe dir etwas mitgebracht", sagte sie. „Ich dachte mir, vielleicht tut dir eine kleinc Abwechslung gut."

Kate lächelte erfreut.

„Wie hübsch, Mama! Die Farbe gefällt mir besonders – aber du hast gewußt, daß Blau meine Lieblingsfarbe ist, nicht wahr?"

Marty nickte. Kate legte sich den Schal um und ließ die wollenen Fransen durch ihre schmalen Finger gleiten.

„Ich hätte dich längst besuchen sollen", begann Marty, „aber ..."

„Laß nur, Mama! Luke und ich wissen doch, daß du oft an uns denkst. Ich hatte ja solche Angst, daß die ganze Aufregung deinem Kind schaden könnte. Ist auch wirklich alles in Ordnung?"

„Aber ja!"

„Spürst du die Bewegungen noch?"

„Und wie! Die Kleine ist putzmunter."

Kate seufzte erleichtert.

„Weißt du, wenn ich so zurückdenke, wird mir klar, daß ich schon mehrere Tage lang keine Bewegungen mehr gespürt hatte. Ich dachte halt, das Baby ruht sich aus, oder vielleicht habe ich aus lauter Gewohnheit nichts gefühlt."

„Du meinst also, daß ..." Marty brachte es nicht übers Herz, ihre Vermutung zu äußern, doch Kate gab dennoch bereitwillig Auskunft.

„Der Doktor meinte, unsere Kleine sei schon zwei oder drei Tage tot gewesen, als ..." Die Stimme versagte ihr.

„Du tust mir ja so leid, Kate!" unterbrach sie Marty.

Kate kämpfte mit den Tränen.

„Aber weißt du, der Doktor hat auch geagt, daß Gott manchmal auf diese Weise ein Kind zu sich holt, das irgendwie krank ist. Da mußte ich an Wanda denken. Sie liebt ihren Rett und würde ihn um keinen Preis der Welt hergeben, aber ich ... ich weiß nicht, ob ... ob ich's ertragen könnte, Mama. Wenn unser kleines Mädchen nicht ... nun, nicht recht gesund wäre, dann danke ich Gott, daß er es zu sich in den Himmel geholt hat. Bin ich ein Feigling, daß ich so denke?"

„Ein Feigling? Aber nicht doch, Kate. Es ... es gibt schlimmere Dinge, mit denen man fertigwerden muß, als den Tod."

„Luke und ich haben viel darüber gesprochen. Die erste Zeit war furchtbar schwer für uns. Wir hatten uns so sehr auf unser Kind gefreut – aber dann hat Luke gesagt: ‚Komm, wir wollen auch das Gute nicht vergessen.' Zuerst habe ich's nicht sehen können. Luke mußte mir helfen. ‚Sieh mal, wir haben einander noch', hat er gesagt, ‚und wir sind gesund und bei Kräften. Der Doktor hat gesagt, daß uns so etwas nicht wieder zu passieren braucht und daß es keinen Grund gibt, weshalb wir nicht später noch Kinder kriegen könnten. Wir haben zwar kein Kind, aber auch kein geistig oder körperlich behindertes. Es wird nie Schmerzen leiden müssen.' Du siehst also, wieviel Grund zum Danken wir haben."

Marty blinzelte eine Träne fort.

„Wir haben eine Menge in dieser Zeit gelernt, Mama. Wir sind einander viel nähergekommmen. Ich habe Luke von Anfang an geliebt, aber jetzt habe ich ein wenig davon begriffen, welch ein feiner, warmherziger, gottesfürchtiger Mann er ist. Ich habe große Hochachtung vor ihm."

Marty griff nach der Hand der jungen Frau.

„Aber das ist noch nicht alles, Mama. Wir haben aus eigener Erfahrung gelernt, daß es wirklich wahr ist, was wir von unserer Kindheit an über Gott gehört haben. Er ist tatsächlich da, wenn man ihn braucht; er hilft einem über schwere Tage hinweg und schenkt denen, die ihm vertrauen, neuen Mut. Wir haben die Gebete von unseren Verwandten und Freunden regelrecht gespürt. Ich habe mich noch nie so ... so ... so geborgen gefühlt wie in dieser schweren Zeit."

Marty suchte hastig nach ihrem Taschentuch. Eigentlich war sie gekommen, um Kate zu trösten, und nun war sie es selbst, die den Trost empfing! Doch da wechselte Kate schon das Thema.

„Luke meint, daß wir vielleicht mal zu euch zum Essen kommen sollten – wenn wir eingeladen werden, heißt das. Nun, was meinst du? Ich kann's kaum erwarten, endlich einmal aus dem Haus zu kommen!"

Marty mußte trotz ihrer Tränen lachen.

„Einverstanden", sagte sie. „Ihr beiden seid hiermit zum Abendessen eingeladen, und zwar gleich heute abend. Ich freue mich schon auf euch. Wir haben euch nämlich sehr vermißt. Ist schon viel zu lange her, seitdem wir gemeinsam zu Abend gegessen haben!"

„Oh ja, das ist wahr!" stimmte Kate zu. „Ich fühle mich aber mit jedem Tag kräftiger. Am Sonntag möchte ich sogar wieder in die Kirche gehen, wenn das Wetter es erlaubt. Der Doktor hat gesagt, ich soll mich vor dem scharfen Wind hüten. Ich bete für gutes Wetter."

„Da schließe ich mich gerne an", versprach Marty.

„Ach Mama!" seufzte Kate. „Ich zähle schon die Tage, bis dein Kind ankommt. Ich freue mich schon so sehr darauf, den Kleinen in den Armen zu halten und ihm ein Wiegenlied zu singen!"

„Die Kleine", verbesserte Marty.

„Nun gut, die Kleine also. Es war unser Kind, das eigentlich ein Junge werden sollte. Ich bin dankbar, daß es nicht so gewesen ist. Sie war wunderhübsch, nicht wahr? Luke sagt, er hat eine Lektion daraus gelernt. Wenn Gott kleine Mädchen so niedlich macht, dann lassen wir uns beim nächsten Mal gern überraschen und freuen uns genauso über ein Mädchen."

„Mir ist's eigentlich auch gleichgültig, ob es nun ein Junge oder ein Mädchen wird", gestand Marty. „Wir veranstalten halt nur so eine Art Wettstreit bei uns daheim, die Jungs gegen die Mädchen. Die Mädchen beschweren sich, sie seien in der Minderheit. Eigentlich stimmt das überhaupt nicht, wenn man Nandry und Cathy mitzählt. Einmal zählen sie sie mit, dann wieder nicht – ganz, wie es gerade am günstigen für sie ausfällt!" Marty lachte.

„Vielleicht schickt Gott euch eins von jeder Sorte, wenn wir ihn darum bitten."

„Momentchen mal, meine Liebe!" gebot Marty mit erhobener Hand. „Mehr als ein Kind kann ich nicht auf einen Schlag verkraften."

Sie lachten, und Marty stand auf, um sich zu verabschieden.

„Ich bin so froh, daß du gekommen bist, Mama", sagte Kate aufrichtig. „Ich hatte dich so sehr vermißt! Pa hat hin und wieder bei uns hereingeschaut, und das war uns eine große Hilfe, besonders für Luke."

Als Marty ihre Schwiegertochter zum Abschied in die Arme nahm, bekamen beiden Frauen die entrüsteten Fußtritte des ungeborenen Kindes zu spüren. Lachend trat Kate einen Schritt zurück.

„Quicklebendig ist sie, die Kleine! Ach, ich kann's kaum erwarten, bis sie endlich kommt!"

Marty erging es nicht anders.

„Auf Wiedersehen bis zum Abendbrot, Kate. Ich gehe schnell und sage Ellie Bescheid."

„Ich freue mich schon auf die fröhliche Tischrunde", erwiderte Kate und fügte hinzu: „Gib acht, daß du mir nicht fällst. Der Schnee hat seine Tücken, weißt du."

Marty versprach es und machte sich auf den Heimweg. Unterwegs zog sie die frische, klare Winterluft mit vollen Zügen ein. Eigentlich sollte sie öfter einmal einen Spaziergang machen, nahm sie sich vor. Die frische Luft tat ihr wohl, und auch die Bewegung war gut für sie.

Auch Kate gehörte häufiger nach draußen an die Luft.

Marty betete um wärmeres Wetter, damit die junge Frau endlich einmal aus dem Haus kam und ihre Wangen die rosige Farbe von früher zurückgewannen. Die gute Kate! Wie tapfer sie sich gehalten hatte! Plötzlich mußte Marty wieder an das kleine Kinderzimmer denken. Ob sie es unverändert gelassen hatten? Sie hatte nicht gewagt, danach zu fragen. Mit Gottes Hilfe würde das Zimmer nicht gar zu lange leerstehen.

Ein Wiedersehen mit Folgen

„Sieh mal, wen ich uns zum Abendbrot mitgebracht habe“, kündigte Clark an. Marty hob den Kopf in der Erwartung, Luke und Kate an der Tür zu sehen. Statt dessen war es Lane, der ein wenig befangen seine Fäustlinge abstreifte.

„Lane! Wie nett, daß du gekommen bist!“

Marty sah Ellies Kopf in die Höhe fahren.

„Wir haben so lange nichts von dir gehört und gesehen“, sagte Marty. „Wie stehen denn die Dinge drüben bei den LaHayes?“

„Alles bestens“, erwiderte Lane. „Kann nicht klagen. Gestern kam ein Brief vom Boß. Er schreibt, daß seine Eltern nächste Woche zurückkommen. Willies Pa hat beschlossen, in den Westen überzusiedeln. Sogar sein Bruder überlegt, ob er sich dazugesellen soll, wenn sich ein Käufer für seine Farm hier findet.“

„Er will die Farm verkaufen?“ Martys Stimme klang überrascht.

„Der Westen scheint es ihm angetan zu haben“, erklärte Lane. Dabei wagte er nicht, Ellie anzusehen. Ob sie seine Gedanken erraten konnte?

Er hatte in den vergangenen Tagen lange darüber nachgedacht, wie in aller Welt er Ellie nur ein gesichertes Auskommen bieten konnte, wenn er sich zum Hierbleiben entschloß. Nun, er könnte sich als Farmer seinen Lebensunterhalt verdienen, hatte er überlegt. Immerhin kannte er sich inzwischen ein wenig mit der Milchwirtschaft aus. Vom Ackerbau verstand er allerdings so gut wie nichts. Aber das ließe sich ja erlernen, hatte er sich gesagt. Er würde sich erkundigen. Er würde selbst auf Knien um

Ratschläge betteln, wenn er dadurch nur seine Ellie bekäme. Doch da war noch die Sache mit dem Geld. Draußen im Westen konnte ein Mann mit dem rechten Abenteurergeist noch ein Stück Land zu erschwinglichen Preisen erwerben. Hier war der fruchtbare Boden längst aufgekauft und verteilt worden. Diejenigen unter den Besitzern, die ihren Hof zu verkaufen suchten, forderten Preise in schwindelerregender Höhe. Lane hatte das erfahren, als er seine Erkundigungen eingezogen hatte. Selbst Willies Bruder hatte einen Preis für sein Gut genannt, der Lanes Ersparnisse um ein Vielfaches überstieg. Der Bankier würde ihn glatt auslachen, wenn er ihm sein Anliegen vortrug!

Nein, Lane sah einfach keine Möglichkeit, eine eigene Farm zu bewirtschaften. Bliebe er um Ellies willen hier, so würde er ihr kein gesichertes Dasein bieten können. Ellie wiederum wollte ihrer Mutter nicht den Kummer antun, in den fernen Westen überzusiedeln. Die Lage war hoffnungslos, und Lane war tief betroffen darüber.

So vermied er es nun, Ellie in die Augen zu schauen, damit sie den schmerzlichen Schatten in seinem Blick nicht bemerkte. Vielleicht war er Ellie ohnehin völlig gleichgültig, überlegte er. Vielleicht erwiderte sie seine Zuneigung nicht. In der Umgebung gab es ganze Scharen von wohlsituierten jungen Burschen, die dieses Mädchen lieber heute als morgen als ihre Braut heimführen würden. Lane hatte es bei dem geselligen Abend der Jugendlichen am Ort deutlich gespürt. Ellie würde ein besseres, ja, vielleicht sogar glücklicheres Leben führen können, als er es ihr je bieten konnte, und Ellies Glück war ihm wichtiger als alles in der Welt.

„Als du sagtest, du hättest jemanden zum Essen mitgebracht, habe ich felsenfest mit Luke und Kate gerechnet. Die kommen nämlich auch noch!“ sprudelte Marty heraus.

„Prima!“ freute auch Clark sich. „Das bedeutet, daß Kate sich besser fühlt. Schön, einen Teil der Familie um unseren Tisch versammelt zu sehen!“

Ellie hatte die Essensvorbereitungen nahezu abgeschlossen und war nun damit beschäftigt, die dampfenden Schüsseln aufzutragen. Vom Küchenfenster hatte sie ein kleines Veilchen mit samtigen, tiefvioletten Blüten genommen und den Tisch damit geschmückt. „Die passen genau zu Kates hübschen Augen", hatte sie zu Marty gesagt. Das Pflänzchen verlieh dem Tisch einen duftigen, farbigen Akzent und weckte die ersten Hoffnungen auf den Frühling.

„So, so, die LaHayes werden uns also verlassen", bemerkte Clark zu Lane und schob ihm einen Stuhl zu. „Ich hätte nie gedacht, daß es ihnen so gut in Willies Westen gefallen würde. Obwohl – der Westen hat seine Reize, das muß man ihm lassen."

Lane liebte den Westen. Für ihn war dieses Land nicht nur reizvoll; er konnte sich sogar keine schönere Heimat als den Westen Amerikas vorstellen.

„Du hast's gewiß selbst eilig, wieder westwärts zu reisen, nicht wahr?" erkundigte sich Clark.

Lane wollte wahrheitsgemäß Auskunft geben, doch er wußte nicht recht, wie er sich ausdrücken sollte.

„Die Gegend hier hat auch ihre Reize", antwortete er schließlich nur, und Clark stellte ihm keine weitere Frage.

Schritte von der Veranda her kündigten Lukes und Kates Kommen an. Clark ging an die Tür, um ihnen beim Ablegen ihrer Winterjacken behilflich zu sein. Er gab Kate einen Kuß auf die Stirn und hieß sie willkommen.

Luke und Lane schüttelten einander die Hand zur Begrüßung. Erst vor wenigen Stunden hatten die beiden sich nach der Arbeit im Wald voneinander verabschiedet, doch begrüßten sie sich jetzt mit einer Herzlichkeit, als hätten sie einander tagelang nicht gesehen. Marty freute sich über die Kameradschaft zwischen den beiden jungen Männern.

Clark übernahm die Sitzordnung am Tisch. Er selbst setzte sich wie gewöhnlich an das Kopfende. Martys Platz war am anderen Ende des Tisches. Zu Clarks Linken saßen Kate und Luke, während die beiden Gedecke zu seiner Rechten für Ellie und Lane bestimmt waren. Ellies Nähe machte Lane befangen. Er war dankbar, daß er ihr nicht gegenüber saß und ihr daher nicht in die Augen zu sehen brauchte.

Die Unterhaltung war heiter und gelöst. Selbst Kate schien in der munteren Stimmung aufzublühen. Ellie war als einzige still und zurückhaltend. Sie gab vor, mit dem Nachfüllen der Schüsseln und des Brotkorbs vollauf beschäftigt zu sein. Sie schenkte den Kaffee aus und hielt sich länger als gewöhnlich bei dem Servieren des Nachtisches auf. Marty fragte sich im stillen, ob sie sich selbst überhaupt einen Bissen von dem schmackhaften Mahl gegönnt hatte.

Nach dem Essen schob Clark frische Holzscheite in den Kamin in der Wohnstube und bat die Familie, es sich bequem zu machen. Marty war im Begriff, das Geschirr in die Küche zu tragen, doch Ellie schickte sie in die Wohnstube zurück. Ihre Gesellschaft wurde dort dringender gebraucht als ihre Hilfe in der Küche, versicherte sie ihr, und Marty ließ sich gern überreden.

Lane wußte nichts Rechtes mit sich anzufangen. Bald stocherte er im Feuer herum, bald beteiligte er sich an der Unterhaltung, dann schob er die Polster seines Stuhles zurecht. Im Grunde wünschte er sich nichts sehnlicher, als in die Küche zu Ellie zu eilen, doch er wagte es nicht. Er wußte genau, daß er, ungeschickt wie er war, ein unbedachtes Wort fallen lassen würde, das ihr seine Liebe zu ihr verraten könnte. Nein, er durfte es nicht wagen. Ellie durfte nicht erfahren, wie sehr er in sie verliebt war. Er wollte ihr um nichts in der Welt wehtun. Wenn er doch nur einfach aufspringen und davonreiten könnte, dachte er immer wieder. Es war ihm eine regelrechte Qual, dem munteren Gespräch der Familie zuhören zu müssen.

Indessen lauschte er angestrengt auf jedes Geräusch von der Küche her, wo Ellie gerade das Geschirr aufwusch. Er hörte, wie sie den Tellerstapel in das Regal stellte; dann sortierte sie das Besteck in die Schublade. Danach hängte sie die Tassen an die Haken. Sie wischte den Tisch und die Anrichte sauber. Nun scheuerte sie die Spülschüssel mit ihrem feuchten Tuch aus, bevor sie das Wasser ausschüttete. Sie stellte die Schüssel beiseite und hängte die Geschirrtücher neben dem großen schwarzen Herd zum Trocknen auf. Nun war sie fertig. Gleich würde sie sich die Hände an dem Küchentuch trocknen und ihre Schürze ablegen. Lane war gespannt darauf, ob sie sich zu dem Rest der Familie gesellen würde, oder ob sie sich unter einem Vorwand in ihr Zimmer zurückziehen würde.

Leise kam Ellie in die Stube gehuscht und wählte einen Platz in der Nähe des Kamins. Sie starrte in die Flammen, als suche sie eine geheimnisvolle Botschaft darin zu entziffern.

Es war ein rundherum mißglückter Abend gewesen. Sie hatte Lane seit – nun, eigentlich seit Weihnachten nicht mehr gesehen, ausgenommen im Gottesdienst und bei der Beerdigung des Säuglings. Sie hatte sich schon den Kopf darüber zerbrochen, was sie ihm sagen würde, wenn sie ihn wiedersah. Und – was würde er wohl antworten? Ob er sie bitten würde, seinen Antrag aufs neue zu bedenken? Pa hatte doch selbst gemeint, daß Lane kein Mann war, der leicht aufgab, und nun hatte es den Anschein, als hätte er sich geirrt. Vielleicht war sie ihm gleichgültig geworden. Aber nein, das konnte nicht sein. Davon war sie überzeugt. Aber warum sagte er dann nichts? Warum saß er tatenlos da? Befürchtete er etwa, wieder einen Korb von ihr zu bekommen? Ellie war ratlos. Es zeugte kaum von Anstand, wenn sie als Mädchen ... Nein, ausgeschlossen. Das war einfach undenkbar.

So kam es, daß zwei unglückliche Seelen nur wenige Meter voneinander entfernt und doch durch einen Ozean des Zweifels getrennt in der Stube saßen, und keiner erriet die Gedanken des anderen.

Ellie bemühte sich, an dem allgemeinen Gespräch teilzunehmen, gestand sich aber bald ein, daß es zwecklos war. Sie war einfach nicht zum Plaudern aufgelegt. Sie verließ die Wohnstube und ging in die Küche zurück. Tränen rannen ihr ungehindert übers Gesicht, während sie ein Schälchen mit Essensresten für Rex zurechtmachte und die Haustür leise hinter sich zuzog.

Lane blieb noch ein paar Minuten sitzen. Seine Befürchtungen hatten sich als richtig erwiesen. Ellie machte sich nichts aus ihm. Er bedankte sich bei seinen Gastgebern für die Einladung und verabschiedete sich. Es war höchste Zeit, daß er sich auf den Heimweg machte, erklärte er. Früh am Morgen erwartete ihn die Arbeit im Wald. Das Fällen der Bäume war nun beinahe abgeschlossen; als nächstes mußte das Holz gesägt und gespalten werden.

Clark und Luke sprangen auf, um ihn zur Scheune zu begleiten, doch er winkte ab.

„Nicht nötig“, versicherte er ihnen. „Ich werde meinen Johnny schon selbst finden.“

Gesenkten Kopfes ging er zur Scheune. „Noch eine Woche“, sagte er sich immer wieder, „noch eine Woche, und ich muß mein Bündel packen.“

Er schob das Scheunentor auf. Überrascht stellte er fest, daß im Innern der Scheune schon ein Licht brannte. Er hatte nicht gewußt, daß Clark nachts eine Lampe in der Scheune brennen ließ. So etwas war nicht ungefährlich, und ein erfahrener Farmer sollte ... Aber dann sah er Ellie. Sie kniete neben dem beinahe ausgewachsenen Rex im Stroh und streichelte ihn zärtlich. Auf ihren Wangen glitzerten Tränen.

Lane wußte nicht recht, ob er sich bemerkbar machen oder leise weggehen sollte und ohne sein Pferd zu Fuß heimgehen. Im nächsten Moment hob Ellie jedoch den Kopf und sprang erschrocken auf.

„Ich ... Ich habe ihm nur geschwind sein Futter gebracht“, entschuldigte sie sich stotternd.

Lane räusperte sich. Verzweifelt suchte er nach Worten.

„Er ist aber groß geworden ... ich meine ... er ist ja fast schon erwachsen“, sagte er schließlich aus Verlegenheit.

Ellie wischte sich verstohlen die Tränen aus dem Gesicht.

„Ja. Kaum zu glauben, nicht?“ Sie versuchte ein Lachen und schob den schwanzwedelnden Rex von sich.

Beide schwiegen.

„Reitest du heim?“ fragte Ellie, um die Stille auszufüllen.

„Ja. Ja, das tu’ ich. Ich ... ich .... Vielen Dank fürs Abendessen. Hat prima geschmeckt. Kein Vergleich zu meiner Junggesellenküche.“

„Gern geschehen. Jederzeit! Bald wird’s ja nun ein Ende haben mit deiner Junggesellenküche.“

„Stimmt.“ Er machte eine Pause. „Gegen deine Kochkunst kann sich Smutjes Eintopf aber auch nicht sehen lassen.“

Sie lachten gezwungen.

Ellie bückte sich und hob das leere Schälchen vom Boden auf.

„Wann möchtest du dir Rex abholen?“ erkundigte sie sich. „Du wirst ihn doch mitnehmen, oder etwa nicht?“

„Aber klar!“ antwortete Lane schnell. Daß er nicht die geringste Ahnung hatte, wie er einen Hund in der Eisenbahn nach Westen schaffen sollte, behielt er jedoch für sich. „Es wird schon irgendwie gehen“, dachte er im stillen.

„Ich weiß nicht, ob ein Rancher einen Hirtenhund überhaupt gebrauchen kann“, sagte Ellie, „aber Rex macht seine Sache glänzend. Er kann die Herde schon von der Weide heimtreiben. Er hält die Tiere scharf im Auge. Ich glaube, er würde einen erstklassigen Farmhund abgeben.“

Ellie wußte selbst nicht, warum sie das gesagt hatte. Sie hatte kein peinliches Schweigen aufkommen lassen wollen und die Sprache daher auf etwas Belangloses gebracht.

„Ich wünschte, ich wäre ein Farmer“, sagte Lane langsam.

Ellie war überrascht.

„Wirklich? Ich dachte immer, dir läge der Westen im Blut und ...“

„Das tut er auch, aber ich ...“ Lane unterbrach sich. „Schau mal, Ellie“, sagte er , „ich muß mit dir sprechen, aber nicht hier. Können wir vielleicht in die Küche gehen oder ... irgendwohin?“

„Wir können einen Spaziergang machen.“

„Wirst du denn nicht frieren?“

„Ich habe einen warmen Mantel an.“

Ellie setzte die Schüssel in das Stroh zurück und nahm die Laterne vom Haken. Lane vermutete, daß sie sie mit nach draußen nehmen wollte, doch statt dessen trug sie sie zur Tür, blies sie aus und stellte sie draußen ab.

„Aus Sicherheitsgründen, weißt du. Pa hat nämlich einmal eine Scheune durch ein Feuer verloren.“

Sie schlugen den Pfad ein, der vom Hof zur Straße führte. Der Himmel über ihnen war klar. Unzählige Sterne funkelten auf sie herab. Eine silberne Mondsichel stand über dem Horizont. In den blattlosen Baumkronen spielte leise der Wind. Sie gingen schweigend nebeneinander her. Ellie war fest entschlossen, darauf zu warten, bis Lane das erste Wort fand, gleichgültig, wie lange er dazu brauchte.

Es dauerte nicht lange.

„Ich habe die Kette noch“, sagte er.

„Ja, wirklich?“

„Ich möchte sie dir gerne schenken, selbst wenn ... selbst wenn ...“ Er hielt inne und begann aufs neue. „Ich habe vorhin gesagt, daß ich gern eine Farm hätte. Was ich damit gemeint habe, war, daß ... daß ... also, wenn ich eine Möglichkeit hätte, hier wohnen zu bleiben, damit ... nun, damit ... Aber alles Kopfzerbrechen ist umsonst gewesen. Ich weiß einfach nicht, woher ich das Geld für eine Farm nehmen soll.“

„Liegt dir der Ackerbau denn mehr als die Rinderzucht?“

Lane wollte aufrichtig mit ihr sein.

„Nein, das nicht gerade“, sagte er. „Ich mag das Cowboy-Leben noch immer sehr.“

„Warum möchtest du dann eine Farm kaufen?“

„Ich ... ich hab’ gedacht, das wüßtest du selbst.“

Ellie blieb stehen, um die Arme auf einen Weidenzaun zu stützen. Lane stellte sich neben sie.

„Ellie“, sagte er und schöpfte tief Luft, „Ellie, ich liebe dich. Ich weiß, ich habe dir nicht viel zu bieten – längst nicht die Dinge, die ein Mann einer Frau bieten sollte. Du hast mir gesagt, daß du nicht in den Westen ziehen kannst, weil’s deiner Mama das Herz brechen würde. Ich würde gerne hierbleiben und eine Farm übernehmen oder in der Stadt eine Arbeit suchen, wenn ich ... wenn ich damit nur einen gesicherten Unterhalt für dich verdienen könnte. Ich habe schon ganze Nächte lang wachgelegen und hin und her überlegt, wie ich’s nur anstellen solle, aber ...“

Ellie legte ihre Hand auf seinen Arm. Lane verstummte.

„Lane“, sagte sie leise, „du hast also die Kette noch?“

Verwirrt nickte er.

„Hast du sie bei dir?“

Lane deutete auf die Brusttasche seiner Jacke.

„Ich glaube, ich würde sie jetzt gern annehmen“, flüsterte Ellie.

Mit unsicheren Fingern zog er das zierliche Kettchen aus seiner Tasche hervor.

„Legst du sie mir bitte um?“ bat Ellie. Sie hob sich ihre dichten goldenen Locken aus dem Nacken und wandte sich um, damit Lane die Kette um ihren Hals befestigte. Er fragte sich, ob seine großen Männerhände den winzigen Haken je schließen könnten, doch irgendwie schaffte er es. Ellie wandte sich wieder zu ihm um, stellte sich auf die Zehenspitzen und küßte ihn auf die Wange.

„Dank’ dir“, flüsterte sie.

Lane trat einen Schritt zurück.

„Ellie, bitte nicht! Mach dich nicht über mich lustig!“ bat er.

„Das war kein Scherz.“

„Aber …“

„Vorhin hast du mir deine Liebe gestanden.“

„Das stimmt. Ich liebe dich wirklich.“

„Und ich habe dein Geschenk angenommen.“

„Aber ein Kuß …“

„Lane“, unterbrach sie ihn, „ich würde nie einen Mann küssen, den ich nicht liebe.“

„Aber deine Mama? Du hast doch …“

„Ich habe mit meiner Mama gesprochen – nachdem mein Pa mir den Kopf gründlich zurechtgerückt hat. Beide meinen, daß ich das Recht hätte, mein Leben selbst zu leben. Sie wollen nur, daß ich glücklich werde, ganz gleich, wohin es mich verschlagen mag. Wenn es nun zufällig der Westen ist, dann …“

Doch Lane hatte genug gehört. Allmählich dämmerte es ihm.

„Oh, Ellie!“ flüsterte er mit erstickter Stimme und zog sie an sich.

Sie sprachen noch lange im Mondschein miteinander. Endlich hörten sie die Haustür schlagen, und Stimmen drangen durch die frostklare Nacht zu ihnen heraus. Luke und Kate hatten sich offensichtlich soeben auf den Heimweg gemacht.

„Liebe Güte, es ist gewiß schon mächtig spät geworden!“ seufzte Ellie.

„Zu spät für ein Gespräch von Mann zu Mann mit deinem Pa?“

Ellie lächelte ihn an. „Dafür ist's nie zu spät“, versicherte sie ihm, und Hand in Hand gingen sie zum Haus zurück.

Ma kommt zu Besuch

Martys Niederkunft rückte von Tag zu Tag näher. Sie dachte häufig an Ma Graham. Es bedrückte sie, ihre Freundin so lange nicht gesehen zu haben. Zwar hatte Ma ihre Kinder um sich, doch Marty ahnte, daß sie ihre Gesellschaft vielleicht sehr vermißte.

Ellies Vorhaben, sie für einen Tag herzuholen, hatte sich zerschlagen. Die unerwartete Geburt von Kates Baby hatte alle Pläne über den Haufen geworfen. Doch nun, so meinte Marty, sei die Zeit für einen neuen Versuch gekommen. Sie wußte selbst nicht zu sagen, welche der beiden Frauen die andere mehr vermißt haben mochte.

Marty war unsagbar erleichtert darüber, Ellie endlich wieder aufblühen zu sehen, seitdem sie und Lane zueinander gefunden hatten. Wenn sie jemandem das große Glück von Herzen gönnte, so war es ihre Ellie. Dazu war es tröstlich zu wissen, daß die beiden Schwestern bald nahe beieinander wohnen würden. Dennoch gab Marty sich keinen trügerischen Hoffnungen hin: Es würde ihr trotz allem sehr schwerfallen, ihre Ellie in den Westen ziehen zu lassen. Sie mußte unbedingt mit Ma darüber reden. Ma würde verstehen, wie es ihr ums Herz war.

Marty beschloß, Clark ihr Anliegen vorzubringen.

„Ich muß in letzter Zeit oft an Ma Graham denken", sagte sie. „Wie's ihr wohl ergehen mag?"

„Ich denke auch öfters an sie", erwiderte Clark.

„Wäre vielleicht keine schlechte Idee, sei einmal zu besuchen", fuhr Marty fort.

„Übermorgen muß ich ohnehin in die Stadt fahren; da kann ich unterwegs bei ihr reinschauen. Vielleicht braucht sie das eine oder andere, das ich ihr aus dem Gemischtwarenladen besorgen könnte."

Marty schwieg. Er hatte ihr den Wind aus den Segeln genommen.

„Ich hatte eigentlich weniger an Einkäufe in der Stadt gedacht." Sie wagte einen neuen Vorstoß. „Ich meine halt, sie ist jetzt wohl viel allein und könnte Gesellschaft gebrauchen."

„Aha", nickte Clark. „Nun, Lou und seine Frau wohnen ganz in der Nähe. Die Mädchen kommen bestimmt auch häufig zu Besuch."

„Manchmal fehlt einem aber auch einfach ein Schwatz mit einer Nachbarin", deutete Marty an.

„Das wäre im Moment nicht gerade ratsam."

„Was wäre nicht ratsam?" fragte Marty mit unschuldiger Miene.

„Daß du mit dem Gespann zu Ma fährst."

„Habe ich das vielleicht gesagt?"

„Nicht direkt – aber im Grunde hast du schon darauf hinausgewollt, oder etwa nicht?"

„Hm, ja und nein ... also, genauer gesagt, ich wollte dich bitten, ob du sie einfach mal für einen Vormittag oder so abholen und sie später wieder heimbringen würdest."

Clark lachte.

„Warum hast du das denn nicht gleich gesagt?"

„Ich wußte nicht, was du von der Sache halten würdest", gestand Marty.

„Meine Meinung über eine Sache und meine Zustimmung dazu sind oft zwei Paar Schuhe", sagte Clark nüchtern. „So gut kennst du mich doch wohl inzwischen."

Marty strich ihm zärtlich über die Wange.

„Hast recht", sagte sie. „Gerade das liebe ich so sehr an dir."

Clark lachte und küßte ihre Finger.

„Ich will sehen, was sich machen läßt", sagte er nur, und Marty wußte, daß sie sich auf sein Versprechen verlassen konnte.

„Gleich morgen?"

„Ja, am liebsten gleich morgen."

Froh gestimmt ging Marty an diesem Abend zu Bett. Der nächste Tag sollte ihr endlich ein Wiedersehen mit ihrer lieben, vertrauten Freundin bringen.

Clark spannte gerade die Pferde vor den Schlitten, um sich auf den Weg zu Ma Graham zu machen, als Lady ein lautstarkes Gebell anstimmte und einem sich nähernden Gespann entgegenlief. Der Kutscher war niemand anders als Lou Graham.

Clark knotete die Zügel um einen Zaunpfosten und ging dem Gespann entgegen. Sein Krückstock klopfte dumpf auf dem gefrorenen Erdboden.

Lou war nicht allein gekommen. In mehrere warme Decken gehüllt, saß Ma neben ihm im Schlitten.

Nach einigen Worten der Begrüßung erklärte Lou den Grund ihres Kommens.

„Ma redet schon seit Wochen von Marty. Heute habe ich eine Ladung Futtergerste von Spencers abzuholen; da habe ich Ma kurzerhand aufgeladen, um sie bei Marty abzusetzen."

„Sieh mal einer an", staunte Clark. „Ich war nämlich gerade dabei, unseren Schlitten anzuspannen, um dich abzuholen, Ma. Marty konnte es kaum erwarten, dich wiederzusehen."

Clark half Ma aus dem Schlitten, und Lou machte sich zur Weiterfahrt bereit.

„Lou, ich bringe deine Ma nach Hause, wenn sie und Marty das Plaudern leid geworden sind", versprach Clark schmunzelnd.

„Das wäre prima – wenn's Ihnen nichts ausmacht. Dann kann ich nämlich gleich von Spencers aus zur Stadt weiterfahren und schnell noch ein paar Besorgungen machen."

Das Gespann fuhr vom Hof, während Clark Martys Gast zum Haus begleitete. Die Pferde würde er gleich darauf wieder in die Scheune führen und ihnen frisches Heu geben.

Marty wollte ihren Augen kaum trauen, als Clark mit

Ma die Küche betrat. Clark konnte doch unmöglich schon von den Grahams wieder zurück sein!

Als Clark ihr alles erklärt hatte, lachte sie herzlich und schob einen bequemen Küchenstuhl für Ma zurecht. Ellie stellte einen Kessel mit Wasser auf den Herd und deckte den Tisch. Nachdem sie einen Teller mit Plätzchen dazugestellt hatte, zog sie sich zurück.

„Ich lauf' schnell für ein Weilchen zu Kate", sagte sie.

„Nicht so eilig, junge Dame!" rief Ma sie zurück. „Was hört man da über dich und diesen gutaussehenden Cowboy aus dem Westen?"

Ellie errötete.

„Nun, was ist? Stimmt's?" beharrte Ma augenzwinkernd.

„Ja ... schon ... das heißt, falls die Leute das richtige erzählt haben.

Ma zog Ellie an sich und schloß sie in ihre mütterlichen Arme.

„Ich freue mich ja so für dich!" sagte sie mit rauher Stimme. „Ihr jungen Leute seid mir immer wie meine eigenen Kinder gewesen. Ich wünsche dir alles Glück der Welt, Ellie. Gott segne dich!"

Ellie dankte ihr mit feuchten Augen. Von frühester Kindheit an war Ma Graham ihr die Großmutter gewesen, die so sehr gefehlt hatte. Sie würde sie arg vermissen; das wußte sie schon jetzt. Großmütterliche Frauen waren draußen im Westen gewiß eine Seltenheit.

Ellie vermutete, daß ihre Mama gern mit ihrer Freundin allein sein wollte. So schlang sie sich ein warmes Schultertuch um den Hals und schlüpfte in ihre Stiefel, um sich auf den Weg zu Kate zu machen, damit die beiden Frauen unter sich sein konnten.

„Hm, wie geht's dir denn eigentlich, Marty?" fragte Ma anteilnehmend. „Du hast ja vielleicht einen Winter hinter dir! Ich habe so oft an dich denken müssen. Erst mußtest du dich an die unerwartete Aussicht gewöhnen, daß du wieder Mutterfreuden entgegensiehst. Dann passierte die Sache mit Lukes und Kates Baby, und jetzt Ellies Verlobung. Ist sicher gar nicht so einfach für dich, wenn alles auf einmal über dich hereinbricht."

Marty hatte gewußt, daß Ma sie verstehen würde. Ma war kein Mensch, der sich lange mit Vorreden aufhielt. Sie kam stets gleich zur Sache.

„Ja, schon", antwortete sie nachdenklich. „Die letzten Monate haben schon allerhand an Aufregungen mit sich gebracht; da hast du recht. Es tat uns allen in der Seele weh, Luke und Kate so betrübt zu sehen. Aber weißt du, Ma, ich bin mächtig stolz auf die beiden. Sie haben sich alle beide tapfer geschlagen. Beispielhaft haben sie alles ertragen."

„Man kann's ihnen ansehen, daß sie nicht bitter darüber geworden sind. Das ist gut so, Marty. Bitterkeit ist nämlich ein hartes Brot. Ich weiß es aus eigener Erfahrung; bin' doch selbst davon geplagt worden."

„Du?"

„Aber ja! Und ich hätte es bis zum heutigen Tag noch nicht überwunden, wenn du und Clark nicht gewesen wärt."

„So? Was haben wir denn damit zu tun gehabt?"

„Du kannst dir gar nicht vorstellen, was damals vor Weihnachten in mir vorgegangen ist. Ich weiß, ich habe dir damals nicht alles erzählt, aber ich war vom Leben gründlich enttäuscht. Ich hatte mir eingeredet, wie ungerecht es war, daß ich zwei gute Männer verlieren mußte. ‚Es gibt genug Frauen auf der Welt, die ihren Mann noch nicht mal ausstehen können', dachte ich, ‚und ich habe gleich zwei Ehemänner zu Grabe tragen müssen, die ich von Herzen geliebt habe.' Das fand ich einfach ungerecht, furchtbar ungerecht. Ich wußte nicht mal, ob ich meine Bitterkeit um der Kinder willen einfach runterschlucken sollte oder nicht. Alles war so ... so hoffnungslos. Und dann kamt ihr, du und Clark, und habt mir begreiflich gemacht, daß ich trotz allem noch meine Kinder hatte und daß sie meinen Trost brauchten. Als ich so darüber nachdachte, fiel mir noch etwas anderes ein. Zugegeben, manche Frauen lieben den Mann, den sie noch haben, nicht sonderlich – aber das ist im Grunde eine tieftraurige Angelegenheit. Ich jedoch hatte gleich zwei gute Kameraden zur Seite. Wie viele Frauen können das schon von sich sagen? Und wenn ich denke, daß ich mich darüber beschweren konnte!“

Marty lächelte beeindruckt.

„So habe ich mir also vorgenommen“, fuhr Ma fort, „daß ich meinem Schöpfer von jetzt an für all die guten Jahre, die Er mir geschenkt hat, danken werde, anstatt mich über die Zeit, die noch vor mir liegt, zu beklagen.“

„Und hat's geholfen?“

„Und wie! Jeden Tag fällt mir ein neuer Grund zum Danken ein. Ich habe eine großartige Familie mit meinen und Bens Kindern. Wir haben gemeinsam eine prächtige Mannschaft großgezogen. Also, wenn das kein Grund zur Dankbarkeit ist!“

Marty stimmte von ganzem Herzen zu. Unvorstellbar traurig, wenn man Kinder hatte, die von Jesus Christus nichts wissen wollen!

„Und niemand kann mir die Erinnerung an glückliche Tage nehmen. Allein das ist schon eine Goldgrube.“

Darüber hatte Marty noch gar nicht nachgedacht. Ma hatte natürlich recht.

„Ist der Kummer denn dadurch erträglicher geworden? Ich meine, tut's jetzt nicht mehr so arg weh, daß Ben nicht mehr da ist?“ fragte Marty leise.

„Ein Kinderspiel ist es noch lange nicht, weißt du. Oft geht mir bei der Erinnerung ein Stich durchs Herz, aber dann sage ich mir immer: ‚Heute ist ein neuer Tag. Heute wird's ein winziges Stück leichter gehen als gestern.‘“

Marty erhob sich, um die Kaffeekanne vom Herd zu holen.

„Und du? Wie sieht's bei dir aus?“

Plötzlich erkannte Marty, daß ihr Leben im Grunde in schönster Ordnung war. Zugegeben, sie hatte sich nach

Ma gesehnt, damit sie ihr das Herz ausschütten und sich allen Schmerz über die Ereignisse der letzten Zeit von der Seele reden konnte. Sie hatte Ma ihr Leid über den baldigen Abschied von Ellie klagen wollen. Sie hatte sich Trost von Mas mitfühlenden Augen und ihrem mutmachenden Händedruck erhofft und ihren Kummer mit ihrer Freundin teilen wollen. Das alles brauchte sie nun nicht mehr. Sie hatte es nicht einmal verdient. Keiner Mutter blieb es erspart, ihre Kinder ab und zu leiden zu sehen. Keine Mutter durfte ihre Kinder für immer zu Hause für sich behalten. Eins nach dem anderen verließen sie das Elternhaus. So war das Leben halt: Man brachte sie zur Welt, fütterte sie, zog sie groß und lehrte sie, auf eigenen Füßen zu stehen, damit sie eines Tages frei waren und die Verantwortung für sich selbst übernehmen konnten. Arbeit und Liebe, Freud und Leid – das alles hatten sie nun selbst zu tragen. Marty schluckte ihre heimlichen Tränen hinunter und lächelte Ma tapfer an.

„Gut steht's, wirklich", bekräftigte sie. „Wir haben einen guten Winter hinter uns. Kate und Luke sind durch ihren Kummer ihrem Heiland nähergekommen – und einander auch. Die Zukunft wird ihnen noch gesunde Kinder bescheren. Nandry ist mit Gott ins reine gekommen, was ihren Vater und Clarks Unfall betrifft. Ellie hat den Mann ihrer Träume gefunden, und an Lane wird sie einen treuen, gottesfürchtigen Lebensgefährten haben. Und ich? Ich habe immer noch dieses kleine Persönchen hier, das sich nun bald einstellen wird. Ellie hofft, daß es ein Mädchen ist, aber ich hätte nichts gegen einen kleinen Jungen, wenn er in die Fußstapfen seines Vaters oder seiner älteren Brüder tritt."

Der Prediger sucht Rat

Marty hatte oft mit Unbehagen daran gedacht, bei ihrer Heimkehr aus dem Westen eine Kirche ohne Pastor Joe vorzufinden. Es war nicht nur der Schwiegersohn, den sie an Joe vermissen würde, sondern auch der Prediger auf der Kanzel. Die Umstellung auf einen neuen Pastor hatte sich jedoch als weitaus leichter erwiesen, als sie befürchtet hatte. Der junge Geistliche am Ort hatte sich schnell einen Platz in den Herzen seiner Pfarrkinder erorbert.

Pastor Brown war sein Name, wenn er auch von vielen Gemeindemitgliedern Pastor John genannt wurde. Er schien ein großes Geschick im Umgang mit Menschen zu besitzen. Besonders die älteren Leute unter den Kirchgängern waren immer wieder davon beeindruckt, wie er Mißverständnisse zu klären und Spannungen zu schlichten verstand. Selbst die Kinder zollten ihm ihren Respekt. Sie hatten schnell gespürt, wie gut er es mit einem jeden von ihnen meinte.

Clarks Erstaunen war nicht gering, als er von seiner Flickarbeit an einem Zaumzeug aufsah und Pastor Brown die Scheune betreten sah.

„Welche Überraschung! Guten Tag, Herr Pastor!“ begrüßte er den Geistlichen. „Wenn Sie einen Moment warten wollen, hänge ich schnell das Zaumzeug drüben an den Haken, und dann gehen wir beide ins Haus und schauen mal nach, was die Frauensleute einem alleinstehenden jungen Pastor aufzutischen haben.“

Pastor John lächelte.

„Im Haus bin ich gerade gewesen und hab’ den Frauen einen guten Tag gewünscht. Sie haben mich übrigens schon zum Essen eingeladen. Ich bin Ihnen also, wie Sie sehen, einen ganzen Schritt voraus. Es duftet übrigens vielversprechend in der Küche."

„Dann machen wir's uns doch im Haus bequem, bis es Essenszeit ist."

„Nein, nein, lassen Sie nur! Lassen Sie sich doch bitte nicht bei der Arbeit stören. Ich setze mich hier auf diesen Schemel und schau Ihnen beim Flicken zu. Unterhalten können wir uns dabei geradesogut wie im Haus."

Clark ahnte, daß der junge Mann etwas auf dem Herzen hatte, das er unter vier Augen mit ihm besprechen wollte. Er nahm das Zaumzeug wieder zur Hand und fuhr mit dem Ausbessern fort, um dem Prediger die Gelegenheit zu geben, sein Anliegen vorzubringen.

„Das war ein langer, harter Winter", sagte der Geistliche. „Ich will froh und dankbar sein, wenn die Frühlingssonne endlich vom Himmel lacht."

„Ich auch", stimmte Clark zu, „ich auch, und ich denke mir, den Tieren, ob wild oder zahm, geht's bestimmt nicht anders."

„Da haben Sie gewiß recht."

„Wo wir von Tieren sprechen – haben Sie denn Ihres mitgebracht?"

„Allerdings; ich bin zu Pferd gekommen, denn bei diesem Schnee marschiert es sich schlecht."

„Holen Sie's doch geschwind in die Scheune herein", schlug Clark vor.

„Draußen im Sonnenschein ist die Kälte erträglich, und ich bleibe ohnehin nicht allzulange."

„Es hätte aber sicher nichts gegen eine Krippe voll Hafer einzuwenden, glaube ich!" gab Clark zurück. „Wer weiß, wie lange wir dazu brauchen werden, den Frauen die Töpfe und Schüsseln leer zu essen!"

John Brown lachte.

„Nur zu, holen Sie ihn schon her!" forderte Clark ihn auf. „Dort drüben ist ein freies Plätzchen für ihn. Ich fülle eben schnell die Krippe auf." Auf seinen Krückstock gestützt, stand er auf und holte Heu.

Der Pastor führte sein Pferd in die Scheune und schnallte ihm den Sattel ab.

„Konnte noch nie mit ansehen, wenn ein Pferd mit dem Sattel auf dem Rücken frißt“, erklärte er. „Mir würde es jedenfalls nicht halb so gut schmecken, wenn ich mich mit meinem ganzen Werkzeug in den Händen zu Tisch setzen sollte.“

Clark lachte.

„Interessanter Vergleich, den Sie da ziehen!“

Sobald das Pferd versorgt war, nahm Clark das Zaumzeug wieder zur Hand, und der Pastor machte es sich auf dem Schemel neben seinem bequem.

Sie unterhielten sich eine Weile über dies und das. Nach dem Wetter sprachen sie über die geschäftlichen Entwicklungen in der Stadt, über das Anwachsen der Kirchengemeinde und über kürzlich zugezogene Nachbarn in der Umgebung. Clark gewann den Eindruck, als sei nichts von alledem der eigentliche Grund für Pastor Browns Besuch.

„Man erzählt sich, daß Sie über ein offenes Ohr und einen gesunden Menschenverstand verfügen“, sagte der Pastor endlich.

Clark vermied es aufzusehen.

„Also, arg weit ist's mit meinem Menschenverstand vielleicht nicht her“, meinte er, „aber ich bin nicht ganz ungeübt, was knifflige Angelegenheiten betrifft. Habe genug davon am eigenen Leib erlebt.“

Der Prediger langte zu Boden, um einen Strohhalm aufzuheben und ihn zu allerhand bizarren Formen zu knicken.

„Brauchen Sie einen Ratschlag?“

„Allerdings. Ich bin gewissermaßen in der Zwickmühle. Seit drei Tagen bete ich schon für einen Ausweg, und irgend etwas hat mir gesagt, daß Sie der richtige Mann für mich sind.“

Clark strich besonnen über den Lederstrang, an dem er gerade arbeitete.

„Ich kann Ihnen natürlich keine Wundermedizin für Ihr Problem versprechen, aber wenn Sie möchten, können wir gemeinsam darüber reden und sehen, was sich tun läßt."

Der Pastor räusperte sich.

„Es handelt sich um eine vertrauliche Sache", sagte er. „Deshalb kann ich Ihnen nur wenige Einzelheiten nennen."

Clark gab sein Verständnis zu erkennen.

„Es betrifft eines unserer Gemeindemitglieder."

Clark konnte dem jungen Mann anmerken, wie schwer es ihm fiel, den wunden Punkt zur Sprache zu bringen.

„Man erzählt sich, daß er in der Stadt gesehen wurde, wie er ... äh, wie er ... nun, wie er etwas getan hat, das ein höchst unehrenhaftes Licht auf ihn wirft."

„Ein Gerücht also?" fragte Clark.

„Hm, ich hab's eigentlich aus zuverlässiger Quelle erfahren. Ich drücke mich bewußt sachlich aus, weil ich mit dem Betreffenden selbst noch nicht darüber gesprochen habe, und ein Mann ist schließlich solange unschuldig, bis das Gegenteil bewiesen ist, nicht wahr?"

„Stimmt", nickte Clark.

„Also, dieser ... dieser Quelle zufolge ist das mehr als einmal vorgekommen. Er befürchtet, daß auch Außenstehende es bemerken könnten und daß unsere Gemeinde deshalb in einen schlechten Ruf geraten könnte."

„Aha", nickte Clark.

„Angenommen, es ist tatsächlich wahr und er verhält sich so ... so ungebührlich, dann hat der Mann recht, Clark. Eine solche Sache fällt auf die Gemeinde zurück. Es ist einfach nicht richtig; es geht gegen Gottes Gebote – und ich weiß mir keinen Rat, was ich dagegen unternehmen soll."

„Hat Ihre ... Ihre Quelle einen Vorschlag gemacht, was zu tun sei?"

„Er will ihn aus der Gemeinde ausgeschlossen haben."

„Und was wollen Sie?"

„Was ich am liebsten täte, ist hier nicht wichtig. Ich möchte viel eher wissen, Clark, was Gottes Wille in einem solche Fall ist."

Clark legte das Zaumzeug beiseite und sah Pastor Brown in die aufrichtigen, blauen Augen. Der junge Mann beeindruckte ihn durch das, was er gerade gesagte hatte.

„Lassen Sie uns mal Schritt für Schritt vorgehen", schlug er vor und ließ sich auf einen Strohballen fallen. Sein heiles Bein streckte er auf dem Boden aus.

„Also, zuallererst wird wohl oder übel jemand – und das sind Sie – den Betreffenden zur Rede stellen und herausfinden müssen, ob er tatsächlich schuldig ist. Sollte er sich weigern, die Wahrheit zu sagen, dann gilt es, Genaueres von Ihrer Quelle und vielleicht auch von Dritten zu erfahren. Wenn einer ihn schon bei seinem … bei seiner …"

„Unbedachtsamkeit"

„ … ja, genau, bei seiner Unbedachtsamkeit ertappt hat, dann ist's gut möglich, daß andere es auch bemerkt haben – es sei denn, Ihr Informant hat nichts Besseres zu tun gehabt, als ihm den lieben langen Tag nachzuspionieren."

„Nein, Clark, von der Sorte ist er nicht. Er ist ein ehrbarer, gläubiger Mann, dem das Wohl der Gemeinde am Herzen liegt. Er ist beileibe kein Schwätzer, der anderen Leuten etwas Schlechtes anhängen will."

„In diesem Fall muß man seine Behauptungen natürlich ernst nehmen."

„Der Meinung bin ich auch. Der Beschuldigte sollte trotzdem die Möglichkeit haben, sich selbst in der Sache zu äußern."

„Sehr richtig", stimmte Clark zu.

„Ich gehe also zu ihm und höre mir an, was er selbst dazu zu sagen hat. Die Frage ist nur: Wie gehe ich anschließend vor?"

„Angenommen, er behauptet, daß er unschuldig ist."

„Das würde mir zwar ein wenig spanisch vorkommen,

aber mir würde nichts anderes übrig bleiben, als ihn beim Wort zu nehmen, bis wir Beweise haben."

„Also schön", sagte Clark. „So weit, so gut. Er ist also unschuldig, bis wir ihm seine Schuld nachweisen können."

„Was wäre, wenn er seine Schuld sofort gesteht?"

„Was sagt die Bibel denn darüber?"

„Sie meinen den Abschnitt, wo es heißt, daß zwei oder drei Zeugen ihm den rechten Weg weisen sollen?"

„Ja, wenn er gesteht, daß er schuldig ist, dann wird er kaum leugnen, daß er falsch gehandelt hat – obwohl auch das schon vorgekommen ist."

„Na schön, nehmen wir an, daß er's zugibt, aber nicht die Absicht hat, sich zu ändern. Was dann? Sollen wir als Gemeinde ihm eine Ermahnung erteilen?"

„Ich meine, wir müssen uns zuerst einmal darüber klarwerden, was Gemeindezucht eigentlich ist und warum so etwas zuweilen notwendig wird."

„Es ist gar nicht so einfach, einen Bruder im Glauben zur Ordnung zu rufen, Clark. Wer sagt denn, daß ich so unbesiegbar bin und nie fallen werde? Es steht mir schließlich nicht zu, mich als Richter über andere aufzuspielen."

„Der Richter sind Sie auch gar nicht. Wir haben doch Gottes Wort, das uns hilft, eine Sache im richtigen Licht zu sehen. Was Gott zur Sünde erklärt, das können wir nicht übertünchen."

Der junge Geistliche nickte.

„Ist es aber nun an uns, mit dem Sünder zu rechten, oder sollten wir Gott nicht eher das Urteil überlassen?"

„Wenn Sie selbst gesündigt haben, sagt Ihnen Ihr Gewissen dann nicht, daß Sie reinen Tisch mit Gott machen müssen?"

„Sicher. Was ich mir zuschulden kommen lasse, das muß ich meinem Gott eingestehen und, wenn notwendig, muß ich Schadenersatz leisten."

„Aus der Bibel wissen wir, daß alle Glieder einer Gemeinde ein Leib sind. Wenn nun ein Teil des Leibes sündigt, ist der ganze Leib unrein. Wenn jemand unter uns in tiefe Sünde fällt, dann sind wir alle dafür verantwortlich, daß die Angelegenheit bereinigt wird. Wenn wir als Gemeinde aber wissentlich so etwas dulden und als Kleinigkeit abtun, machen wir uns an der Sünde als solcher mitschuldig."

Der junge Pastor saß nachdenklich da.

„Seine Sünde ist demnach auch meine Sünde, wenn ich darum weiß, aber schweige und nichts unternehme."

„Ja, so ähnlich ist es", sagte Clark. „Ich bin kein Theologe. Ich weiß nicht, wie die sich ausdrücken würden."

„Dann trage ich also die Verantwortung dafür, daß die Sache in Ordnung kommt. Ich tu's mächtig ungern, Clark. Ist mir ausgesprochen peinlich, meinem Glaubensbruder mit erhobenem Zeigefinger zu begegnen."

„Ein Zuckerlecken ist's nicht, das steht fest. Ist aber halb so schlimm, wenn man bedenkt, wozu der erhobene Zeigefinger dient." Clark setzte sich im Stroh zurecht, bevor er fortfuhr.

„Die Sache mit dem Ermahnen dient einem doppelten Zweck: Erstens hält sie den Leib Christi rein und zweitens bringt sie die verirrten Schafe wieder auf den rechten Weg, damit sie zu ihrem Hirten zurückfinden. Mehr sollte andererseits auch nicht dahinterstecken. Ermahnen heißt nicht strafen oder jemandem eins auswischen, ein halbherziges Geständnis erzwingen oder den Leuten in der Stadt beweisen, welch ein frommer Verein die Gemeindeleute sind. Ob wir fromm sind oder nicht, das weiß Gott nämlich schon längst."

„Damit sie also zu ihrem Hirten im Himmel zurückfinden", wiederholte der Pfarrer nachdenklich. „Was wird aber aus dem Ausschluß aus der Kirchengemeinde?"

„Wenn er mit Gott ins reine gekommen ist, gibt's keinen Grund, weshalb wir ihn fortschicken sollten. Er gehört genauso zu dem Leib Christi wie Sie und ich. Um Vergebung mußten wir schließlich alle schon oft beten."

Der Pfarrer lächelte.

„So würde ich's mir natürlich wünschen."

"Ich auch. Versteht sich!" stimmte Clark ihm zu. „Manchmal kommt alles aber am Ende doch anders. Angenommen, er läßt nicht mit sich reden und weigert sich, sich zu ändern, dann wird die Sache schwierig. Dann bleibt nämlich kein anderer Ausweg, als ihn aus der Gemeinde auszuschließen. So etwas ist hart, Bruder Brown, wirklich hart."

Der Pfarrer überlegte.

„Clark, jetzt habe ich nur noch eine Bitte an Sie", sagte er schließlich. „Morgen gehe ich zu dem Betreffenden hin und spreche mit ihm. Ich habe Ihnen weder seinen Namen noch irgendwelche Einzelheiten genannt. Zeigt er sich nun morgen einsichtig und betet um Vergebung, dann brauche ich Sie nicht weiter zu behelligen. Wenn er's aber nicht tut, dann möchte ich gern, daß Sie und zwei andere Männer vom Vorstand beim nächsten Mal mit mir gehen. Bleibt er auch dann unnachgiebig, dann werden wir die Sache wohl oder übel vor die Gemeinde bringen müssen. Ich hoffe selbstverständlich, daß sich das alles als unnötig erweisen wird. Bitte beten Sie mit mir, daß Gott an dem Mann arbeitet, damit wir keinen Glaubensbruder verlieren müssen. Ich weiß, es ist nicht leicht zu beten, wenn man gar nicht genau weiß, worum's geht, aber ..."

„Kein Problem", versicherte Clark ihm. „Es ist nicht das erste Mal, daß ich so ins Ungewisse hinein bete, aber das eine weiß ich: daß Sie Gottes Weisheit und Führung gebrauchen können, wenn Sie mit dem Mann reden."

Der Pfarrer nickte.

„Meinen Sie nicht auch, daß wir Nägel mit Köpfen machen und die Angelegenheit auf der Stelle unserem Gott anbefehlen sollten?"

Gemeinsam knieten sie im Stroh nieder und baten Gott ernstlich um seinen Beistand und Rat in dieser schwierigen Lage.

„Ich danke Ihnen", sagte der junge Geistliche und ergriff Clarks dargebotene Hand. „Danke, daß Sie mir den Rücken stützen. Mir ist schon viel besser zumute."

„Sie machen Ihre Sache großartig", sagte Clark aufrichtig. „Sie sollen wissen, daß wir alle große Stücke auf Sie halten und jeden Tag für Sie beten."

Der junge Mann richtete sich von seinen Knien auf. Dann reichte er Clark die Hand, um ihm vom Stroh aufzuhelfen, und reichte ihm seinen Krückstock. Draußen rief Ellie zum Abendbrot.

„Liebe Güte", bemerkte der junge Pastor, „jetzt bin ich aber hungrig! Heute morgen hab' ich nämlich glatt das Frühstück vergessen."

„Da werden Sie gleich gewiß kräftig zulangen", lachte Clark. „Ich warte immer noch auf den Tag, an dem meine Söhne mal vor lauter Arbeit das Essen vergessen!"

Ellie schmiedet Zukunftspläne

Die LaHayes barsten geradezu vor Neuigkeiten, als sie eintrafen, und konnten es kaum erwarten, Clark und Marty ausführlich von ihren Erlebnissen zu berichten. So kamen sie schon recht bald eines Abends zu Besuch.

Im Mittelpunkt des Erzählens standen natürlich Willie, Missie und die Kinder. Das Jüngste war ganz allerliebst, meinten die begeisterten Großeltern, doch inzwischen konnte sie munter krabbeln, so daß Missie alle Hände voll zu tun hatte, um die Kleine in Schach zu halten.

Auch von Willies Rinderzuchtbetrieb waren sie sehr beeindruckt. Sie äußerten sich lobend über die kleine Gemeinde und die von Melinda geleitete Dorfschule und priesen die schneegekrönten Berge, das Hügelland und die saftigen Weideflächen.

„Wenn sie diesen erbarmungslosen Wind auch noch schön gefunden haben, dann zweifle ich an ihrem Verstand", dachte Marty im stillen, doch der Wind blieb unerwähnt.

Es war beschlossene Sache, daß die LaHayes in den Westen ziehen würden. Ihre Farm wollten sie sobald wie möglich verkaufen, um sich auf den Weg zu machen.

Missie hatte ihnen ein Geschenk für jeden ihrer Verwandten mitgegeben. Für ihr noch ungeborenes Geschwisterchen hatte sie sogar eine Babydecke gehandarbeitet. Marty fuhr mit der Hand über die weiche Wolle und dachte an ihre Tochter, die trotz ihrer eigenen drei Kinder Zeit gefunden hatte, dieses hübsche Stück von Hand zu häkeln. Gewiß hatten Nathan und Josia sich wißbegierig erkundigt: „Was machst du denn da, Mama?", worauf Missies Antwort gelautet haben könnte: „Ich häkele ein Babydeckchen für euren Onkel oder eure Tante." Wie sonderbar das doch alles war! „Und du? Hast du dein Herz auch an den Westen verloren?" wandte sich Marty an Callie.

„Und ob! Ich habe zwar ein bißchen länger dazu gebraucht als die Männer, aber jetzt sind auch die letzten Zweifel verschwunden!"

„Habt ihr euch schon nach einem Grundstück umgesehen?"

„Ja. Am besten hat uns eins gefallen, auf dem schon ein Holzhaus, eine große Scheune und ein Brunnen stehen."

„Wie weit ist's denn von dort zu Missie und Willie?"

„Rund vier Stunden zu Pferd – nah genug, um einander öfters einmal zu besuchen."

„Und euer Pa? Bei wem wird er denn wohnen?"

„Willie hat ihn sich gleich geangelt, und Pa scheint sich dort auch sehr wohl zu fühlen. Er hat schon sein eigenes Reitpferd, und er reitet für sein Leben gern mit den Männern durch das Weideland. Er würde sich auf der Stelle zur Schichtarbeit einteilen lassen, wenn Willie nur nicht so sehr dagegen wäre. Nun, hin und wieder schickt er ihn mit den Männern los, aber nicht jeden Tag. Er hat ihn allerdings zum besten Zaunflicker weit und breit erklärt. Ich glaube, am liebsten wäre Pa gleich bei den Cowboys in der Wohnbaracke eingezogen, aber Willie und Missie haben gemeint, das käme überhaupt nicht in Frage. Sie haben ihm ein kleines Zimmer im Gutshaus hergerichtet. Dort sei es viel ruhiger, hat Missie gesagt, aber Pa pfeift auf seine Ruhe. Viel lieber ist er mit von der Partie, wenn das Vieh eingetrieben wird!"

„Ich freue mich, daß es ihm so gut geht."

„Er ist tatsächlich glücklich. So vergnügt habe ich ihn seit Mamas Tod nicht gesehen."

„Dann wird's also dabei bleiben, daß er bei Willie und Missie wohnt?"

„Er hat versprochen, auch gelegentlich zu uns zu kommen. Er kann's nämlich kaum erwarten, uns beim Aufbau unserer Ranch zu helfen."

Das alles klang ja prächtig, fand Marty. Sie hoffte von Herzen, daß jedermann glücklich über diese Lösung war.

„Habt ihr schon einen Käufer für eure Farm hier?“ erkundigte sie sich.

„Nein, noch nicht, aber wir werden sie bestimmt ohne Schwierigkeiten an den Mann bringen. Im Frühjahr verkauft es sich am besten – im Frühjahr und im späten Herbst. Wer würde sich schon im tiefsten Winter, wenn der Schnee meterhoch auf den Äckern liegt, eine Farm ansehen wollen? Das hieße ja, die Katze im Sack zu kaufen!“

Das sah Marty ein.

„Werdet ihr mit dem Umzug warten, bis alles verkauft ist?“

„Ich weiß nicht recht. Eilig haben wir es ja schon, wieder nach Westen zu reisen. Am liebsten hätten wir unseren Haushalt unter Dach und Fach und eine kleine Herde auf der Weide, sobald das erste Gras sprießt. Wir haben schon mit Lane gesprochen. Wenn wir ihm gut zureden, bleibt er vielleicht noch eine Weile hier, bis sich ein Käufer findet. In dem Fall würden wir sobald wie möglich wieder abreisen.“

Ein Hoffnungsfunke flackerte in Marty auf. Vielleicht würde Ellie sie alle gar nicht so bald verlassen müssen, wie sie befürchtet hatte. Marty wußte zwar, daß Lane und Ellie gerade Zukunftspläne schmiedeten, hatte sich aber noch nicht nach Einzelheiten erkundigt. Ellie würde ihr schon zur rechten Zeit alles mitteilen.

Marty bewirtete ihre Gäste mit Kaffee und Kuchen und hörte der Unterhaltung bei Tisch gebannt zu. Die Begeisterung der anderen war einfach ansteckend.

Auch Ellie saß mit großen Augen da und sog die Berichte förmlich in sich auf. Sie wollte soviel, wie sie nur konnte, über den Westen erfahren. Sie wollte nicht als Fremdling dort leben, sondern ihre neue Heimat wie Lane zu lieben lernen. Ob die unermeßliche Weite der Landschaft dort ihren Lane ein wenig geprägt hatte und etwas von ihrer Größe in seinem Herzen angelegt hatte?

„Hast du schon gehört?“ platzte Ellie heraus. „Sie haben Lane gebeten, die Farm zu versorgen, bis sie im Frühling verkauft wird!“

„Wird er’s denn tun?“

„Ach, das Ganze ist eine richtige Gebetserhörung!“ antwortete Ellie.

Marty sah von ihrer Handarbeit auf.

„Lane und ich hatten nämlich schon befürchtet, daß er bald wieder abreisen müßte, und ich wäre ihm dann erst später nachgereist.“

„Aber warum denn nur?“ fragte Marty.

„Aber Mama, du weißt doch, daß ich mich nicht einfach aus dem Staub machen würde, bevor das Baby da ist. Und wenn’s erst da ist, möchte ich auch nicht auf der Stelle losfahren – jedenfalls nicht eher, als bis du dich erholt hast und allein mit dem Haushalt zurechtkommst.“

„Das wäre allerdings schwierig geworden“, gab Marty zu.

„Am schwierigsten wäre aber unsere Hochzeit geworden. Uns waren nämlich nur zwei Möglichkeiten geblieben, aber ich konnte mich für keine der beiden so recht erwärmen. Entweder hätten wir gleich jetzt geheiratet; dann wäre Lane allein nach Westen gefahren und ich wäre später nachgekommen. Doch so bald nach der Hochzeit meinem Mann Lebewohl sagen zu müssen, das wäre mir schwergefallen.“ Sie lächelte zaghaft. „Wir hätten aber auch mit der Hochzeit warten können, bis ich drüben angekommen wäre. Das wollte ich aber schon deshalb nicht, weil das bedeutet hätte, daß du und Pa unsere Hochzeit gar nicht miterleben könntet.“

„Das wäre tatsächlich weniger schön gewesen“, pflichtete ihr ihre Mutter bei.

„Siehst du, deshalb ist es also eine Gebetserhörung für uns“, sagte Ellie. „Jetzt können wir heiraten, nachdem das Baby geboren ist, und ich kann tagsüber bei dir bleiben und dir helfen, und wohnen können wir drüben bei den LaHayes. Callie hat’s uns schon zugesagt.“

Das alles waren gute Nachrichten, fand Marty. Ellie würde erst in ein paar Monaten abreisen müssen. Marty war für jeden einzelnen Tag dankbar, an dem sie ihre Tochter noch um sich hatte.

„Mir scheint, ihr habt euch alles bestens überlegt", meinte sie.

„Wir haben uns Mühe gegeben, nichts außer acht zu lassen."

„Wann soll denn die Hochzeit sein?"

„Nun, dein kleiner Nachzügler soll doch gegen Ende Februar ankommen, nicht wahr?"

„Ja, wenn meine Berechnungen stimmen."

„Dann können wir also Ende März heiraten. So würdest du dich nicht gleich nach der Entbindung in die Hochzeitsvorbereitungen stürzen müssen, und nach der Hochzeit kann ich dir tagsüber noch im Haushalt zur Hand gehen."

„Liebe Güte, Mädchen, du verwöhnst mich aber nach Strich und Faden. Meinst du nicht, ich könnte deinen Pa und ein einziges Kind nach einem Monat Pause selbst versorgen?"

„Wir wollen dich halt nicht überfordern, Mama."

Marty stiegen Tränen in die Augen. Ellie war wirklich die umsichtigste Tochter, die man sich nur wünschen konnte!

„Sieh mal, Liebes", sagte sie, „ich hab's alles andere als eilig, dich aus dem Haus zu schicken, das weißt du doch. Das bedeutet aber nicht, daß ihr euer ganzes Leben lang nach meiner Pfeife tanzen sollt. Plant ihr doch eure Hochzeit, wie ihr es euch wünscht. Mir geht's prächtig, und wenn das Kleine ankommt, werde ich schon über die Arbeit Herr werden, sollst nur sehen!"

Ellie schloß ihre Mutter in die Arme.

„Na schön", sagte sie, „dann werde ich Lane also Bescheid geben, daß es bei Ende März bleibt."

Allerhand Neues von nah und fern

Pfarrer John stattete der Davis-Farm einen weiteren Besuch ab. Diesmal traf er Clark beim Melken im Stall an. Sein Lächeln war fröhlich und sein Händedruck fest.

„Es hat geklappt!“ strahlte er. „Alles weitere ist nicht mehr nötig – und vor allen Dingen brauchen wir ihn nicht aus der Gemeinde auszuschließen.“

Clark war sichtlich erfreut.

„Lassen Sie mich nur schnell zu Ende melken, und dann erzählen Sie mal der Reihe nach“, sagte er. „Ich bin gleich fertig.“

Der Pfarrer schritt in dem Stall auf und ab, beugte sich zu einer Katze hinunter, um sie zu streicheln, und ging weiter im Kreis. Clark spürte ihm an, wie sehr er darauf brannte, sein Erlebnis zu berichten. Er beeilte sich mit dem Melken, so gut es ging.

Als er fertig war, hängte er den Eimer voller schäumender Milch an einen Haken an der Decke, wo er vor den Katzen sicher war, und holte zwei Schemel heran.

„Bitte, setzen Sie sich!“ forderte er den Pfarrer auf, der sich nicht lange nötigen ließ.

„Ich bin also zu ihm gegangen, wie wir’s besprochen hatten. Es war ein schwerer Gang, sage ich Ihnen; das gebe ich unumwunden zu. Ich wußte zuerst nicht, wie ich’s überhaupt anfangen sollte, aber irgendwie habe ich dann doch die Sprache auf den wunden Punkt gebracht. Ich habe ihm einfach auf den Kopf zugesagt, was mir zu Ohren gekommen war. Dann habe ich ihn gebeten, seine Version der Dinge zu äußern. Er hat ausweichend geantwortet, und ich dachte schon, es führte zu nichts. Hätte mich nicht gewundert, wenn er alles rundheraus abgestritten hätte. Obendrein wurde er aufgebracht, und ich befürchtete im stillen, daß ich hier völlig an den Falschen geraten war.

Ich dachte mir, am besten laß' ich's auf sich beruhen, bevor ich ein Donnerwetter heraufbeschwöre, und sagte zu ihm: ‚Haben Sie etwas dagegen, wenn wir gemeinsam beten, bevor wir weiter miteinander reden? Ich betrachte Sie nämlich als meinen Freund und Bruder und möchte Sie nicht verlieren.' Er schien überrascht zu sein, stimmte aber zu. Wir haben also zusammen gebetet, und plötzlich begann er zu schluchzen. Clark, er hat geweint wie ein Baby! So etwas Erschütterndes wie das Schluchzen dieses Mannes habe ich noch nie gehört!"

Dem jungen Geistlichen versagte die Stimme. Endlich fand er wieder Worte, um weiterzusprechen.

„Dann haben wir nebeneinander gekniet, und er hat seine Sünden samt und sonders bekannt und versprochen, den Schaden wieder gutzumachen, soweit das möglich ist. Manche Sünde kann man nie wieder ausbügeln, Clark; aber das wissen Sie. Die Folgen seiner Taten werden ihn sicher noch verfolgen, und darüber ist er sich selbst im klaren. Wir müssen ernsthaft für ihn beten. Es ist längst noch nicht alles ausgestanden. Vielleicht wird's das nie sein. Das ist eben das Schreckliche an der Sünde: sie hinterläßt häßliche Narben."

Clark nickte.

„Als ich dann ging, fühlte er sich wie neugeboren. Er konnte mir nicht oft genug sagen, wie froh er war, sein schlechtes Gewissen endlich losgeworden zu sein. Ich meinerseits war froh, daß ich ihn zur Rede gestellt hatte, wenn es mir auch anfangs sehr, sehr schwergefallen war."

„Und ich freue mich mit Ihnen, daß Sie's hinter sich gebracht haben", sagte Clark.

„Als nächstes habe ich dann meinem " – Pastor Brown unterbrach sich und schmunzelte – „meinem Informanten einen Besuch abgestattet."

Auch Clark grinste und nickte wieder.

„Beim ersten Mal war er nicht daheim. Am Tag darauf war ich anderweitig im Dienst und hatte keine Zeit. Frau Watley fühlte sich plötzlich gar nicht gut, so daß ich den ganzen Tag bei ihrer Familie gewesen bin."

„Und wie geht's ihr inzwischen?"

„Oh, viel besser. Diese Frau ist wirklich erstaunlich zäh. Wie oft schon waren wir darauf gefaßt, daß es mit ihr zu Ende gehen würde, und jedes Mal hat sie sich wieder erholt. Nun, so habe ich erst gestern mit meiner 'Quelle' reden können. Hab' ihm genau das erzählt, was Sie gerade gehört haben. Ich wußte nicht recht, wie er's aufnehmen würde. Vielleicht würde er ja fordern, daß der Mann trotzdem aus der Gemeinde ausgeschlossen wird, dachte ich, schon wegen des Geredes der Leute, wissen Sie. Nichts dergleichen, sage ich Ihnen, Clark. Kaum hatte ich ihm erzählt, was sich zugetragen hatte, da kullerten ihm auch schon die dicksten Tränen über das Gesicht. ‚Preist den Herrn!' hat er immer wieder gerufen. ‚Wir haben unseren Bruder nicht verloren. Preist den Herrn!'"

Clark und der Prediger waren beide tief bewegt. Sie saßen eine Weile schweigend auf ihren Schemeln, bevor Clark fortfuhr.

„Dann werden wir also am Sonntag mit ihm das Abendmahl feiern." Es war eine Feststellung, keine Frage.

„Er gehört in unsere Mitte, ohne Zweifel!"

„Wie ihre ‚Quelle' schon gesagt hat", lächelte Clark, „preist den Herrn!"

„Und ich bin froh, daß ich mit meinem Problem zu Ihnen gekommen bin, Clark. Sie haben mich auf die richtige Fährte gesetzt."

„Moment mal", widersprach Clark. „Wüßte nicht, wo ich Sie auf irgendwelche Fährten gesetzt hätte."

„Aber Sie …"

„Nicht ich, sondern wir. Wir haben gemeinsam überlegt, was die Bibel sagt. Sie wissen selbst sehr wohl, was sie sagt. Sie sind von allein zu Ihren Entschlüssen gekommen. Im Grunde haben Sie die ganze Zeit über gewußt, was zu tun war. Wenn Sie sich nur recht besinnen, wird's Ihnen wieder einfallen."

Der Pfarrer dachte nach. Dann lächelte er wieder.

„Ich habe Sie trotzdem gebraucht. Ich brauchte jemanden mit mehr Erfahrung als ich, der das Ganze mit mir durchdachte. Aber danke. Sie haben recht. Sie haben mich nicht mit der Nase auf die Lösung gestoßen, sondern dafür gesorgt, daß ich sie Schritt für Schritt anhand der Bibel selbst fand. Sie hätten mir natürlich auch auf den Kopf zu sagen können, was ich tun sollte, aber Sie haben's nicht getan. Das rechne ich Ihnen hoch an, Clark. Auf diese Art und Weise habe ich meine Lektion viel gründlicher gelernt. Beim nächsten Mal denke ich vielleicht von selbst daran, mit der Bibel in der Hand vorzugehen."

Clark legte dem jüngeren Bruder seine Hand auf die Schulter.

„Lassen Sie nur. Dazu sind Brüder schließlich da. Ich stehe Ihnen jederzeit gern zur Verfügung, wenn Sie mal der Schuh drückt. Zögern Sie nicht, davon Gebrauch zu machen."

„Ich werd's mir merken", sagte der Pfarrer. „Und haben Sie vielen Dank für alle Hilfe!"

„So", sagte Clark, hob den Melkeimer vom Haken und langte nach seinem Krückstock, „dann wollen wir mal sehen, ob das Kaffeewasser schon kocht."

Wieder kam ein Brief von Larry an. Wie gewöhnlich, hatte er auch diesmal wenig Zeit zum Schreiben. Die kurzen Zeilen waren in Eile geschrieben, da seine Bücher warteten. Er war ein wenig um seine Mutter besorgt. Nahm sie auch genügend Rücksicht auf ihre Gesundheit und die des Kindes, das sie trug? Er gab ihr ärztliche Anweisungen für ihre Ernährungsweise, riet ihr zu mäßiger Bewegung und warnte sie davor, sich zuviel Arbeit zuzumuten. Es war schon ein sonderbares Gefühl, dachte Marty, mütterliche Ratschläge von ihrem Sohn entgegenzunehmen. Nein, mütterlich waren sie eigentlich weniger. Sie waren die Anordnungen eines angehenden Arztes.

Larry hatte das Zeug zu einem erstklassigen Arzt, wenn er sich nur davor hütete, seinen Patienten allzuviel persönliches Mitgefühl entgegenzubringen. Marty mochte nicht einmal an den Tag denken, an dem Larry zum ersten Mal einen seiner wohlumsorgten Patienten verlieren würde. Es gab jedoch keinen Weg daran vorbei. Eines Tages würde es dazu kommen. Kein Arzt der Welt war dagegen gefeit. Larry würde sehr darunter leiden. Er war sensibel und voller Mitgefühl für andere. Marty betete, daß Gott ihm die Kraft schenken möchte, einen solchen Schmerz zu ertragen.

Auch Cathy schrieb einen Brief an die Eltern. Sie hatten Larry zu Besuch gehabt, berichtete sie. Eines Sonntags hatten sie ihn nach dem Gottesdienst zum Essen eingeladen. Die Kinder waren begeistert von ihrem Onkel gewesen. Baby Joey hatte seinen ersten Zahn bekommen, was eine langwierige und schmerzhafte Erfahrung für ihn gewesen war. Cathy hoffte sowohl für den Kleinen als auch für das Wohl der ganzen Familie, daß beim nächsten Mal alles leichter ablaufen würde.

Arnie und Anne kamen zum Sonntagsbraten. Es war die größte Tischrunde, die Marty und Ellie seit langer Zeit bewirtet hatten. Kate und Luke kamen von nebenan, und auch Josh, Nandry und die Kinder fehlten nicht. Es war eine Freude, Nandry so fröhlich und guter Dinge zu erleben. Sie wirkte um Jahre jünger und frischer. Lane erschien wie jeden Sonntag. Ellie und er mußten einige gutgemeinte Scherze über sich ergehen lassen, doch das schien sie nicht im geringsten zu stören. Das ganze Haus war von munteren Stimmen und Gelächter erfüllt. Marty blickte sich in der Runde um und dankte ihrem Gott für jeden einzelnen Gast, der sich heute eingefunden hatte. Liebe Güte, wie groß Tina geworden war! Sie war ja beinahe schon eine junge Dame! Ja, es würde nicht mehr lange dauern, bis auch die Enkelkinder das elterliche Nest verlassen würden. Die Zeit verging tatsächlich wie im Fluge, sann sie.

Trotz des vergnüglichen Tages im Kreise ihrer Lieben fühlte sich Marty gegen Abend, als sich die Gäste verabschiedeten und den Heimweg durch Eis und Schnee antraten, ausgesprochen erschöpft. Als einziger war Lane geblieben. Er und Ellie saßen noch eine Weile in der Küche beieinander, ihre gedämpften Stimmen verrieten Liebe und Hoffnung. Marty wandte sich zu Clark um und bedeutete ihm, daß sie sich gleich zur Ruhe legen würde.

Clarks Blick wanderte zu der Wanduhr.

„Ist's nicht ein bißchen arg früh fürs Bett?" meinte er.

Auch Marty sah auf die Uhr. Sie wollte ihren Augen kaum trauen. War das Uhrwerk etwa stehengeblieben? Aber nein, sie tickte ohne Unterlaß, und die Zeiger standen erst auf zehn Minuten vor acht. Sie lächelte schwach.

„Nun", meinte sie, „es war halt ein anstrengender Tag. Ich bin's wohl nicht mehr gewöhnt, das Haus so voller Besucher zu haben. Ist schon eine ganze Weile her, seitdem sie alle hier bei uns waren."

Clark nickte und stand auf.

„Recht hast du", sagte er. „Höchste Zeit, daß du die Beine hochlegst." Damit begleitete er sie die Treppe hinauf und stützte sie, so gut es ging.

Marty schlüpfte in ihr Nachthemd und streckte sich unter der warmen Decke aus. Wie behaglich, nach getaner Arbeit in ein weiches Bett zu sinken! „Du wirst alt, Marty!" schimpfte sie dann mit sich selbst. „Gib's zu. Deine Kräfte haben ja schon arg nachgelassen!" Sie hoffte jedoch inständig, daß sie bei weitem noch nicht so alt war, wie sie sich heute abend fühlte. Sie war einfach abgeschlagen, und dennoch konnte sie keinen Schlaf finden.

Als Clark später zu Bett ging, war Marty noch immer hellwach. Unruhig wälzte sie sich auf dem Kissen hin und her, ohne eine bequeme Lage zu finden. Ach, es war schlichtweg zum Auswachsen!

Clark strich ihr über die Stirn.

„Fühlst du dich nicht wohl?" erkundigte er sich besorgt. „Du scheinst mir mächtig unruhig zu sein."

„Habe mich wohl doch ein bißchen übernommen“, antwortete sie. „Entweder das, oder ich bin einfach zu früh zu Bett gegangen. Bin’s halt nicht gewöhnt, schon um acht Uhr schlafen zu gehen.“

„Jetzt haben wir aber halb elf“, machte Clark sie aufmerksam.

„Ach, wirklich?“ Marty war überrascht. „Nun, dann werd’ ich wohl jeden Moment einschlafen.

Endlich fiel sie dann auch in einen leichten, unruhigen Schlaf.

Die Geburt

Gegen zwei Uhr in der Frühe wachte Clark auf. Er wußte nicht, was ihn aus seinem Schlaf gerissen hatte, bis Marty sich mit einem leisen Stöhnen auf die andere Seite legte. Sie war nicht wach, doch er konnte ihr anmerken, daß ihr Schlaf nicht tief war. Er wartete. Das Stöhnen kam wieder.

„Marty“, flüsterte er und faßte sie sanft beim Arm. „Marty, was ist denn?“

Marty regte sich und schlug die Augen auf. In dem matten Mondlicht vom Fenster her konnte Clark ihre Umrisse erkennen.

„Was ist denn mit dir?“ wiederholte er.

„Oh, ich habe ganz vergessen, den Vorhang zuzuziehen“, murmelte Marty.

„Laß nur. Ist alles in Ordnung mit dir?“

„Weiß nicht. Ich ... ich denke schon. Es ist nur ... es ist nur ...“

„Nur was?“ beharrte Clark.

„Weiß nicht. Kann einfach nicht zur Ruhe kommen.“

„Ist es das Baby?“

„Das Baby? Dem Baby geht's gut.“

„Ist es soweit mit dem Baby?“ drängte Clark. Am liebsten hätte er Marty bei den Schultern gerüttelt, bis sie vollständig wach war.

„Soweit? Soweit mit dem Baby?“

Jetzt standen ihre Augen weit offen.

„Clark!“ rief sie. „Vielleicht ist es das ja! Vielleicht ist das Baby unterwegs!“

Clark mußte gegen seinen Willen lächeln.

„Hör mal, meine Liebe, dieses ist schließlich nicht dein

erstes Kind. Du wirst doch wohl nicht vergessen haben, daß es früher oder später auf die Welt kommen will?“

Marty lachte leise.

„Ich habe mich schon so sehr daran gewöhnt, daß es einfach da ist.“

Clark schwang sein heiles Bein aus dem Bett und zündete die Lampe an; dann hüpfte er ans Fenster, um den Vorhang zuzuziehen. Sollten Kate und Luke den Lichtschein bemerken, würden sie sich nur unnötig beunruhigen, überlegte er, denn immerhin konnte es sich ja auch um einen falschen Alarm handeln.

Clark ging zum Bett zurück.

„So, und jetzt sagst du mir genau, wie du dich fühlst.“

„Ich weiß nicht, aber ich kann einfach nicht richtig schlafen; irgendwie ist alles so anders ... ich weiß nicht recht, wie ich's erklären soll.“

„Überleg mal haarscharf“, ordnete Clark an. „Weißt du noch, wie es war, als Ellie oder Larry oder Luke geboren wurden?“

„Jetzt hör mir aber mal zu, Clark“, konterte Marty ein wenig beleidigt, „jede Mutter wird dir bestätigen, daß es bei jedem Mal ganz anders sein kann. Bloß wegen einem oder zwei Babys kann man's beim nächsten Mal noch lange nicht vorhersagen.“

„Aber es muß doch etwas geben, das ...“ Clarks Worte wurden von einem erschrockenen „Oooh!“ aus Martys Mund unterbrochen.

„Was ist?“ fragte er alarmiert.

Marty nahm seine dargebotene Hand und umklammerte sie mit aller Kraft, ohne antworten zu können. Nun war Clark alles klar.

„Ich hole sofort Ellie her“, kündigte er an, als Marty seine Hand wieder losgelassen hatte, und beeilte sich, in seine Kleider zu schlüpfen.

Wenig später stand Ellie, in ihren Morgenrock gewikkelt, im Schlafzimmer ihrer Eltern. Sie schaute schläfrig und aufgeregt zugleich drein.

„Mama", fragte sie besorgt, „fühlst du dich nicht gut?"

Marty legte sich auf ihr Kissen zurück, um sich auf die nächste Wehe gefaßt zu machen, und versicherte ihrer Tochter, daß ihr nichts fehlte.

Clark beugte sich über Marty. Er knöpfte sich gerade sein warmes wollenes Hemd zu, das er immer gern trug, wenn er bei kaltem Winterwetter aus dem Haus gehen mußte. Marty war verwirrt. Wozu mochte er nur mitten in der Nacht nach draußen gehen – besonders, wo sie ihn doch jetzt so dringend brauchte?

„Wo gehst du denn hin?" fragte sie wie durch einen Nebel hindurch, der sie zu umgeben schien.

„Den Doktor holen", kam die Antwort. „Je eher, desto besser, scheint mir. Wir haben keine Zeit zu verlieren."

Marty schüttelte nur verständnislos den Kopf.

„Das Baby ist unterwegs, weißt du", erklärte Ellie ihr geduldig, während Clarks Krückstock schon die Treppe hinunter pochte. „Pa kommt ganz bald mit dem Doktor zurück, sollst mal sehen. – So, Mama, jetzt mußt du gut nachdenken", befahl Ellie. „Gibt es etwas, das ich tun muß? Ich habe nämlich nicht die geringste Ahnung, was man in so einem Fall tut."

Doch Marty war in Gedanken noch mit dem Doktor beschäftigt.

„Der Doktor? Der Doktor?" sagte sie langsam. Endlich schien sie zu begreifen. „Oh, Ellie, sag Pa, er soll nur hierbleiben. Ich glaube, die Zeit wird nicht ausreichen, um den Doktor zu holen."

Entsetzen spiegelte sich in Ellies Zügen.

„Was sagst du da? Das darf doch nicht wahr sein! Deine Wehen haben doch gerade erst angefangen, und bis zum Doktor ist's doch gar nicht weit. Bitte, tu dein Bestes und warte, bis er kommt!"

Wieder wurde Marty von einer Wehe überwältigt. Sie griff nach Ellies Hand und umklammerte sie. Das junge Mädchen betete verzweifelt. Wollte sich der Krampf denn überhaupt nicht lösen?

Endlich sank Marty erschöpft in ihr Kissen zurück.

„Hör mir mal zu, Mama!“ flehte Ellie. „Kannst du sprechen?“

Marty nickte.

„Kannst du klar denken?“

„Ich ... ich glaub' schon“, keuchte Marty.

„Du warst doch selbst schon einmal dabei, als ein Baby geboren wurde. Der Doktor kommt bestimmt bald. Das weiß ich ganz sicher. Aber für den Fall, daß ... du weißt schon, also, du mußt mir sagen, was ich zu tun habe.“

Marty nickte. Ihre Gedanken waren zwar recht verschwommen, doch sie rechnete kaum damit, daß der Doktor noch rechtzeitig eintreffen würde.

„Also schön“, sagte sie und bot ihre gesamte Aufmerksamkeit auf. „Du machst folgendes ...“

Clark hatte noch nie ein Pferd so sehr zur Eile gedrängt wie jetzt. Der Mond trieb sein schattenreiches Spiel mit ihm. Bald trat er gerade lange genug hinter einer Wolke hervor, um ihm mit seinem silbrigen Licht den Weg zu weisen, bald verhüllte er sich wieder und überließ den einsamen Reiter sich selbst inmitten der winterlich verschneiten Landschaft. Clark hatte schnell gelernt, das Mondlicht zu einem raschen Galopp auszunutzen, während er sich in der völligen Dunkelheit bei langsamer Gangart auf den Instinkt des Tieres und auf seinen eigenen Orientierungssinn verlassen mußte.

Es erschien ihm wie eine Ewigkeit, bis er endlich das Haus des Arztes erreicht hatte. Clark hoffte inständig, daß er daheim war und nicht unterwegs zu einem Krankenbesuch. Warum bestanden Säuglinge auch darauf, immer mitten in der tiefsten Nacht anzukommen?

Der Doktor war tatsächlich sofort zur Stelle und hatte sich innerhalb kürzester Zeit mit seinem Mantel und seiner schwarzen Tasche gerüstet.

„Wissen Sie, eine große Beruhigung ist es ja, daß Ihre Frau noch nie eine schwierige Entbindung hatte“, sagte er, während er sein Pferd sattelte.

Wenn Clark auch erleichtert war, das zu hören, so drängte es ihn doch mit Macht, so schnell wie möglich nach Hause zurückzukehren.

Wieder trieb der Mond sein launisches Spiel mit ihnen. Clarks Pferd wußte sich nun auf dem Heimweg, während das Pferd des Arztes soeben seinen warmen Stall verlassen hatte, weshalb Clark dem Arzt auch oft weit voraus war.

Nun, vielleicht war das wiederum kein Nachteil, überlegte Clark. Sein Pferd kannte den Weg besser und konnte das andere führen.

Bevor sie das Davissche Gut erreicht hatten, war der Mond endgültig hinter einer Wolkenwand verschwunden. Inzwischen hatten sie sich jedoch auf die Dunkelheit eingestellt und ritten zügig voran.

Vor dem Gutshaus angekommen, schwang der Doktor sich aus dem Sattel und warf Clark die Zügel zu. Ohne ein weiteres Wort gingen sie ihrer Wege, Clark in den Stall mit dem Pferd des Doktors am Zügel, und der Arzt eiligen Schrittes auf die Haustür zu. In der Küche brannte Licht. Durch das Küchenfenster sah der Arzt, wie Ellie sich dort zu schaffen machte.

„Aha“, nickte er bei sich, „sie hat also schon einen Kessel auf dem Feuer.“

Er betrat das Haus, ohne anzuklopfen, und warf seine Fellhandschuhe und seinen Mantel über einen Stuhl. Er hatte die Küche schon halb durchquert, als ihm sein Hut einfiel. Wahllos warf er ihn auf einen Berg schwerer Winterkleidung am Boden.

„Wie geht's deiner Ma?“ fragte er Ellie.

„Gut“, antwortete die Angesprochene. „Sie hat nach einer Tasse Tee verlangt.“

Der Doktor verlangsamte seine Schritte. Wenn Marty nach Tee zumute war, dann gab es offensichtlich keinen Grund zur Eile.

Er trat ans Feuer, um seine Hände zu wärmen, während Ellie die Teekanne mit heißem Wasser füllte und eine Tasse auf ein Tablett stellte.

Kurz darauf kam Clark in die Küche gestürzt. Mit schnellem Blick versuchte er, die Lage zu erfassen. Sowohl Ellie als auch der Doktor standen seelenruhig da, als sei dies nichts weiter als eine Einladung zum Teetrinken. Clark war verwirrt – und ein wenig ärgerlich.

„Nun? Wie geht's ihr?" Er mußte die beiden Anwesenden wohl erst daran erinnern, daß es einen dringenden Grund für den Arztbesuch gab!

„Kein Grund zur Besorgnis", antwortete der Doktor. „Sie hat Ellie sogar um eine Tasse Tee gebeten."

„Tee?" Nun war Clark vollends verblüfft. „Ausgerechnet jetzt?"

Er hastete auf die Treppe zu, gefolgt von dem Doktor und Ellie mit dem Teetablett. Alle drei betraten gleichzeitig das Schlafzimmer. Clark stellte erleichtert fest, daß Marty ruhiger geworden war. Sie wirkte sogar regelrecht gelöst. „Also doch ein falscher Alarm", schloß Clark im stillen. „Es ist bestimmt längst alles vorüber."

Marty sah zu den dreien in der Tür auf.

„Ihr kommt aber reichlich spät", begrüßte sie sie munter.

„Spät?" wunderte Clark sich. „Also, ein Kinderspiel war das Reiten nicht gerade. Der Weg war voller Schneewehen, und der Mond hat ..."

Marty unterbrach ihn sanft.

„Wir haben gewonnen", sagte sie mit einem zufriedenen Lächeln um die Lippen.

„Was soll denn das bedeuten?" fragte Clark entgeistert.

„Nun, Ellie und ich haben gewonnen. Hat sie's euch denn noch nicht erzählt?"

Damit schlug sie die Decke ein Stück zurück. Darunter kam ein winziges Bündel zum Vorschein, das neben ihr im Bett lag.

„Es ist ein Mädchen."

Zwei Augenpaare starrten Ellie an. Diese stellte ihr Tablett behutsam auf dem Nachttischchen ab. Dann weiteten sich ihre Augen, und sie schüttelte stumm den Kopf.

„Das … das habe ich wohl ganz vergessen", stammelte sie. Im nächsten Moment flog sie auch schon in Clarks Arme und begann zu weinen. Dabei zitterte sie so sehr am ganzen Leib, daß Clark sie mit seinen starken Armen stützen mußte.

„O Pa!" schluchzte sie. „Ich habe ja solche Angst gehabt!"

Nun löste der Doktor sich aus seiner Erstarrung, um sich an die Arbeit zu machen. Clark schien Ellie halbwegs wieder beruhigt zu haben. Nachdem sie geweint hatte, faßte sie sich, und Clark bedeutete ihr, sich zu setzen und sich ebenfalls an einer Tasse Tee zu stärken. Der Arzt untersuchte Mutter und Kind und sprach Ellie ein großes Lob für die Arbeit aus, die sie geleistet hatte. Endlich durfte Clark seine neugeborene Tochter in den Armen halten. Sie war eine kleine Prinzessin, daran gab es keinen Zweifel, fand er. Er strahlte voller Vaterstolz.

„So, ihr beiden", wandte er sich an Marty und Ellie, „wenn ihr schon so schlau seid, habt ihr bestimmt auch schon einen Namen für sie, nicht wahr?"

„Soweit sind wir allerdings noch nicht gekommen", sagte Marty. „Damit wollten wir warten, bis du wieder daheim wärest."

„Eigentlich ist mir jeder der Namen recht, die wir in Betracht gezogen hatten."

„Nun, die, die du vorgeschlagen hattest, werden wohl ausscheiden müssen", gab Marty zurück. „Wir können sie kaum Henry nennen oder Isaak oder David."

Clark lachte.

„Darauf will ich nun wirklich nicht mehr bestehen!"

„Weißt du, ich habe mir überlegt", sagte Marty nachdenklich, „daß Ellie vielleicht gern einen Namen für sie aussuchen würde."

„Was? Ich?" Ellie war überrascht.

„Ja. Immerhin warst du die einzige, die zur Stelle war, um ihr ans Licht der Welt zu helfen; deshalb steht es dir auch zu, einen Namen für sie vorzuschlagen."

„Ganz meine Meinung", stimmte Clark ihr zu.

Ellies Freude war groß.

„Also schön", sagte sie. Ich mag ‚Belinda'."

„Belinda", wiederholten Clark und Marty wie aus einem Mund.

„Belinda May", setzte Ellie hinzu.

„Belinda May. Das klingt gut", fand Clark. „Der Name paßt zu ihr."

„Er gefällt mir auch", sagte Marty. „Und wenn der stolze Papa sie mir reichen würde, ich hätte sie mir gern nochmals aus der Nähe betrachtet."

Clark legte das kleine Wesen behutsam auf das Bett neben Marty zurück und drückte Mutter und Kind einen Kuß auf die Wange.

Der Doktor räusperte sich.

„Hier werde ich wohl heute nacht nicht mehr gebraucht", stellte er fest. „Höchste Zeit, daß ich mich auf den Heimweg mache und noch eine Mütze voll schlafe. Mir scheint übrigens, daß jedermann in diesem Haus für heute genug Aufregendes hinter sich hat. Ein paar Stunden Bettruhe könnten niemanden von Ihnen schaden – der frischgebackenen Mutter am allerwenigsten."

Alle gaben ihm recht.

„Ich bin gleich wieder bei dir, Marty", versprach Clark und führte die beiden anderen aus dem Zimmer.

„Hören Sie, Herr Doktor, wir lassen Sie nicht ohne eine Tasse Kaffee zum Aufwärmen wieder gehen", kündigte er an.

„Ich brühe uns schnell eine Kanne auf", erbot sich Ellie. „Kaffeekochen ist jetzt genau das Richtige für mich, um die ganze Aufregung zu vergessen."

„Das ist aber nicht nötig. Der Tee ist fertig, und auf dem Herd pfeift noch ein Wasserkessel. Eine Tasse Tee reicht mir vollkommen."

Ellie war froh, einen Grund zu haben, um noch ein wenig in der Küche zu wirtschaften. Es tat wohl, eine vertraute Aufgabe zu erledigen. Erst jetzt hatte sie die Muße, an die aufregenden Nachtstunden, die hinter ihr lagen, zurückzudenken. Wenn sie auch vor Angst nicht gewußt hatte, wo ihr der Kopf stand, so war das Ganze eigentlich doch ein spannendes Abenteuer gewesen. Schließlich hatte nicht jeder das Vorrecht, die Geburt eines kleinen Menschleins mitzuerleben. Jetzt, wo sie sicher sein konnte, daß ihre Mutter und ihre neugeborene Schwester wohlauf waren, konnte sie sich endlich entspannen und sich sogar ein wenig in der Erinnerung sonnen. Eins stand jedoch felsenfest: Diese Nacht würde sie zeit ihres Lebens nicht vergessen!

Erste Begrüßung

Am nächsten Morgen war jeder im Haus trotz der unterbrochenen Nachtruhe zeitig auf den Beinen. Nach all der Aufregung hatte niemand mehr fest schlafen können. Dazu hatte die kleine Belinda lautstark nach ihrem Frühstück verlangt, und das kräftige Stimmchen hatte die Familie endgültig aus den Träumen gerissen.

Mit der Zustimmung ihrer Eltern machte Ellie sich auf den Weg, um Kate und Luke die gute Nachricht zu bringen. Die Ereignisse der Nacht waren völlig an ihnen vorübergegangen. Nun verloren sie keine Zeit, um, mit Mänteln und Stiefeln ausgerüstet, auf das große Gutshaus zuzuhasten.

Kate erreichte Martys Bett als erste. Die kleine Belinda war wohlig satt. Nachdem sie von ihrem Pa trockengelegt worden war, schlummerte sie nun an der Seite ihrer Mama. Geboren werden war ein hartes Stück Arbeit, und ihre Rast war wohlverdient.

Kates Augen schimmerten, als sie das Baby betrachtete.

„Sie ist ein kleiner Engel, Ma", flüsterte sie. „Einfach goldig!"

„Möchtest du sie mal halten?" fragte Marty, die den sehnsüchtigen Ausdruck in Kates Zügen bemerkt hatte.

„Oh, darf ich?"

„Aber natürlich."

„Sie schläft doch gerade ..."

„Sie kann den lieben langen Tag noch schlafen. Außerdem wird sie gewiß nicht einmal aufwachen."

Kate hob das winzige Wesen sorgsam auf ihre Arme.

„Oh, wie klein sie ist!"

Sie wandte sich um zu Luke.

„Sieh mal, Belinda May, das hier ist dein großer Bruder. Dein wundervoller großer Bruder Luke. Eines Tages wirst du mal mächtig stolz auf ihn sein!"

Luke berührte die winzige Faust zärtlich mit seiner großen Männerhand. Marty sah, wie seine Augen dabei verräterisch glänzten.

„Hallo, du kleiner Wicht!" begrüßte er den Säugling. „Siehst gar nicht mal so schäbig aus für ein Neugeborenes!"

„Hör mal, sie ist wunderhübsch!" protestierte Kate.

Luke lachte.

„Nun, warten wir mal ein paar Jahre ab. Auf der anderen Seite hat meine Mama natürlich nichts als nur die hübschesten Babys zur Welt gebracht."

Nachdem das Kind gebührend bewundert worden war, richtete sich ihre Aufmerksamkeit auf die Mutter.

„Und du? Wie fühlst du dich, Ma?"

„Bestens, wirklich. Ich hab' allerdings auch eine erstklassige Hebamme gehabt, wißt ihr!"

Alle Augen richteten sich auf Ellie.

„Du hast deine Sache prima gemacht, Schwesterherz!" sagte Luke und klopfte ihr auf die Schulter. „Aber warum hast du uns bloß nicht zur Hilfe geholt?"

„Dazu hatte ich gar keine Zeit. Ich hatte ja noch nicht mal Zeit, um einen klaren Gedanken zu fassen. Aber Mama war großartig. Ohne ihre haargenauen Anweisungen hätte ich's nie geschafft. Habe ja gar nicht geahnt ..."

„Unsinn. Du warst selbst viel großartiger", widersprach Marty. „Hast kein einziges Mal die Nerven verloren!"

„Das habe ich dann später besorgt", lachte Ellie. „Ich habe ja geradezu geschlafwandelt vor Schreck!"

Alle lachten.

„Wenigstens", fügte Clark hinzu, „hast du damit gewartet, bis das Wichtigste vorbei war."

Gemeinsam verließen sie das Zimmer. Es wurde beschlossen, daß Luke die Nachricht von Belindas glücklicher Ankunft zu Pferd in der Nachbarschaft verbreiten sollte, um auch Arnie, Nandry und Ma Graham in Kenntnis zu setzen. Ellie sollte sich das andere Reitpferd satteln und Lane aufsuchen. Clark hatte vor, mit dem Schlittengespann in die Stadt zu fahren, um Missie, Cathy und Larry telegrafisch zu benachrichtigen. Kate erbot sich, in der Zwischenzeit bei Marty zu bleiben, falls diese Hilfe brauchen sollte. Bald ging jeder seiner Wege, um es der ganzen Umgebung kundzutun, daß die kleine Belinda gesund und wohlbehalten das Licht der Welt erblickt hatte.

Trotz eines ständigen Stromes von Besuchern, die sich nun einstellten, gewann Marty ihre Kräfte schnell zurück. Der Säugling war ein zufriedenes Kind, das nur wenig Mühe bereitete – sehr zur Enttäuschung der gesamten Familie. Es gab mehr als genügend bereitwillige Händepaare, die die Kleine nur zu gern gewiegt hätten, doch diese ließ sich widerstandslos in die Wiege betten, nachdem sie gestillt und trockengelegt worden war. Mit jedem Tag verbrachte sie mehr Zeit im hellwachen Zustand, doch selbst dann schrie sie nur selten. Schon bei dem kleinsten Laut aus ihrem Mund war jemand zur Stelle, der sie auf den Arm nahm. Clark blieb einen guten Teil der Wintertage im Haus.

„Du kleiner Schlauberger!" hörte Marty ihn einmal zu dem Säugling sagen. „Du hast dir deinen Geburtstag goldrichtig ausgesucht. Im Winter braucht ein Farmer nämlich nicht tagaus, tagein die Felder zu pflügen und hat viel mehr Zeit zum Spielen, weißt du." Marty lächelte leise. Clark hatte tatsächlich noch nie so viele Stunden mit einem seiner Kinder im Säuglingsalter verbracht wie nun mit Belinda.

Von Tag zu Tag fühlte sich Marty kräftiger, und viel von ihrer Hausarbeit erledigte sie nun selbst. Zwar spürte sie anfangs noch oft Ellies besorgtenBlick auf sich gerichtet, doch es war offensichtlich, daß Marty die Arbeit wieder Freude machte, ohne sie zu ermüden, und so unterließ

Ellie ihren Protest. Statt dessen beschäftigte sie sich mehr und mehr mit den Vorbereitungen für ihre Hochzeit und dem Zusammenstellen ihres eigenen Haushalts.

Auch Marty beteiligte sich an der Aussteuer. Manchen langen Abend verbrachte sie damit, Steppdecken zu handarbeiten und Geschirrtücher zu säumen. Kissenbezüge wurden bestickt und Fußmatten geknüpft. Marty ließ sich nur zu gern einspannen und erwartete den großen Tag beinahe genauso gespannt wie Ellie selbst. Jetzt, wo Baby Belinda ruhig in ihrem Bettchen schlief oder in den Armen ihres Vaters gewiegt wurde, erfüllte sie der Gedanke an den Abschied von Ellie längst nicht mehr mit der gleichen Furcht wie noch vor wenigen Monaten. Nun rückte das Ende des Monats März und damit Ellies Hochzeit mit Riesenschritten näher.

Ein Paket von Larry kam per Post an.

„Für meine kleine Schwester", stand auf dem beiliegenden Brief zu lesen. „Du bist gewiß ein richtiges Prachtkind. Ich habe mächtig lange auf Dich warten müssen, weißt Du. Jetzt bin ich endlich auch jemandes großer Bruder. Wir beide werden uns blendend verstehen. Ich kann es kaum erwarten, Dich kennenzulernen. Ich komme heim zu Dir, sobald ich kann. Inzwischen gibst Du gut auf Deine Mama acht, nicht wahr? Sie ist nämlich ein feiner Mensch. – Alles Liebe, Dein Larry."

Marty wischte sich verstohlen eine Träne aus dem Augenwinkel und reichte Clark den Brief. Dann gab sie der kleinen Belinda einen Kuß auf das flaumige Köpfchen und zeigte ihr das noch eingewickelte Geschenk.

„Von deinem großen Bruder", erklärte sie ihr, „deinem Bruder Larry. Willst du mal sehen, was er dir schickt?"

Doch das kleine Mädchen war völlig darin versunken, an ihrem Händchen zu lutschen, so daß sie dem Päckchen keinerlei Beachtung schenkte. Marty öffnete es dennoch. Zum Vorschein kamen ein Paar Babyschuhe. Marty hatte noch nie so winzige und entzückende Schühchen gesehen wie diese.

„Seht mal her!“ rief sie Clark und Ellie zu. „Sind die nicht allerliebst?“

Ellie stimmte ihr begeistert zu. Clark nahm einen der beiden winzigen Schuhe in seine Hände.

„Die müssen ihn ja ein Vermögen gekostet haben“, meinte er, „aber niedlich sind sie trotzdem.“

Auch Cathy schickte einen Brief und ein Päckchen. Ihr Geschenk war zwar praktischer als Larrys, aber dennoch beinahe genauso hübsch. Es war ein kleines handbesticktes Kleidchen. Marty überlegte, daß Cathy die reiche Stickerei unmöglich in den wenigen Tagen seit Erhalt der Nachricht von Belindas Geburt gearbeitet haben konnte. Der beigefügte Brief erklärte, wie es sich verhielt:

„Ich wußte einfach, daß es ein Mädchen werden würde. Wir Mädchen waren nämlich wieder an der Reihe. Wenn es trotzdem ein Junge geworden wäre, dann hätte ich ihm natürlich geschwind etwas anderes geschickt. In so viel Spitze und Seidenbändchen hätte er sich gewiß nicht wohl gefühlt.“

Später kam noch ein Päckchen von Missie an. Marty hob ein Babyjäckchen aus flauschiger, zartrosafarbener Wolle aus dem Papier.

„Ich weiß, ich hätte eigentlich schon längst ein Geschenk für das neue Geschwisterchen schicken sollen“, schrieb Missie, „aber jetzt, wo wir endlich wissen, wer sie ist, mußte ich einfach noch etwas für sie ganz persönlich stricken. Ich habe ein paar Nachtstunden dafür geopfert. Hoffentlich bekommt sie es, bevor es ihr schon zu klein ist. Es grüßen ihre Tante Melissa, die Neffen Nathan und Josia und die Nichte Melissa Joy.“

Ellies großer Tag

Marty hatte noch nie eine so strahlende junge Braut gesehen wie ihre Ellie. Mit glänzenden Augen und rosigen Wangen schlüpfte sie in ihr Hochzeitskleid. Dabei zitterten ihr die Hände.

„Ach Mama“, sagte sie, „ich kann's noch gar nicht fassen, daß es endlich soweit ist. Wir haben ja schier eine Ewigkeit auf diesen Tag gewartet!“

„Nun, so lange war's ja nun auch wieder nicht“, erinnerte Marty sie. „Es sind immerhin erst zwei Monate her, seitdem ihr euch verlobt habt.“

„Es kam mir halt trotzdem endlos lange vor“, seufzte Ellie.

„Endlos lange?“ wiederholte Marty. „Ja, vielleicht hast du recht.“

Sie sah ihre festlich gekleidete Tochter an, als wollte sie diesen Anblick für immer im Gedächtnis behalten. Ellies Kleid aus schneeweißem, mit winzigen blauen Streublumen übersätem Batist war liebevoll von Mutter und Tochter gemeinsam genäht worden. „Wie leuchtend blau ihre Augen doch sind!“ dachte Marty. „Beinahe der gleiche Farbton wie das Kornblumenblau der Blümchen auf ihrem Kleid ...“

Die Trauung sollte in der kleinen Kirche stattfinden. Zu dem Festessen, das darauf folgen sollte, hatten Clark und Marty zu sich daheim eingeladen. Da um diese Jahreszeit nicht im Freien aufgetragen werden konnte, wurden nur die Familie und die engsten Freunde dazu erwartet. Trotz dieser Einschränkung würde Marty auch ihren letzten Küchenstuhl aufbieten müssen, damit alle Platz hatten.

Die LaHayes waren schon nach Westen abgereist. Sie hatten ihrem Umzug mit ähnlicher Spannung entgegengesehen, wie Ellie sie für ihre Heirat empfunden hatte. Sie hatten Lane einige einfache Möbelstücke überlassen, und Lane und Ellie hatten die restliche Einrichtung gemeinsam angeschafft. Ellie hatte die Fenster mit farbenfrohen Gardinen versehen, die Fußböden mit Flickenteppichen ausgelegt und ihr Geschirr in dem Küchenregal untergebracht. Marty hatte sie endlich davon überzeugen können, daß sie durchaus imstande war, ihren Haushalt wieder selbst zu versorgen, so daß Ellie nicht täglich noch mehrere Stunden für sie zu opfern brauchte, und Ellie freute sich nun unbändig auf ihren eigenen Hof und Herd.

„Zieh dir einen warmen Mantel über dein Kleid!" hatte Marty ihre Tochter am Morgen ermahnt. „Draußen ist's längst nicht so warm, wie's aussieht!"

„Wer mag an einem solchen Tag schon an Mäntel und Hauben denken?" hatte Ellie im stillen protestiert, doch später war sie dankbar, Martys Rat befolgt zu haben. Die Frühlingssonne hatte sich gegen einen frischen Nordwind zu behaupten. Ellie hoffte, daß er ihre sorgfältig gesteckte Frisur nicht völlig zerzausen würde, bevor sie die Kirche erreicht hatten.

Clark saß auf dem Kutschbock. Die beiden Schwarzen waren nach dem langen Winter nahezu übermütig; es brauchte eine feste Hand, um sie im Zaum zu halten. Marty war jedoch nicht im geringsten beunruhigt. Clark verstand sich auf seine Sache wie kaum ein anderer. Sie hielt ihre kleine Tochter in den Armen und vergewisserte sich, daß Belinda nicht allzu fest in ihre Decken gewickelt war.

Es war eine rechte Freude, endlich einmal wieder an der frischen Luft zu sein. So sehr Marty sich jedoch anstrengte, die ersten Frühlingsdüfte zu verspüren, so war es doch vergebens. Der Winter beherrschte noch das Feld. „Aber nun kann's nicht mehr lange dauern", tröstete sie sich, „bis es mit Macht Frühling wird."

Dicht hinter ihnen hörte Marty ein zweites Gespann aufschließen und wandte sich um, um Kate und Luke zuzuwinken. Deren Pferde schienen nicht minder ungeduldig als Clarks Schwarze zu sein. Marty wagte sich kaum auszumalen, wie sie sich aufführen würden, wenn die Männer die Zügel losließen.

Vor der Kirche hatte sich schon eine Menschenmenge versammelt. Die Pferde am Zaun stampften unruhig mit den Hufen und zerrten an ihrem Geschirr. Einige von ihnen machten sich über das Heu her, das vor ihnen auf der Erde lag, doch die meisten schenkten ihm keine Beachtung. Den ganzen langen Winter über hatten sie in den Scheunen vor den Futterkrippen gestanden. Nun konnten sie es kaum erwarten, ihre Freiheit zu genießen. Marty konnte ihnen nur zu gut nachempfinden, wie ihnen zumute war.

Clark half ihr aus dem Wagen, bevor er die Pferde am Zaun festband.

Ellie war schon vom Wagen gestiegen und ordnete ihr Haar. Plötzlich wirkte sie ein wenig nervös.

„Du siehst wunderhübsch aus, Kind", versicherte ihr Marty. „Komm, laß uns in die Kirche gehen, damit du deinen schweren Mantel loswirst."

Gemeinsam stiegen sie die Stufen zur Kirchentür hinauf und betraten das Gotteshaus. Die Gemeinde hatte schon ihre Plätze eingenommen. Nun wandten sich alle um; Marty nahm sie wie ein Meer lächelnder, erwartungsvoller Gesichter wahr. Kate kam. Marty reichte ihr Belinda und half Ellie aus ihrem Mantel. Das duftige Kleid hatte nicht zu arg unter dem Gewicht des Mantels gelitten, stellte Marty erleichtert fest, als sie sich nun bückte und die Schleppe zurechtzupfte.

„Wie sieht meine Frisur aus?" flüsterte Ellie.

„Prima. Mach dir deswegen nur keine Gedanken!" antwortete Marty.

„Ich bin ja so aufgeregt, Mama. Ich hätte nie gedacht, daß ich so zappelig sein würde!"

„Das geht jeder Braut so“, flüsterte Marty zurück. „Nervosität gehört einfach dazu, weißt du.“

Ellie versuchte ein Lächeln, doch es wollte ihr nicht so recht gelingen.

„Ich wollte, Pa wäre hier!“ flüsterte sie.

„Er wird schon gleich kommen“, beruhigte Marty sie.

In diesen Minuten hatte Marty nur Augen für ihre Tochter im festlichen Hochzeitskleid, die vor Aufregung und Freude zitterte. Ihre jüngste Tochter war ihrer Aufmerksamkeit entschwunden. Kate schien das nicht im geringsten zu stören. Sie hielt die kleine Belinda geduldig in ihren Armen und befreite sie von ihren Decken und Tüchern. Ein flüchtiges Lächeln war ihr Lohn, und sie drückte das Baby zärtlich an ihre Wangen. Zum ersten Mal hatte Kate das Lächeln eines so kleinen Säuglings erlebt. Ein Schluchzen fing sich in ihrer Kehle. Ihr eigenes Baby hätte jetzt auch lächeln können. Lächeln und vor Behagen gurren. „Nein, so darf ich nicht denken!“ warf sich Kate vor. „Ich darf's einfach nicht tun!“ So richtete sie ihre Aufmerksamkeit statt dessen ganz auf Ellie.

Clark und Luke betraten die Kirche und schüttelten sich den Schnee von den Stiefeln. Die schweren Winterjacken hängten sie auf die Haken neben der Tür; dann wandte sich Clark an Ellie.

„Kann's losgehen, mein Kind?“ fragte er leise, und Ellie nickte nur.

„Wir lassen Kate und Luke vorausgehen. Dann führe ich deine Mutter auf ihren Platz.“

Kate und Luke setzten sich in eine der vorderen Bänke, die für die Familie der Braut bestimmt war. Erst jetzt wurde Marty wieder bewußt, daß Kate noch immer Belinda in den Armen trug.

Clark legte seine Arme um Marty und Ellie und sprach leise ein Gebet. Als Ellie dann den Kopf hob, tupfte sie sich schnell die Augen mit ihrem Spitzentaschentuch trokken. Auch Marty trocknete sich die Augen und beugte sich vor, um Elvira Davis einen letzten Kuß auf die Wange zu geben. In wenigen Minuten würde sie Elvira Howard heißen, Frau Elvira Howard. „Aber sie wird immer meine Tochter bleiben", dachte Marty bei sich, „wie sie auch immer heißen mag!"

Clark bot Marty den Arm und führte sie zu ihrem Platz neben Kate. Marty hatte Belinda auf den Schoß nehmen wollen, doch als sie sah, wie Kate den Säugling anschaute, schwieg sie. Statt dessen richtete sie ihren Blick nach vorn, wo ein nervöser Lane darauf wartete, daß die Trauung ihren Anfang nahm. Neben ihm standen Arnie, der Trauzeuge, und der junge Prediger mit der Bibel in der Hand.

Maude Colby, Ellies beste Freundin, schritt der Braut voraus. Ellie folgte an dem Arm ihres Vaters, würdevoll und erhobenen Hauptes. Martys Mutterherz war von Stolz erfüllt. Ellie würde ihrem Lane eine gute Ehefrau sein, und dazu konnte sie sich keinen Mann denken, dem sie ihre Tochter lieber zur Seite gab als Lane. Wieder wollten ihr die Tränen kommen, doch sie wischte sie schnell fort und warf Kate ein dankbares Lächeln zu.

Nach der Trauung und den frohen Glückwünschen der Freunde und Verwandten bestiegen alle die wartenden Kutschen, und die Pferde stoben davon. Ellie saß nun nicht mehr in der Kutsche ihrer Eltern, sondern an ihrem neuen Platz neben Lane.

Das Essen, das aufgetragen wurde, war festlich und reichhaltig. Trotz der Enge, die im Haus herrschte, war jedermann bei bester Stimmung. Lachen und munteres Erzählen erfüllten jeden Winkel. Im Anschluß an das Essen überreichten die Gäste dem strahlenden Brautpaar zahllose Geschenke. Ellie nahm ein jedes davon mit großer Freude entgegen. Lane erhob sich, um einige Worte an die versammelten Freunde und Verwandten zu richten.

„Ich werde meinem Boß nie vergessen, daß er die weise Voraussicht besessen und mich hierher geschickt hat, um eine Farm zu versorgen", begann er. Alle lachten. „Wenn ich ehrlich sein soll, lag mir anfangs so gut wie nichts daran, Farmer zu werden; ich kannte mich mit solchen Dingen nämlich nicht sonderlich gut aus. Hätte ich Herrn und Frau Davis nicht gekannt …" – hier unterbrach sich Lane, um sich zu verbessern – „ich meine, Ma und Pa …" Wieder allgemeines Gelächter. „Also, wenn ich sie nicht schon vorher gekannt hätte und sie gern wiedergesehen hätte, weiß ich nicht, ob selbst der Boß einen Farmer aus mir gemacht hätte. Nicht auszudenken, was mir dann entgangen wäre!" Dabei sah Lane seine Ellie liebevoll an.

„Wißt ihr", sagte er dann ernster, „ich habe noch viel zu lernen im Leben. Als Gotteskind lernt man ja jeden Tag etwas Neues dazu. Eins ist mir aber längst klar geworden: Wenn ich meinem Gott die Zügel überlasse, dann lenkt er die Dinge tausendmal besser, als ich's selbst je könnte. Ich kann euch gar nicht sagen, wie dankbar ich für Ellie bin. Ich kann mein Glück kaum fassen, daß sie meine Frau geworden ist. Worte werde ich nie finden, um es ihr zu sagen – aber ich werde ihr, solange ich lebe, meine Dankbarkeit erzeigen."

Marty hoffte, daß niemand bemerkte, wie sie still aus der Stube ging. Sie mußte einfach einen Augenblick allein sein. Oh, sie freute sich für Ellie. Um keinen Preis der Welt würde sie etwas an den Dingen ändern wollen. Es brauchte eben nur Zeit, bis sie sich daran gewöhnt hatte, weiter nichts.

Große Tischrunde am Sonntag

Marty hatte alle Mühe, Ellie davon zu überzeugen, daß ihre Hilfe im Haushalt nun wirklich nicht mehr gebraucht wurde.

„Klar bist du hier gern gesehen, Kind“, sagte Marty, „aber nicht, damit du das Geschirr aufwäschst oder das Essen kochst. Das kann ich alles selbst besorgen. Mir geht's prächtig, weißt du. Das Baby macht keine Umstände, und dein Pa geht mir im Haushalt zur Hand. Ich vermisse nicht so sehr deine tüchtigen Hände, sondern dich selbst – nur einfach dich. Ich freue mich immer, wenn du mich besuchen kommst.“

„Ich vermisse dich auch, Mama“, sagte Ellie, „obwohl ich ehrlich sagen muß, daß ich mächtig glücklich bin da, wo ich nun wohne.“

Marty strich ihrer Tochter über das Haar. Worte waren überflüssig.

„Wir kommen gern jederzeit zu euch auf Besuch“, versprach Ellie.

„Dann kommt doch gleich am Sonntag zum Essen.“

„Oh prima! Dann komme ich am Samstag schon und helf dir beim Backen und Kochen.“

Marty lachte.

„Hast du denn kein Wort von dem gehört, was ich dir gerade gesagt habe? Mir geht's gut. Ein Sonntagsessen werde ich schon noch allein zustande bringen. Ehrenwort!“

„Also schön“, gab Ellie nach. „Du kochst, und wir waschen das Geschirr ab. Abgemacht?“

„Abgemacht!“ lachte Marty. Und dabei blieb es.

„Und wenn du schon kochst“, sagte Ellie zum Abschied, „wie wär's mit einer Zitronencreme zum Nachtisch? Die habe ich nämlich schon seit einer Ewigkeit nicht mehr gegessen, und mir ist sie noch nie richtig gelungen."

„Nun gut", versprach Marty, „du kannst dich darauf verlassen, daß es Zitronencreme gibt. Und, Ellie ..."

Ellie blieb an der Tür stehen.

„Danke für deinen Besuch. Ich habe mich riesig gefreut. Ich vermisse dich nämlich sehr."

„Ich vermisse dich auch, Ma", sagte Ellie, „und Kate und Pa und Belinda auch. Sieh nur, wie sie schon gewachsen ist!"

Marty wandte sich zu dem kleinen Mädelchen um, das zufrieden in seiner Wiege in einer Ecke der Küche lag. Die Kleine spielte mit ihren Händchen und gurrte vergnügt vor sich hin.

„Ja, das ist sie, nicht wahr? Sie hat ihren Pa ja jetzt schon um den kleinen Finger gewickelt, scheint mir."

„Das war kein großes Kunststück. Der war nämlich vom ersten Tag an in sie vernarrt."

Marty lächelte.

„Bis Sonntag dann!" verabschiedete sich Ellie schließlich und machte sich auf den Weg. Marty stellte sich ans Fenster und sah ihr nach, wie sie davonritt. Dann ging sie an die Wiege zurück, wo das Baby gerade einschlummerte.

„Du kleiner Schatz", flüsterte sie, „du ahnst ja gar nicht, welche riesige Lücke du bei uns ausfüllst!"

Am Sonntag folgte die ganze Familie Clarks und Martys Gespann von der Kirche nach Hause. Marty mußte schmunzeln, als sie daran dachte, welch einen Anblick das Gefolge von Gespannen abgeben mußte.

Die Frauen und Kinder stiegen vor dem Gutshaus aus den Kutschen, bevor die Männer die Pferde in die Scheune führten und sie mit frischem Heu und Wasser versorgten.

Bald betraten auch die Männer scherzend und lachend

das große Farmhaus. Sie überließen den Frauen die Küche und setzten sich um den Kamin in der Wohnstube. Die Kinder wurden in das obere Stockwerk geschickt, wo sie mit dem Spielzeug spielen durften, das Marty und Clark im Laufe der Jahre für ihre Kinder gebastelt oder gekauft hatten. Nur Tina wollte sich den übrigen Kindern nicht anschließen. Sie bestand darauf, den Frauen in der Küche helfen zu dürfen, und wurde damit beauftragt, den Tisch zu decken. Belinda, die noch zu jung für Spiel und Arbeit war, ließ sich zufrieden von ihrem Pa in dem großen, vielbenutzten Schaukelstuhl wiegen.

„Mir scheint, du wirst in letzter Zeit immer geiziger", bemerkte Arnie zu seinem Vater.

„So?" Clarks Stirn legte sich in Falten.

„Jedesmal, wenn ich dich anguck', hast du das kleine Mädchen da auf den Armen. Sie gehört uns eigentlich allen, weißt du."

Arnie erntete schallendes Gelächter, und Clark reichte seinem Sohn widerwillig das kostbare Bündel.

Arnie reichte die Kleine an Josh weiter, der sie Luke in die Arme legte. Selbst Lane hielt sie eine Zeitlang in seinen Armen.

„Ich seh's schon kommen", sagte Arnie. „Wenn dieses Mädchen erst heranwächst, dann wird Pa an der Haustür Wache stehen. Aus ihr wird mal eine richtige Dorfschönheit!"

Alle stimmten zu, und Clark blickte voller Stolz in die Runde.

„Seht euch nur an, wie sie lacht!" sagte Luke. „Ist sie nicht ein goldiges Püppchen?"

Belinda quittierte alle Bewunderung mit einen fröhlichen Krähen.

Es dauerte nicht lange, bis die Frauen zu Tisch riefen. Die Platzverteilung ging recht lautstark vonstatten, doch als Clark dann das Tischgebet sprach, herrschte ehrfurchtsvolles Schweigen. Noch während des Gebets hörte Marty ein glückliches Gurren, und als sie anschließend den Kopf hob, sah sie, daß Clark die kleine Belinda noch immer auf dem Schoß hielt.

„Liebe Güte, Clark", sagte sie, „wie willst du denn mit der Kleinen auf dem Schoß essen?"

„Immerhin fehlt mir nur ein Bein – meine beiden Hände habe ich noch", erklärte Clark.

„Nun, die wirst du beide zum Essen brauchen." Marty lachte. „Alles, was recht ist, aber sie wird mir noch so verwöhnt aufwachsen, daß wir sie später womöglich nicht ausstehen können." Damit stand Marty auf und nahm ihre kleine Tochter auf den Arm.

„Ich halte sie gern auf dem Schoß", erbot sich Arnie.

„Sie braucht nicht gehalten zu werden. Sie kann geradesogut in ihrer Wiege liegen." Damit legte sie das Kind in ihr Bettchen.

„Also, ich find's nicht fair", protestierte Luke. „Wir sitzen immerhin allesamt am Tisch."

„Das wird sie auch dürfen – in ein paar Jahren."

„Ach Omi", meldete Tina sich zu Wort, „sie liegt ja ganz allein dort in der Ecke!"

„Ich glaube kaum, daß ihr etwas entgeht. Keins von euch ist je von einem Schoß zum anderen gereicht worden."

„Das war aber ganz etwas anderes", erhob Arnie Einspruch. „Damals hatten wir mehr Babys als Erwachsene. Jetzt ist es umgekehrt. Jetzt haben wir mehr als genug Große, die sich über so'n kleines Würmchen erbarmen können."

Marty warf einen spitzbübischen Blick in die Runde.

„Allerdings; die Erwachsenen sind in der Überzahl an diesem Tisch. Mir will aber scheinen, daß sich das bald ändern könnte."

Jeder verstand, auf was sie damit anspielte, und ein Paar unter ihnen tauschte einen verstohlenen Blick aus und errötete leicht. Marty hatte es bemerkt.

„Hat jemand von euch uns vielleicht etwas anzusagen?" fragte sie herausfordernd.

Arnie schluckte und sah seine Anne an.

„Also, eigentlich hatten wir's noch nicht ausposaunen wollen, aber ... nun, du hast recht."

Alle freuten sich mit den beiden und beglückwünschten sie von Herzen. Auch Marty teilte die allgemeine Begeisterung, doch dann mußte sie plötzlich an die arme Kate denken. Mitleid überkam sie. Nun schob Kate ihren Stuhl zurück und erhob sich. Martys Augen füllten sich mit Tränen. Die arme Kate! Es war einfach zuviel für sie gewesen. Zuviel und zu früh. Erst Belinda und nun dies. Doch Kate hastete nicht aus der Stube. Nein, sie stand neben Luke, die eine Hand auf seiner Schulter und ein stilles Lächeln auf ihrem Gesicht.

„Ich freue mich mit Arnie und Anne", sagte sie. „Ich freue mich sogar sehr für sie, und obendrein auch für ... nun, für das Kindchen, denn es wird mit einem gleichaltrigen Vetter aufwachsen dürfen – falls es keine Base wird."

„Heißt das etwa ...?" begann Ellie, doch Kate kam ihr zuvor.

„Aber ja, das heißt es!" rief sie. „Etwa zur gleichen Zeit wie Annes Kind soll's ankommen. Der Doktor hat's mir gestern bestätigt!"

Nun konnte Marty die Tränen nicht länger zurückhalten. Man stelle sich nur vor: Sie sollte wieder Großmutter werden, und das gleich doppelt!

Überraschung!

Auf der LaHayeschen Farm gab es für Lane im Grunde nicht viel zu tun. Die Tiere waren entweder verkauft oder nach Westen transportiert worden. Kein einziger Weidezaun mußte geflickt werden; es fehlte auch nicht an Brennholz, und die Zaumzeuge waren allesamt in gutem Zustand. Anfangs war Lane erfreut darüber, denn das bedeutete, daß er viel Zeit für Ellie hatte; doch nach einigen Tagen der Muße begann er, unruhig zu werden. Ellie spürte es ihm ab. Sie konnte ihn sogar gut verstehen, denn auch sie war es nicht gewöhnt, Müßiggang zu treiben. Sie hatte den einzigen Vorteil, sich in Haus und Küche beschäftigen zu können. Sie backte Brot, machte Wäsche, hielt die Fenster sauber und fegte die Stube. So sehr sie sich auch den Kopf darüber zerbrach, wie Lane die langen Stunden nutzbringend ausfüllen könnte, wollte ihr einfach keine rechte Idee kommen. Es fiel ihm nicht leicht, tatenlos darauf zu warten, daß die Farm verkauft wurde.

„Du, Lane“, sprach sie ihn eines Tages an, „mir ist ein Gedanke gekommen. Sieh mal, wir wohnen doch nur ein paar Meilen von der Stadt entfernt. Meinst du, daß die LaHayes damit einverstanden wären, wenn du in der Stadt eine Arbeit annimmst?“

Lane war überrascht, daß er selbst noch nicht daran gedacht hatte.

„Ich habe zwar keine Ahnung, wie ich mich in der Stadt nützlich machen könnte“, sagte er, „aber einen Versuch wäre die Sache wert, wenn es dir recht ist.“

Ellie lächelte ihn an.

„Ich weiß doch, wie schwer dir das Nichtstun fällt. Genau das liebe ich so an dir. Weißt du, ein Tagedieb wäre nicht der richtige Mann für mich. Erkundige dich doch einfach mal nach einer Arbeit in der Stadt. Schaden könnte das gewiß nicht."

Lane sattelte sein Pferd, gab seiner Frau einen Kuß zum Abschied und ritt in die Stadt. Zunächst hatte es den Anschein, als gebe es nirgendwo eine Arbeitsstelle für ihn. Zwar suchte der Bankier einen Buchhalter, und der Schneider am Ort brauchte einen Gehilfen, doch Lane verfügte weder in dem einen noch in dem anderen Metier über ausreichende Kenntnisse. Er wollte die Suche schon aufgeben, als der Besitzer des Gemischtwarenladens ihn heranwinkte.

„Hallo, Sie, ich habe gehört, daß Sie auf Arbeitssuche sind!"

„Ja, das stimmt. Jede Arbeit ist mir recht. Brauchen Sie einen Angestellten?"

„Nein, ich nicht. Hab' beileibe genug Männer an der Arbeit! Aber Matt vom Mietstall dort drüben ist krank, und Tom, sein Kumpan, steckt bis über beide Ohren in der Arbeit. Vielleicht fragen Sie ihn mal, ob er schon jemanden zur Aushilfe gefunden hat."

Lane bedankte sich und führte sein Pferd zu dem Mietstall. Daß er aber auch selbst nicht auf die Idee gekommen war, dort nach Arbeit zu fragen! Mit Pferden kannte er sich immerhin aus.

Der Mann vom Gemischtwarenladen hatte recht. Der alte Tom war tatsächlich an einem Gehilfen interessiert, und Lane kam ihm sehr gelegen. Er nahm ihn auf der Stelle in seine Dienste.

Sein Arbeitsplatz in der Stadt erfüllte Lane nicht nur mit einem beträchtlichen Maß an Zufriedenheit, sondern bescherte ihm auch genug Geld, um wöchentlich davon einen kleinen Betrag auf die hohe Kante zu legen. Sowohl Ellie als auch er betrachteten die Wendung der Dinge als erhebliche Verbesserung, und wenn Lane abends müde von dem Schleppen schwerer Futtersäcke heimkehrte, erwartete ihn eine schmackhafte Mahlzeit und ein behagliches Feuer im Herd. Die beiden jungen Eheleute waren rundherum glücklich miteinander.

Eines Nachmittags, als Ellie gerade einen Korb voller frischgewaschener Strümpfe sortierte, hörte sie Rex bellen. Sie schloß daraus, daß sich Besuch ankündigte. Lane konnte es nicht sein, dachte sie, und auch niemand aus der Familie. So aufgeregt bellte Rex eigentlich nur, wenn ein Fremder sich näherte.

Sie eilte zum Fenster, um zu sehen, wer sie da besuchen kam. Es war ein hochgewachsener Mann in einem langen, dunklen Mantel. Nun band er sein Pferd gerade an dem Zaun fest. Ellie hatte den Mann noch nie gesehen. „Vielleicht will er die Farm kaufen", überlegte sie. „Das wäre ja wundervoll!"

Sie öffnete ihm die Tür und wünschte ihm einen guten Tag.

„Wohnt hier ein gewisser Lane Howard?"

„Ja, da sind Sie hier richtig", antwortete Ellie. „Ich bin Frau Howard."

„Ist Herr Howard zu sprechen?"

„Nein, im Moment nicht. Er arbeitet in der Stadt; ich denke aber, daß er bald heimkommt."

„Hätten Sie etwas dagegen, wenn ich hier auf ihn warte?" fragte der Mann. Ellie zögerte.

„Ich kann draußen auf ihn warten, wenn Ihnen das lieber ist."

„O nein, das brauchen Sie nicht. Wirklich nicht!" rief Ellie, die ihre anfängliche Zurückhaltung schon bedauerte. „Kommen Sie nur herein. Möchten Sie eine Tasse Kaffee?"

Der Mann folgte Ellie in die kleine Küche. Sie schob die Kaffeekanne, die sie schon für das Abendessen bereitgestellt hatte, in die Mitte der Herdplatte und nickte dem Fremden zu.

„Setzen Sie sich nur", forderte sie ihn auf. „Lane kommt bestimmt jede Minute heim."

Sie musterte den Fremden. Er trug andere Kleidung als die Farmer in der Umgebung. Auch in der Stadt hatte sie noch nie jemanden gesehen, der so gekleidet war. Er mußte aus der Großstadt kommen, schloß sie. Wenn er die Farm kaufen wollte, so kam er gewiß im Auftrag eines anderen Mannes. Er selbst machte kaum den Eindruck eines Farmers.

Sie wollte ihn gerade fragen, wer es war, der die Farm kaufen wollte, als er ihr zuvorkam.

„Nettes Anwesen, das Sie hier haben", bemerkte er. „Alles sieht gut gepflegt aus."

„Erstklassig sogar", bestätigte Ellie, die die Vorzüge der Farm herauszustellen suchte. „Es hat viel Mühe und Geld gekostet, das Land zu roden. Die Farm ist wirklich in bestem Zustand."

„Ich habe nicht viel Vieh draußen gesehen."

„Das Vieh ist verkauft worden. Aber das Weideland ist gut, und die Ställe sind geräumig. Wir haben Ställe für Kühe, jede Menge Schweineboxen, einen nagelneuen Pferdestall, in dem acht Pferde Platz haben, ein großes Hühnergehege, fünf Kornspeicher – oder sind's sechs? – nein, fünf. Obendrein haben wir einen Rübenkeller und einen prima Brunnen."

Der Mann schaute leicht verwundert drein, doch Ellie beeilte sich, fortzufahren.

„Jede Menge fruchtbares Ackerland haben wir auch. Voriges Jahr hatten wir eine Rekordernte bei der Gerste, und auf dem unteren Feld hat's so viel Heu gegeben, wie ich noch nie gesehen hab' … und das Feld hinter dem Haus, wissen Sie, das man von der Straße her nur schlecht sehen kann …" Ellie unterbrach sich. „Aber eigentlich kann man keins von den Feldern im Vorüberreiten richtig sehen, schon wegen des Schnees – aber bald fangen wir an zu pflügen. Die Leute hier meinen, daß wir dieses Jahr ziemlich früh warmes Wetter kriegen. Ein paar von den Farmern haben ihr Saatgut schon fix und fertig zur Aussaat bereitstehen."

„Interessant“, sagte der Mann nur, wenn er auch nicht sehr beeindruckt zu sein schien.

„Der Küchengarten ist auch sehr ertragreich“, fuhr Ellie fort und reichte dem Fremden eine Tasse Kaffee. „Wir haben sogar ein paar Obstbäume. Pa meint, daß der Garten wie geschaffen sei für Apfelbäume, aber die müßten erst noch gepflanzt werden.“

„Haben Sie die Farm erst vor kurzem gekauft?“ fragte der Mann.

Ellie starrte ihn an.

„Wir?“ fragte sie. „Aber nein! Nein, die Farm steht immer noch zum Verkauf aus“, beeilte sie sich zu erklären. „Wir wohnen nur hier, bis sich ein Käufer findet. Die LaHayes sind schon in den Westen übergesiedelt, und wir verwalten alles, bis die Farm verkauft ist. Wir ziehen auch in den Westen, sobald ...“ Ellie verstummte. Was sie da gesagt hatte, klang unter Umständen unvorteilhaft. Am Ende glaubte der Mann noch, daß etwas mit der Farm nicht stimmte.

„Nicht, daß wir die Farm nicht selbst gern kaufen würden, aber mein Mann ist eigentlich Rinderzüchter. Und außerdem haben wir kein Geld, um eine Farm zu kaufen. Es braucht nämlich eine ganze Menge davon, wenn man heutzutage Farmer werden will.“ Das hatte auch nicht viel besser geklungen. Der Käufer mochte die Flinte ja gleich ins Korn werfen, wenn die Farm tatsächlich so teuer war!

„Nun, es dauert nicht lange, bis der Betrieb sich trägt, wenn’s eine gute Farm ist – und das hier ist eine prima Farm“, redete sie weiter, doch dann hielt sie entmutigt inne. Wenn sie nicht aufpaßte, dann richtete sie noch ein Unheil an mit dem, was sie sagte. Deshalb beschloß sie, hinfort zu schweigen.

Auch der Mann blieb stumm. Ellie füllte seine Kaffeetasse auf.

Sie sah nach den Rosinenbrötchen, die sie zum Abendessen gebacken hatte, und rührte in der Suppe. Alles war fertig. Sie hoffte, daß Lane nicht mehr allzulange auf sich warten ließ.

Die Stille lastete schwer auf Ellie. Der Mann schien nicht zum Plaudern aufgelegt zu sein. Er schien ungeduldig zu sein; das unablässige Trommeln seiner Finger auf dem Tisch begann, Ellie nervös zu machen. Endlich hörte Ellie wieder Gebell von draußen, und diesmal wußte sie, daß Rex Lane begrüßte. Ellie seufzte erleichtert auf.

„Da kommt mein Mann“, sagte sie zu dem schweigsamen Fremden. „Er muß nur geschwind noch das Pferd in den Stall bringen.“

Der Mann nickte. Ellie wollte das Essen gerade auftischen, doch dann überlegte sie, daß sie besser damit wartete, bis der Mann mit Lane über die Farm gesprochen hatte. Der Fremde schien kaum geneigt zu sein, eine Einladung zum Abendessen anzunehmen.

Verwundert betrat Lane die Küche.

„Lane, dies ist Herr ... oh, ich habe ganz vergessen, Sie nach Ihrem Namen zu fragen!“

„Peters“, sagte der Mann und stand auf, um Lane die Hand zu schütteln.

„Herr Peters, das ist mein Mann“, sagte Ellie kleinlaut.

„Guten Tag, Herr Peters“, sagte Lane und schüttelte die dargebotene Hand. „Wenn ich mich nicht irre, hatte ich heute nachmittag das Vergnügen, Ihnen ein Pferd zum Verleih zu satteln.“

Herr Peters machte einen verblüfften Eindruck.

„Aber natürlich“, sagte er dann. „Hätte ich gewußt, wer Sie sind, dann hätte ich mir den Ritt hierher sparen können. Man hat mir gesagt, daß Sie auf einer Farm leben.“

„Das tun wir auch“, erwiderte Lane, „aber zu tun gibt’s hier zur Zeit kaum etwas. Das Vieh ist verkauft worden. Wir haben ein Pferd und einen Hund, weiter nichts. Da könnte ein ausgewachsener Mann den lieben langen Tag Däumchen drehen. Wir wohnen nur noch solange hier, bis ...“

Herr Peters fiel ihm ins Wort. Er verspürte wenig Verlangen danach, die Vorzüge der Farm aufs neue angepriesen zu bekommen.

„Ja, Ihre Frau hat mir schon alles erzählt", beeilte er sich zu sagen.

„Aber setzen Sie sich doch bitte wieder", sagte Lane. „Was kann ich denn für Sie tun?"

„Er kommt wegen der Farm", wollte Ellie erklären, beschloß aber dann, Herrn Peters für sich selbst sprechen zu lassen.

„Es handelt sich um eine sehr vertrauliche Angelegenheit", sagte der Besucher und legte eine Aktentasche auf den Tisch, die Ellie zuvor nicht einmal bemerkt hatte.

Lane schien überrascht.

„So? Um was geht es denn?"

Herr Peters sah stirnrunzelnd auf Ellie herüber.

„Hören Sie, Herr Peters, vor meiner Frau habe ich keine Geheimnisse", sagte Lane bestimmt.

Ohne ein weiteres Wort öffnete Herr Peters seine Brieftasche und breitete eine Anzahl von Papieren auf dem Tisch aus. Er zog eine Drahtbrille aus der Westentasche hervor und setzte sie sich auf die Nasenspitze. Dann räusperte er sich und begann: „Sie sind also Lane Howard."

„Allerdings."

„Wer ist ihr Vater, Herr Howard?"

„Nun, ich … ich habe keinen Vater. Das heißt, ich habe keinen Vater mehr. Er starb, als ich fünf Jahre alt war."

„Und sein Name lautete?"

„Sein Name? Er hat Will geheißen. Ich meine, Will war sein Rufname. Sein richtiger Name war William. William Clayton Howard."

„Und Ihre Mutter?"

„Meine Mutter ist ihm eine Woche später ins Grab gefolgt. Sie waren beide in demselben Sturm verletzt worden."

„Ihr Name?"

„Rebecca. Rebecca Marie."

„Wer hat Sie großgezogen?" fragte der Fremde.

„Eine Tante von mir. Sie war alleinstehend. Sie hat Tante Maggie geheißen ... ich meine, Margarete. Margarete Thom."

„Lebt sie noch?"

„Nein. Vor vier oder fünf Jahren ist mir zu Ohren gekommen, daß sie gestorben ist."

„Dann haben Sie also zum Zeitpunkt ihres Ablebens nicht bei ihr gewohnt?"

„Nein, behüte! Ich bin mit vierzehn ausgezogen."

„Und darf ich fragen, warum?"

„Warum? Weil ich fortgehen wollte. Ich fand, daß es für alle besser wäre, wenn ich ging."

„Hat man Ihnen nahegelegt, von daheim auszuziehen?"

Lane runzelte die Stirn.

„Aber natürlich nicht!"

„Was waren die äußeren Umstände damals?"

„Die was?"

„Die äußeren Umstände. Warum sind Sie gegangen, wenn niemand Sie fortgeschickt hat?"

„Meine Tante wollte heiraten. Sie war schon älter. Es war ihre erste Ehe. Die Leute in der Gegend haben gemeint, daß die Umstellung ihr schwer genug fallen würde. Dazu haben sie gemunkelt, daß es meinetwegen noch schwerer werden würde, daß sie sich ..."

„Das haben die Leute tatsächlich gesagt?"

„Nun, sie haben es mir nicht gerade ins Gesicht gesagt. Ich hab's halt nur so aufgeschnappt, aber gehört habe ich's."

Ellie wurde unbehaglich zumute. Warum stellte dieser fremde Mann Lane so viele Fragen? Wozu wollte er so genaue Auskunft über Lanes Vergangenheit? Bisher war sie die einzige gewesen, mit der er darüber gesprochen hatte.

„Was können Sie mir über den Mann sagen, den Ihre Tante geheiratet hat?" fuhr Herr Peters unerbittlich fort.

„Was ich Ihnen über ihn sagen kann? Er war ein Geschäftsmann in der Stadt. Gutgehendes Geschäft übrigens. Beerdigungsinstitut."

„Haben Sie Angst vor ihm gehabt?"

„Angst? Nein. Er ist immer nur nett zu mir gewesen."

„Hat er Angehörige gehabt?"

„Nicht, daß ich wüßte. Er ist auch vorher nie verheiratet gewesen."

„Trotzdem wollten Sie damals nicht bei ihm und Ihrer Tante wohnen bleiben?"

„Nein, so war's nicht. Der Abschied war nicht leicht, das können Sie mir glauben. Ich habe mir auf dem Weg zur Bahnstation die Augen ausgeheult, wenn Sie's genau wissen wollen. Ich habe nämlich sehr an Tante Maggie gehangen. Sie war immer so gut zu mir gewesen, und jetzt wollte ich, daß sie selbst glücklich würde."

Ellie glaubte, den Fremden etwas über geschwätzige Nachbarn murmeln zu hören, war sich aber nicht sicher.

„Haben Sie seitdem den Kontakt zu ihr gepflegt?"

„Bis zu ihrem Tod haben wir Briefe ausgetauscht. Mein letzter Brief ist mit dem Vermerk: ‚Verstorben' zurückgekommen."

„Aha", sagte der Mann und rückte sich die Brille auf der Nase zurecht.

„Tut mir leid, Herr Peters, aber mir leuchtet nicht recht ein, worauf Sie hinauswollen", sagte Lane. „Ich habe zwar keinen Grund, meine Vergangenheit zu verbergen, aber es kommt mir doch ein bißchen merkwürdig vor, einem völlig fremden Mann in meinen eigenen vier Wänden Rede und Anwort darüber stehen zu sollen."

„Sie haben mein vollstes Verständnis", sagte Herr Peters und nahm die Brille ab, die ihm um Haaresbreite von der Nase gerutscht wäre. „Man kann nie vorsichtig genug sein, wissen Sie, und ich muß zweifelsfrei sicherstellen, daß Sie tatsächlich der Lane Howard sind, den ich suche."

„Den Sie suchen?" wunderte Lane sich, und Ellie trat näher an ihn heran.

„Sie haben mir noch nicht den Namen des Mannes genannt, den Ihre Tante geheiratet hat“, fuhr der Mann mit seinem Verhör fort und setzte sich die Brille wieder auf die Nase.

„Meiers. Conwyn Meiers.“

„Haben Sie je den Kontakt zu Herrn Meiers gepflegt?“

„Nein, nicht besonders. Meinte Tante hat viel über ihn in ihren Briefen geschrieben, und ich habe ihn durch sie grüßen lassen.“

„Aha“, nickte der Mann. „Jetzt habe ich nur noch eine letzte Frage an Sie, Herr Howard. Wie lautet Ihr vollständiger Name?“

„William Lane Howard. William nach meinem Vater. Aber Lane haben sie mich gerufen, damit wir nicht verwechselt würden.“

„So, so“, murmelte der Mann und blätterte in seinen Papieren. „Alles scheint also zu stimmen.“

„Was soll denn hier stimmen?“ fragte Lane ungeduldig. „Würden Sie bitte so freundlich sein und uns erklären, was das alles zu bedeuten hat?“

„Jawohl“, sagte der Mann, „mir scheint, daß es an der Zeit für eine Erklärung ist.“

Ellie und Lane tauschten einen gespannten Blick aus.

„Ich bin Steven Peters“, sagte der Mann. Er betonte dabei jede einzelne Silbe, als sei sie von größter Wichtigkeit. „Steven Peters, Rechtsanwalt. Ich komme als rechtmäßiger Verwalter des Nachlasses des verstorbenen Conwyn Meiers zu Ihnen. Herr Meiers war ein angesehener, tüchtiger Geschäftsmann. Er hat seinen Besitz in tadellosem Zustand hinterlassen – und zwar Ihnen.“

„Wie bitte?“ rief Lane und sprang auf.

„Er hat Ihnen seinen gesamten Besitz hinterlassen, Herr Howard. Sie waren sein nächster Verwandter, und er wußte, wieviel Sie seiner Frau Margarete bedeutet hatten.“

„Aber ich ... ich ...“ Lane war wie vor den Kopf gestoßen. „Das ist ja mächtig nett von ihm, aber ...“ Er rang nach Worten. „Bitte schön, was in aller Welt soll ich nur mit einem Beerdigungsinstitut anfangen?“

„Das Institut hat er noch zu Lebzeiten verkauft, ebenso seinen Wohnsitz. Er hat aus Ihren Briefen an seine Frau damals den Eindruck gewonnen, daß Sie im Westen zu Hause sind und nie in die alte Heimat zurückkehren würden."

„Das stimmt allerdings", beeilte Lane sich.

„Sein gesamter Nachlaß besteht deshalb aus Bargeld. Ich habe die Bescheinigung mitgebracht. Sie brauchen nur ein paar Papiere zu unterschreiben und mit mir zu Ihrer Bank zu gehen, und das Geld gehört Ihnen."

„Meine Bank?" Nun mußte Lane lachen. „Ich hab' mein Lebtag noch nie eine Bank gebraucht."

„Nun, mein Rat an Sie lautet, ein Konto bei der Bank am Ort zu eröffnen", sagte der Rechtsanwalt. „Für einen Sparstrumpf ist der Betrag nun doch ein wenig zu groß." Der Anflug eines Lächelns huschte über seine Züge.

„Selbstverständlich", versprach Lane. „Gleich morgen früh richte ich ein Konto ein."

„Ich habe die Bank auf meinem Weg hierher schon besucht und veranlaßt, daß das Notwendigste noch heute abend erledigt wird. Der Bankier ist sehr daran interessiert, Sie als Kunde zu gewinnen, Herr Howard, und wird Sie mit äußerstem Zuvorkommen behandeln. Mir selbst liegt daran, das Geschäft abzuschließen und in die Großstadt zurückzureisen. Wenn ich ehrlich sein soll, hat es mich weitaus mehr Zeit gekostet, Sie als den Erben ausfindig zu machen, als ich gehofft hatte."

Einen Augenblick lang überlegte Lane, ob er eine Entschuldigung vorbringen sollte, entschied aber dann, daß das unnötig war. Immerhin hatte Herr Peters gewiß ein ansehnliches Honorar für seine Bemühungen eingestrichen.

„Ich hole sofort mein Pferd aus dem Stall", sagte er statt dessen nur.

Dann wandte er sich an Ellie.

„Ich komme wieder, sobald ich kann", versprach er ihr. „Wenn ich nur nicht derweil vor Aufregung platze!"

sagte sie und fiel ihm um den Hals. „O Lane, ich kann's noch gar nicht fassen!"

Lane schob sie sanft von sich und lächelte sie an. Dann nahm er seine Jacke vom Haken.

„Ich werde mich beeilen", rief er ihr zu. „Wir reden über alles, wenn ich wieder zurück bin."

Er küßte sie zum Abschied und eilte hinter dem Rechtsanwalt her.

Ellie ging an den Herd und legte den Deckel auf den Kochtopf. Wer konnte schon sagen, wann – oder ob überhaupt – sie endlich dazu kamen, ihr Abendessen zu verzehren?

Der plötzliche Reichtum

„Meine Güte, was fangen wir nur mit so viel Geld an?" rief Ellie fassungslos, als Lane ihr die Bescheinigung von der Bank zeigte.

Es war ihr wie eine Ewigkeit erschienen, bis Lane von seinem Ritt in die Stadt wieder zurückgekehrt war. Doch in Wirklichkeit war die Abwicklung der Geschäfte sehr zügig vonstatten gegangen. Der Bankdirektor war tatsächlich sehr eifrig um Lane bemüht, denn eine solche Summe bekam er nicht alle Tage zu verwalten. Sowohl der Bankier als auch der Rechtsanwalt drängten jedoch zur Eile, um das Geschäft möglichst schnell abzuschließen.

Lane hatte seinen Augen kaum trauen können, als er die Summe seiner Erbschaft schwarz auf weiß vor sich sah. Und nun war der gesamte Betrag unter seinem Namen in den Papieren der Bank verzeichnet worden.

„Darüber habe ich mir auch schon den Kopf zerbrochen", antwortete Lane auf Ellies Frage. „Gar nicht auszudenken, was wir uns jetzt alles leisten können!"

„Hurra, ich dann kriege endlich eine eigene Nähmaschine!" jubelte Ellie.

„Du kannst sogar zwei Nähmaschinen kaufen, wenn du Lust hast", meinte Lane, und Ellie lachte.

„Und die Schuhe, die ich bei Harders im Schaufenster gesehen habe, kann ich mir jetzt auch leisten.

„Schuhe? Das ist doch gar nichts. Die paar Dollar Unterschied werden wir ja nicht mal spüren!"

„Ach Lane, ich kann's einfach nicht fassen!"

„Ich auch nicht. Es kommt mir wie ein Traum vor."

Er zog sie auf seinen Schoß und hielt sein Gesicht an ihre duftende Haarpracht.

„Und das schönste an dem ganzen Traum ist, daß ich dir jetzt endlich die Dinge bieten kann, die ich dir schon längst kaufen wollte. Ich hatte oft Angst, daß ..."

„Habe ich vielleicht verlangt, daß du mir teure Geschenke machst?" schalt Ellie und strich ihm zärtlich über das Haar. „Ich habe nur dich gewollt, weiter nichts, und das weißt du ganz genau."

Lane küßte sie innig.

„Ja, das weiß ich", flüsterte er. „Deshalb sind wir auch so glücklich miteinander."

„Ach Schatz, wir haben ja plötzlich so viel zu besprechen und zu planen – aber meinst du nicht auch, daß wir zuallererst einmal unsere Suppe essen sollten, selbst wenn uns nicht danach zumute ist? Falls sie überhaupt noch genießbar ist, heißt das natürlich."

Sie setzten sich zu Tisch und verzehrten ihre Mahlzeit, ohne recht bei der Sache zu sein. Statt dessen sprachen sie über die großartigen Aussichten, die das unerwartete Erbe ihnen bescherte. Sie überlegten und träumten, während sie aßen, während Ellie den Tisch abräumte und während sie gemeinsam das Geschirr abwuschen. Noch bis in den späten Abend hinein schmiedeten sie Pläne.

„Weißt du, was ich gern mit einem Teil des Geldes täte?" fragte Ellie, als sie in ihrem warmen Bett lagen.

„Was denn?"

„Ich würde gern eine Orgel für unsere Kirche anschaffen. Kein riesengroßes Instrument – nur einfach eine schöne, kleine Orgel. Was meinst du?"

„Warum nicht? Das ist eine prima Idee. Ich hab' auch schon überlegt, was wir für die Kirche tun könnten, für die Kirche hier am Ort und auch für unsere kleine Kirche drüben im Westen. An eine Orgel habe ich allerdings noch nicht gedacht, aber das ist genau das richtige."

„Dann laß uns das doch tun!" rief Ellie.

Lane hauchte ihr einen Kuß auf das Ohrläppchen.

„Weißt du, was mir noch durch den Kopf gegangen ist?" fragte er dann.

„Was denn?“

„Jetzt haben wir genug Geld, um die Farm zu kaufen.“

„Welche Farm?“

„Nun, diese hier.“

„Wir? Aber warum denn nur?“

„Warum? Dann brauchtest du nicht von deiner Heimat fortzuziehen. Du könntest hier wohnen bleiben, ganz in der Nähe deiner Ma, wie du's dir gewünscht hast, und ...“

„Der Ackerbau liegt dir doch gar nicht. Du würdest doch viel lieber Rinder züchten.“

„Schon, aber es würde mir nichts ausmachen. Ich ...“

„Nein, das laß' ich nicht zu. Niemals, Lane.“

„Aber ...“

„Hör doch mal zu! Mama hat sich längst damit abgefunden, daß ich von hier wegziehe. Leichtfallen wird's ihr nicht, das gebe ich zu, aber sie hat sich an den Gedanken gewöhnt. Sie würde nie wollen, daß wir um ihretwillen unsere Pläne ändern. Es würde sie nur unglücklich machen, wenn sie wüßte, daß ich nicht rundherum glücklich bin, und ich könnte nie rundherum glücklich werden, solange du nicht zufrieden bist; verstehst du das denn nicht?“

„Aber mir fehlt doch nichts zu meinem Glück, wenn ich dich nur habe.“

„Kommt gar nicht in Frage. Du hast immer schon von einer eigenen Ranch geträumt. Jetzt kannst du sie endlich kaufen, und zwar nicht nur so einen kleinen Betrieb, daß es gerade zum Leben reicht, sondern einen richtigen Rinderzuchtbetrieb mit allem Drum und Dran, auf den du stolz sein kannst. Wer weiß – vielleicht hast du eines Tages Söhne, so wie Willie, die den Betrieb dann später übernehmen.“

Lane umarmte seine Frau und küßte ihr Haar. In der Dunkelheit füllten sich seine Augen plötzlich mit Tränen. Wie konnte ein Mann nur so viel Gutes verkraften? Wenn die Freude nicht bald ein wenig nachließ, würde er noch vor Glück platzen!

Jedermann teilte Lanes und Ellies Freude über ihren

unvorhergesehenen Reichtum. Ellie begann nun, erste Vorbereitungen für den Umzug nach Westen zu treffen. Sie konnte es kaum erwarten, Lanes geliebten Westen endlich auch mit eigenen Augen zu sehen und ein Grundstück für ihre Ranch ausfindig zu machen. Dazu freute sie sich unbändig, ihre Halbschwester Missie wiederzusehen und deren Kinder kennenzulernen. Jeden Tag betete sie, daß sich doch recht bald ein Käufer für die LaHaye-Farm finden würde, damit sie und Lane sich auf die Reise machen könnten. Der April verging, und der Mai zog ins Land. Mit den wärmeren Strömungen von Süden her war der Schnee nun auch in den verstecktesten Winkeln geschmolzen, und Ellie schnupperte oft voller Ungeduld in die Luft hinein, ob sie schon den Duft der allerersten Frühlingsblumen wahrnehmen könnte.

Lane arbeitete nach wie vor in dem Mietstall in der Stadt. Das Nichtstun bekam ihm nicht, erklärte er, und Ellie und er legten seinen Arbeitslohn unauffällig in die Sonntagskollekte der kleinen Kirche mit der Anweisung: „Für Pastor Brown“. Ihrer Meinung nach brauchte der junge Pastor das Geld dringender als sie. Die Orgel war bestellt worden, und die gesamte Gemeinde erwartete gespannt den Tag, an dem sie zum ersten Mal in ihrer Kirche erklingen würde. Dazu hatten Lane und Ellie dem Pastor einen stattlichen Betrag zur Verwaltung überlassen, den er für unvorhergesehene Notfälle innerhalb der Kirchengemeinde beiseite legen sollte.

Mit großer Ungeduld erwartete Ellie täglich Lanes Heimkehr. In der Stadt hingen Plakate aus, auf denen zu lesen stand, daß Interessenten für die LaHaye-Farm sich an Lane Howard wenden sollten. Bisher waren einige Anfragen bei ihm eingegangen, von denen jedoch keine zum Verkauf des Anwesens geführt hatte.

Eines Nachmittags endlich kam Lane früher als gewöhnlich nach Hause.

„Du kommst aber früh“, wunderte sich Ellie.

„Freust du dich denn gar nicht, daß ich schon da bin?" neckte er sie.

„Aber natürlich! Ich hab' aber das Essen noch nicht gekocht, weißt du."

Er nahm sie in die Arme und küßte sie.

„Laß das Kochen heute mal!" sagte er. „Ich habe nämlich aufregende Neuigkeiten."

„Gute?" fragte sie gespannt.

„Ich denke schon."

„Komm, spann mich nicht so auf die Folter. Was ist es denn?"

„Ich habe meinen Arbeitsplatz gekündigt."

Ellie war verdutzt.

„Du hast gekündigt? Das klingt ja schön und gut – aber was ist denn so wunderbar daran?"

„Ich habe gekündigt, damit wir endlich mit dem Kofferpacken anfangen können."

„Kofferpacken?"

„Jawohl, Schatz! Endlich können wir abreisen. Heute ist jemand gekommen, der die Farm gekauft hat!"

Ellie flog ihm in die Arme.

„O Lane!" rief sie. „Das ist ja fabelhaft!"

Er faßte sie fest um ihre schlanke Taille und wirbelte sie durch die Stube.

„Genau das meine ich auch!" rief er zurück. „Endlich kann die Reise losgehen!"

Erneuter Abschied

Um ihrer Kinder willen begrüßten auch Marty und Clark die Nachricht vom Verkauf der Farm. Sie wußten, wie sehr Lane und Ellie sich darauf gefreut hatten, endlich ihren eigenen Hausstand im Westen gründen zu können. Die ganze Verwandtschaft aus der näheren Umgebung fand sich ein, um das Ereignis zu feiern, obwohl sich der Jubel auch mit Schwermut mischte. Lane hatte schon die Fahrkarten für die Eisenbahn besorgt. Auch das Packen war größtenteils erledigt. Ellie hatte schon vor längerer Zeit alle Gegenstände, die nicht unmittelbar gebraucht wurden, in Schachteln verpackt, die Lane dann in geräumigen Versandkisten untergebracht hatte. Nun waren es nur noch wenige Tage bis zur Abfahrt.

Ellie war enttäuscht darüber, weder Cathy noch Larry Lebewohl sagen zu können.

„Wer weiß, wann wir sie wiedersehen werden!“ seufzte sie, wobei ein Schatten über ihre Züge huschte.

„Vielleicht kann Larry uns besuchen, wenn er mit seinem Studium fertig ist“, tröstete Lane sie.

Ellie hoffte es von ganzem Herzen, während Marty im stillen protestierte: „Nur das nicht! Am Ende kommt er mir auch noch auf die Idee, in den Westen überzusiedeln!“

Marty wurde an eine andere ihrer Töchter erinnert, die einst, nicht minder vom Reisefieber gepackt wie diese nun, in die Ferne ziehen wollte. Genau wie damals, so mußte sie ihr Kind auch jetzt schweren Herzens hergeben.

Belinda schrie, und wie auf Kommando erhoben sich zehn Erwachsene, um sich ihrer anzunehmen, doch Marty winkte ab.

„Ich kümmere mich schon um sie; bleibt ihr nur sitzen", sagte sie. „Sie wird hungrig sein."

Belinda war jedoch nicht hungrig, sondern gelangweilt. Dazu brauchte sie eine frische Windel. Sie mochte es ganz und gar nicht, in einer feuchten Windel zu liegen, und protestierte stets lautstark.

Marty legte sie trocken. Die Gelegenheit, für ein paar Minuten aus der Stube zu gehen, kam ihr sehr gelegen. Sie hielt das Kleinkind zärtlich in ihren Armen und legte ihre Wange gegen das flaumweiche Köpfchen. „Ich bin ja so froh, daß Gott in seiner großen Weisheit dafür gesorgt hat, daß es dich gibt", flüsterte sie. „Er hat als einziger gewußt, wie sehr ich dich eines Tages brauchen würde, mein Schatz!"

Das Baby fing sich eine Handvoll Haare aus dem Schopf seiner Mutter ein und schickte sich an, sie sich in das Mündchen zu stecken.

„Laß das sein, hörst du?" schalt Marty lächelnd. „Du wirst dich noch vollkommen verstricken! Haare sind doch nicht zum Essen da!"

Das Kind krähte vor Vergnügen und griff statt dessen nun nach dem Kragen am Kleid ihrer Mutter. Marty gab ihrem Töchterchen einen Kuß. Es war ihr, als hätte sie gestern erst den Säugling Ellie in den Armen gehalten, und nun war Ellie schon eine verheiratete Frau und stand kurz vor dem Abschied von der Heimat.

Marty studierte Belindas zartes Gesicht.

„Wenigstens habe ich dich noch", flüsterte sie. „Und wenn die Zeit auch noch so schnell vergeht – du wirst mir noch eine Weile bleiben, mein Kind. Und weißt du was? Nicht mehr lange, dann kommt Larry zu uns. Nein, nein, nicht für immer; nur zu Besuch. Ich glaube kaum, daß er je für immer zu uns kommen kann. Aber vielleicht wohnt er später mal so nahe bei uns, daß er uns hin und wieder besucht, damit ich mich mit eigenen Augen davon überzeugen kann, daß es ihm gut geht."

Sie drückte dem Säugling noch einen flüchtigen Kuß

auf die Wange. Dann ging sie in die Stube zu den anderen zurück.

An dem Tag, als Ellie und Lane abreisten, versammelte sich die Familie, wie sie es schon viele Male getan hatten, an der Postkutschstation in der Stadt. Heute fehlte Charles LaHaye in der Runde; er würde statt dessen die beiden jungen Leute am Ziel der langen Reise in Empfang nehmen.

Marty ertrug die Abschiedsstimmung mit Fassung. Es gelang ihr sogar, ihre Tränen zurückzuhalten, um sich mit Ellie und Lane auf das Abenteuer eines neuen Lebens im Westen zu freuen.

„Macht euch auf eine lange, lange Bahnfahrt gefaßt!“ warnte sie die beiden. „Ich fürchtete damals, sie würde überhaupt nicht enden. Irgendwann kommt man schon an, aber bis dahin habt ihr zunächst mal genug vom Zugfahren.“

Ellie lächelte nur.

„Habt ihr auch das Paket für Missie eingesteckt?“ erkundigte sich Marty dann zum fünften Mal.

„Hier steht’s, Mama, hier bei den anderen Kisten. Ich geb’s ihr, sobald wir da sind.“

„Fehlt euch auch bestimmt nichts Wichtiges?“ Diesmal war es Clark, der besorgt fragte.

„Aber Pa!“ lachte Ellie. „Stell dir vor, im Westen gibt’s auch Geschäfte!“

Nun wurde das Gepäck auch schon in die bereitstehende Kutsche verladen. Rex, der die Reise in einem Hundekäfig antreten mußte, knurrte unbehaglich in seinem Gefängnis, doch Lane streichelte ihm ein Ohr und versprach ihm, jede Gelegenheit wahrzunehmen, um ihn aus seinem Käfig zu befreien und ihn eine Weile herumtollen zu lassen.

Ellie hielt Belinda bis zum letzten Augenblick auf den Armen. Sie küßte das Kleine zärtlich.

„Weißt du, was mir am meisten fehlen wird?“ flüsterte sie. „Ich wäre so gern bei dir, wenn du größer wirst!“

Nun flossen die Tränen ungehindert, und Marty legte die Arme um Ellie und deren kleine Schwester.

Der Kutscher stieg auf den Bock und nahm die Zügel. Der Bedienstete der Station faßte die Pferde fest bei den Köpfen, um sie ruhig zu halten, doch sie konnten es kaum erwarten, loszugaloppieren.

Eilig nahmen alle die beiden Reisenden noch ein letztes Mal in die Arme, und dann stiegen Ellie und Lane auch schon in die Kutsche. Unter einem riesigen Staubwirbel stoben die Pferde davon. Marty holte ihr Taschentuch hervor und wischte sich Staub und Tränen aus dem Gesicht. Dann gingen sie zu ihren wartenden Gespannen zurück. Es gab keinen Grund, noch länger zu bleiben. Ellie war nun auf und davon. Sie reiste dem Ziel ihrer Träume entgegen, und die Eltern und Geschwister, die zurückblieben, hatten ihre eigenen Träume und Pläne hier in der Heimat.

Auf dem Heimweg hob Marty den Kopf, um die Landschaft um sich her eingehend zu betrachten.

„Ich muß sagen, ich find's schön hier", sagte sie. „Du nicht auch?"

„Allerdings", antwortete Clark. In dem einen Wort lag seine ganze Verbundenheit mit seiner Heimat.

„Irgendwie habe ich gar kein Verlangen, das große Glück im Westen zu suchen. Geht's dir auch so?"

„Ja, genau so."

Schweigend setzten sie ihren Weg fort.

„Wir haben ja immer noch Nandry und Cathy und Arnie hier. Und vielleicht kommen Cathy und Joe auch bald wieder."

„Ja," sagte Clark. „Vielleicht."

„Das ist über die Hälfte", rechnete Marty. „Nicht schlecht, oder?"

„Das ist sogar erstklassig – und obendrein hast du noch eins vergessen."

Marty runzelte die Stirn, bis ihr das kleine Bündel in ihren Armen wieder einfiel.

„Ach, wie dumm von mir! Das sollte keine Beleidigung sein, Belinda", sagte sie und drückte dem Kind einen Kuß auf die Wange.

„Na, diesmal wird sie dir vielleicht noch einmal vergeben", schmunzelte Clark.

Marty verfiel wieder in Schweigen. Tief zog sie die warme Luft ein. Wie sie doch den Frühling liebte! Er schien immer wieder voller Vorahnungen auf eine bessere Zukunft.

„Nicht mehr lange, Clark, und wir haben noch zwei Enkelkinder mehr."

Clark grinste.

„Und das schönste ist, daß wir sie jeden Tag sehen können."

Clark nickte.

Marty blickte sich um. Über den Feldern lag ein hauchzarter, pastellgrüner Dunstschleier. An den Bäumen entlang der Straße waren die ersten grünen Blattspitzen zu sehen. Von dem blauen Himmel lachte die Sonne, als wollte sie mit ihren Strahlen das Grün der Erde aus allen Winkeln hervorlocken.

„Jetzt wird's bald Zeit für den Garten", sann Marty.

„Stimmt!" sagte Clark und auch er sog mit Wohlbehagen die warme Frühlingsluft ein.

„Hilfst du mir dieses Jahr wieder?" Sie sagte es mit einem spitzbübischen Schmunzeln um die Lippen, und Clark dachte an das Frühjahr vor vielen Jahren zurück, als er seiner blutjungen Frau zum ersten Mal beim Anlegen des Küchengartens geholfen hatte.

„Läßt du dir denn überhaupt von mir helfen?" gab er zurück.

„Wenn du artig bist."

„Wenn ich mich recht erinnere, warst du es, die zur Aussaatzeit nichts als Flausen im Kopf hatte."

Marty lachte.

„Ach, Clark", sagte sie dann nachdenklich, „das ist aber schon eine halbe Ewigkeit her, nicht wahr?"

Er sah sie ernst an. Seine Augen drangen tief in die ihren, und er nahm ihre freie Hand in seine.

„Meinst du?“ fragte er. „Manchmal meine ich, es sei erst gestern gewesen.“

Das Vermächtnis

Die kleine Belinda war für die Nacht gefüttert worden. Die Eltern hatten sie zwischen sich auf ihr Bett gelegt und bewunderten das winzige Geschöpf Gottes in seiner Vollkommenheit, bevor es an der Zeit war, die Kleine in ihre Wiege zu betten. Sie war noch wach und schaute die vertrauten Gesichter ihrer Eltern, die sich über sie beugten, mit großen Augen an. Mit dem einen Händchen hielt sie einen Finger ihres Vaters fest umklammert; das andere hatte sie in den Falten des Nachthemds ihrer Mutter vergraben. So hatte sie sich nach beiden ausgestreckt; nicht nur mit ihren kleinen Kinderhändchen, sondern auch mit der ganzen Liebe ihres jungen Herzens.

Bei dem Anblick des Säuglings neben ihr wurde Marty wieder an Ellie erinnert. In Ellies Leben hatten sich die Ereignisse der letzten Zeit wahrhaftig überstürzt!

„Ich kann's immer noch nicht recht glauben. Das Ganze klingt wie ein Märchen. Wer hätte je gedacht, daß eines unserer Kinder einmal ein Vermögen erben würde!"

„Und obendrein so einen Riesenbetrag!" fügte Clark hinzu. „Nun, ein Millionär ist zwar nicht gerade über Nacht aus Lane geworden, aber er stellt sich doch besser als mancher andere Bursche in seinem Alter."

„Ja, ich halte große Stücke auf ihn", meinte Marty. „Der Reichtum wird ihm nicht zu Kopf steigen. Er wird besonnen damit umzugehen wissen."

„Ich habe mir in letzter Zeit viel Gedanken über Vermächtnisse gemacht", sagte Clark und strich Belinda über die flaumigen Locken.

„Wie bitte? Vermächtnisse?"

„Ja, zum Beispiel die Art von Vermächtnis, die man jemandem hinterlassen kann."

„Wie meinst du das?"

„Nun, jedermann weiß, was es bedeutet, jemand ein Vermögen zu vermachen.

Marty nickte.

„Aber es gibt noch andere Arten von Vermächtnis."

Marty hörte ihm aufmerksam zu. Belinda hatte ihr Nachthemd losgelassen und fuhr Marty mit ihren kleinen Händchen leicht gegen das Kinn. Marty nahm das kleine Fäustchen und hauchte einen Kuß darauf.

„Da ist zum Beispiel dieses kleine Würmchen hier. Wir müssen uns überlegen, was wir ihr als Vermächtnis hinterlassen. Ich meine kein dickes Bankkonto; ich meine Charakterstärke, Glauben, Hilfsbereitschaft, Selbständigkeit, Reife."

Marty kannte Clark gut genug, um seinen Gedanken zu folgen. Sie nickte stumm.

„Ein schönes Stück Arbeit liegt da noch vor uns, meine Liebe. Wir werden unsere Freude an ihr haben, aber es kann auch hin und wieder anstrengend werden."

„Ich mußte neulich auch daran denken", gestand Marty. „Jetzt geht alles wieder von vorne los: die Windeln, das Bauchweh, die ersten Zähne, das Töpfchen. Ach Clark, es nimmt gar kein Ende mit der Arbeit!"

„Und dann kommt die Schule, im Haushalt helfen lernen, Freundinnen und der erste Verehrer."

„Da kann einem ja glatt angst und bange werden", flüsterte Marty.

„Angst und bange?" lachte Clark. „Ja, vielleicht. Mir wäre jedenfalls erheblich mulmiger bei der Sache zumute, wenn wir's ganz ohne Vorbilder machen müßten."

„Vorbilder?"

„Unsere anderen Sprößlinge. Die sind nämlich samt und sonders prächtig geraten."

Marty lächelte bei dem Gedanken an ihre erwachsenen Kinder. „Manchmal bin ich so stolz auf sie, Clark!"

„Ich auch“, stimmte er ihr zu. „Ich auch!“

„Kate und Luke zum Beispiel. Ich hatte mir solche Sorgen um sie gemacht. Ich hatte befürchtet, daß sie die Sache mit ihrem Baby nie verwinden würden. Sie hatten sich doch so riesig darauf gefreut, Clark, ganz irrsinnig sogar. Trotzdem ist jetzt von Bitterkeit keine Spur zu sehen. Sie haben's wie ... wie reife Christen ertragen. Die Erfahrung hat sie sogar offener für andere gemacht – und ein ganzes Stück weiser. Ich war wirklich stolz auf die beiden.

„Und Ellie“, fuhr Marty fort, „wie sie auf Nandry zugegangen ist, als sie so in Nöten war, und ihr gezeigt hat, wo sie im Unrecht war, ohne sie abzustoßen oder zu verletzen. Du hättest sie mal erleben müssen! Clark. Du wärst beeindruckt von ihr gewesen!

Und von Nandry auch. Ich hatte ja keine Ahnung, daß sie schon seit ihren Kindertagen an dieser schweren Last getragen hatte. Als sie aber eingesehen hat, wie verkehrt ihre Einstellung gewesen war, hat sie Gott ohne große Umschweife gleich um Vergebung gebeten.

Und Arnie ist mit seinen jungen Jahren schon im Gemeindevorstand. Cathy und Joe stehen im Gemeindedienst, und Willie und Missie haben in ihrem Haus eine kleine Gemeinde gegründet. Und Larry ist auf dem besten Weg dazu, ein hervorragender Arzt zu werden.

Ja, Clark“, sagte sie mit einem versonnenen Lächeln auf den Lippen, „du hast recht. Allesamt sind sie prächtig geraten.“

Clark nahm Belinda auf seine Arme und hielt sie in den sanften Schein der Lampe auf dem Nachttischchen. Sie belohnte ihn mit einem frohen Krähen und haschte nach seiner Nase.

„Du verwöhnst sie mir ganz und gar mit dem Aufhebens, das du um sie machst!“ schalt Marty.

„Verwöhnen?“

„Ja! Den ganzen Tag hältst du sie auf dem Schoß oder schaukelst sie im Schaukelstuhl. Sie muß ja denken, daß ihr Pa ansonsten nichts zu tun hat!“

„Das habe ich bei den anderen auch getan, und du hast doch gerade gesagt, sie seien alle prächtig geraten", rief ihr Clark ins Gedächtnis.

Marty lächelte. Es stimmte schon: Er hatte jedem seiner Kinder viel Aufmerksamkeit und Liebe geschenkt.

Clark wurde ernster.

„Woran liegt's nur, Marty?"

„Ist das so wichtig?"

„Ich denke schon. Wir haben Belinda. Wir können uns nicht erlauben, bei ihrer Erziehung Fehler zu machen, Marty." Damit gab er dem Baby einen Kuß auf die Stirn.

Marty dachte einen Moment nach.

„Eigentlich", sagte sie schließlich, „weiß ich nicht, was wir bei den anderen so gut gemacht haben sollen. Wir haben auch bei ihnen Fehler gemacht – ich jedenfalls. Viele Fehler, um ehrlich zu sein. Gott weiß, daß wir unser Bestes getan haben. Vielleicht hat er uns das gerade belohnt, daß wir uns Mühe gegeben haben."

„Es gibt aber auch Eltern, die geben sich große Mühe und versagen am Ende doch", gab Clark zu bedenken.

Marty mußte ihm recht geben. Was er gesagt hatte, war traurig, aber wahr.

„Ohne unseren Glauben wird's nicht gehen, Clark", sagte sie leise. „Wir müssen immer wieder Gott vertrauen. Er hat uns noch nie im Stich gelassen. Wir wollen ihm auch bei Belinda vertrauen."

„Vertrauen", gab Clark zurück, „aber auch unser Bestes tun, erziehen, ermahnen, züchtigen und beten, als hinge der Erfolg von uns ab."

„Da sind wir wieder bei dem Vermächtnis, von dem du vorhin gesprochen hast. Es ist so wichtig, was wir unseren Kindern ins Leben mitgeben – nicht als Nachlaß, sondern als innere Kraft."

„Und das ist längst nicht so einfach wie die andere Art von Vermächtnis."

„Wie meinst du das?"

„Den Glauben kannst du ihnen nicht einfach wie eine

alte Standuhr oder Tafelsilber vererben. Du kannst sie höchstens dazu anhalten, den Glauben zu suchen. Tag für Tag mußt du ihnen vorleben, daß dein Glaube dein höchstes Gut ist, für das es sich zu leben und zu kämpfen lohnt. Es nützt nichts, wenn man sich auf das Gottvertrauen seiner Eltern verläßt. Jeder muß sich selbst entscheiden, ob er sich der Herrschaft Gottes unterstellen will oder nicht."

„Das ist das ganze Geheimnis", stimmte Marty ihm aus ganzem Herzen zu. „Ein persönlicher Glaube an Gott – darauf allein kommt es an. Ich bin ja so dankbar, daß jedes unserer Kinder sein Leben Jesus übergeben hat."

„Aber damit hört es nicht auf. Es geht immer weiter. Von unseren Kindern lernen unsere Enkelkinder, Gott zu lieben und zu fürchten, und mit Gottes Hilfe lernen es dann unsere Urenkel. So hat es nie ein Ende bis an den Tag, an dem Jesus wiederkommt."

Marty nickte überwältigt.

„Es ist wirklich eine gewaltige Verantwortung, die wir haben", sagte sie schließlich, wobei sie dem Säugling in Clarks Armen über das Köpfchen strich. „Und stell dir vor, alles nimmt seinen Anfang mit solch einem kleinen Bündel, das Gott uns anvertraut hat."

„Nein, ganz so ist es nicht", sagte Clark. Er wog jedes seiner Worte sorgfältig ab. „Es fängt schon viel eher an. Es beginnt mit einem Vater, der uns so sehr geliebt hat, daß er seinen Sohn für uns opferte. Es fängt mit einem Mann und einer Frau an, die nach Gottes Willen fragen und handeln. Mit zwei Menschen, die bereit sind, diesem Gott ihr Kind zu weihen. Es hat einen Anfang, aber es braucht nie zu enden. Es ist ein Vermächtnis, das weder Motten noch Rost fressen und das nie seinen Wert verliert."

Haben Sie auch schon die anderen Bücher von Janette Oke gelesen:

Janette Oke
Nur einen Sommer lang

Sicher, normal ist es nicht gerade, wenn man eine 18jährige Mutter hat und selbst schon zwölf ist. Aber wenn ich Ihnen sage, daß ich eine Waise bin und sie meine Tante, dann ist das doch klar, oder? Jedenfalls war sie meine Mutter, und alles lief prima bei uns. Gerade deswegen hat es mich so umgehauen, als ich erfahren habe, daß Onkel Charlie und Großvater meine Tante Lou verheiraten wollten. Eigentlich hätte ich ja nicht lauschen dürfen, doch die beiden haben mich zum Glück nicht erwischt.
Aber etwas unternehmen mußte ich, das ist doch wohl klar! Ich konnte doch nicht zusehen, wie unsere Familie auseinandergerissen wurde! Großvater und Onkel Charlie haben sich ja mächtig angestrengt, aber ich war immer ein bißchen besser. Alles lief gut, bis schließlich dieser Prediger auftauchte.
Bevor ich gemerkt habe, was gespielt wird, war schon alles zu spät. Da konnte auch die Situation mit dem Schweinefuttereimer nichts mehr ändern. Was es damit auf sich hat, fragen Sie? Also, um das zu erklären, reicht der Platz auf dieser Seite nicht aus. Aber in dem Buch erkläre ich Ihnen die Geschichte von Anfang an. Und zwar ganz genau. Da erfahren Sie dann auch alles Weitere.
Viel Spaß beim Lesen!
Ihr Josch

240 Seiten
Best.-Nr. 15 363

Über eine Million Exemplare der Bücher von Janette Oke sind bisher in den USA verkauft worden. Gerade die humorvolle Erzählweise der Autorin macht jedes Buch von ihr zu einem besonderen Lesevergnügen.

Janette Oke
Liebe wächst wie ein Baum

Der Siedlertreck in den amerikanischen Westen endet für ein Ehepaar in der Katastrophe: der Mann verunglückt tödlich und läßt seine blutjunge Frau Marty als Witwe zurück. In ihrem großen Schmerz und der bodenlosen Verzweiflung findet sie eine erste Hilfe bei verständnisvollen Nachbarn.
Doch eine Lösung ist nicht in Sicht. So muß Marty auf das Angebot eines Farmers eingehen und ihn heiraten. Sie soll seinem Kind die Mutter und ihm die Ehefrau ersetzen. In ihrer Not fügt sich Marty diesem Ansinnen voller Widerwillen. Erst langsam lernt sie den fremden Mann achten. Beeindruckt von seinem Einfühlungsvermögen, seiner Rücksichtnahme und seinem Gottvertrauen, gibt sie sich Mühe, ihre Aufgaben sorgsam zu erledigen. Dabei merkt sie zuerst nicht einmal, daß in ihrer Vernunftehe die Liebe wie ein Baum zu wachsen beginnt: langsam, aber stark und unaufhörlich.

220 Seiten
Best.-Nr. 15 364

Dieses Buch ist das erste der vierteiligen Familiensaga, in der Janette Oke einen Eindruck von den Härten und Freuden der Siedler des amerikanischen Westens vermittelt.
Die Geschichte dieser Familie steht beispielhaft für den großen Glauben und die Einsatzbereitschaft der damaligen Siedler.

Janette Oke
Liebe trägt durch Freud und Leid

Allmählich füllt sich das kleine Farmhaus von Clark und Marty immer mehr mit Leben. Vier weitere Kinder werden den glücklichen Eltern geboren, dazu vervollständigen zwei anfangs völlig verschüchterte Pflegekinder die Familie. Aber neben den vielen Aufgaben auf der Farm erwartet die beiden auch manche Arbeit in der Gemeinde: eine Schule und eine Kirche werden gebaut. Das Leben in der Siedlung gerät in immer geordnetere Bahnen.
Doch neben der vielfältigen Freude gibt es manchen traurigen Tag. Und die Sorgen werden nicht weniger, sie werden nur anders. Wie wird der sonderbare Lehrer mit den halbwilden Kindern fertig werden? Und der so lange gesuchte und erbetene Pastor, ist er tatsächlich der richtige Mann für die kleine Landgemeinde?
Schließlich verlassen die ersten Kinder der Siedler die Farmen ihrer Eltern. Einige gehen in den Osten, um ihre Ausbildung zu beenden, andere heiraten und ziehen weiter nach Westen, um neues Land in Besitz zu nehmen. Als Missie heiratet, mischt sich auch bei Clark und Marty in die Freude über die gute Entwicklung ihrer Kinder der Schmerz einer langen Trennung.

240 Seiten
Best.-Nr. 15 365

Dieses Buch ist die Fortsetzung der Erzählung „Liebe wächst wie ein Baum“, in der Janette Oke von den Anfängen der Besiedlung des amerikanischen Westens und dem traurigen Beginn der Ehe von Clark und Marty berichtet.

Janette Oke
Reise in eine neue Welt

Missie und Willie haben geheiratet. Voller Zuversicht schließen sie sich einem westwärts ziehenden Siedlertreck an, um das Land in Besitz zu nehmen, das Willie im Jahr zuvor gekauft hat. Doch die Reise wird beschwerlich. Und die Probleme der Planwagenfahrt verstärken noch das Heimweh, das Missie quält. Ob sie jemals ihre Familie wiedersehen wird? Wird sie den Eltern vielleicht nie das Enkelkind vorstellen können, das unter ihrem Herzen wächst?
Als Willie von der Schwangerschaft seiner jungen Frau erfährt, überwiegen auch bei ihm die Sorgen. Deshalb beschließen sie, sich vorerst zu trennen. Missie bleibt in einer Stadt zurück, in der es Hebamme und Arzt gibt, während Willie weiter zu ihrem Farmland zieht. Denn dort wartet viel Arbeit auf ihn. Wohnung und Ställe müssen gebaut, Vieh gekauft und Cowboys angeheuert werden. Endlich ist der große Tag da. Missie und ihr Kind werden abgeholt. Voller Vorfreude reist sie dem Tal entgegen, das ihr und ihrem Mann nun gehört. Doch so groß die Erwartung war, so groß ist die Enttäuschung. Alle ihre schönen Träume zerplatzen wie Seifenblasen. Sie muß lernen, sich in die neuen Gegebenheiten ihres Lebens einzufinden.

256 Seiten
Best.-Nr. 15 366

Dieses Buch ist die Fortsetzung der Erzählungen „Liebe wächst wie ein Baum“ und „Liebe trägt durch Freud und Leid“.

Janette Oke
Über allem bleibt die Freude

Endlich ist der langersehnte Tag gekommen: Nach einer anstrengenden Reise feiern Marty und Clark ein Wiedersehen mit Missie und Willie und lernen ihre beiden Enkel kennen. Die Jungen erobern die Herzen ihrer Großeltern im Sturm.
Doch bald fällt ein dunkler Schatten auf die ungetrübte Freude. Bei einem Ausritt mit dem fünfjährigen Nathan wird Clark von einem Jungen alarmiert, dessen Freunde in einem alten Bergwerksstollen verschüttet wurden. Clark eilt zu Hilfe und verunglückt selbst. In einer dramatischen Rettungsaktion kann er noch lebend geborgen werden. Aber dann beginnt die verzweifelte Suche nach einem Arzt. Vergebens! Als es fast zu spät ist, stellt sich heraus, daß ein Nachbar vor langer Zeit Medizin studiert hat. Er muß dem Verletzten ein Bein abnehmen.
Nach und nach findet sich Clark mit dieser schrecklichen Situation ab. Er lernt wieder, sich zu freuen. Aus den geplanten zwei Wochen bei Missie und Willie ist inzwischen ein ganzer Winter geworden.

256 Seiten
Best.-Nr. 15 367

Dieses Buch ist die Fortsetzung der Erzählungen „Liebe wächst wie ein Baum“, „Liebe trägt durch Freud und Leid“ und „Reise in eine neue Welt“.
Die Geschichte der Familie, die in einer mehrteiligen Familiensaga erzählt wird, steht beispielhaft für den großen Glauben und die Einsatzbereitschaft der damaligen Siedler im Westen Nordamerikas.